The field under the stars
— Poems and prose & Essays —

星★野
— 新詩、散文和評論 —

著者：林明理　　　Author : Dr. Lin Ming-Li

天空數位圖書出版

目錄
Contents

一、散文・Prose

01	重遊池南部落	10
02	鹿野鄉憶趣	11
03	靜遊苓雅部落	13
04	日出吉安鄉	15
05	茂林谷遐思	17
06	難忘的中元節	18
07	豐田村憶想	20
08	內埔老街懷舊情	22
09	與哈拉灣相會	23
10	初識西林村	25
11	日出巴阿尼豐	27
12	金樽港的暮色	28
13	洄瀾，我來向你致意	30
14	秋遊泰安部落	32
15	在關山的光燦裡	34
16	靜遊卡大地布	35
17	森林晴光清風吹	37
18	利吉村懷想	39
19	秋遊紅葉村	40
20	長樂村旅思	42
21	秋遊部落札記	44
22	鹿野鄉間旅思	46
23	泰源幽谷紀行	47

24	歌詠拉里巴部落	49
25	冬日海濱遐思	51
26	寒夜思懷	52
27	風雨後隨想	54
28	冬遊崁頂部落	56
29	日出巴布麓部落	58
30	冬天裡的溫暖	59
31	美如仙境月眉村	61
32	嘉新村紀行	63
33	原生植物園牧歌	65
34	大年初五鄉思	66
35	遊雙流森林感懷	68
36	陽光下的好時光	70
37	迴響山海間	71
38	在官田逐風而行	73
39	迎冬而來的祝福	75
40	雨中的伊達邵	77
41	逛眷村回味幸福	78

二、詩評暨文學評論・Poetry review & Literary review

01	庫爾特・F・斯瓦泰克詩中的美學意蘊	82
02	哲思、饒富情趣與坦率——析白萩的詩	84
03	走進劉曉頤的詩世界	88
04	一棵不凋的古柏——試析峭岩的詩	91
05	夜讀楊宗翰《隱於詩》	94
06	淺析約瑟夫・布羅茨基的詩	96
07	試析梅爾詩二首	99

08	試析揚卡・庫帕拉詩二首	102
09	試析奧麗嘉・謝達科娃的詩	105
10	一隻勇毅的飛鷹——讀楊宗翰《隱於詩》	109
11	細讀喬登・馬克雷的詩（我怎能睡覺）	112
12	一棵不凋的樹——試析穆旦的詩三首	120
13	淺析洛赫維茨卡婭情詩二首	128
14	淺析吳瀛濤詩二首	131
15	一代文豪：契訶夫	133
16	淺析奧內拉・卡布奇尼的長詩	135
17	試析雅庫布・柯拉斯詩二首	139
18	試析倫扎・阿涅利的《但丁・阿利吉耶里》	143
19	淺析雅克布・科拉斯的詩	148
20	喬伊・雷尼・金的早期詩歌研究	151
21	《祈禱與工作》讀後札記	160
22	《勞動者之歌》評賞	163
23	星夜裡的心曲——讀珍・斯圖爾特《天空大篷車》	166
24	評《黑夜蜂蜜》——談劉曉頤	169
25	淺析梅爾的詩二首	173
26	但丁《神曲》中的罪與惡——與夏爾・波特萊爾詩歌之比較研究	176
27	伊戈爾・布林東諾夫的詩畫人生	178
28	聞一多《玄思》的意象解讀	182
29	《隱匿的黃昏》的讀後餘響	185
30	走進秀實、余境熹主編的《當代臺灣詩選》	188
31	《愛之書》詩集述評	190
32	開啟詩歌的美學視窗	193
33	別具一格的《銀河之蛙》	195
34	細讀張智中的一本書	198

星野 —新詩、散文和評論—
Poems and prose & Essays
The field under the stars

35 海涅的《新春集》評賞⋯⋯⋯⋯⋯⋯⋯⋯⋯⋯⋯⋯⋯⋯⋯ 200

36 從梵文轉移到研究東西方的經文比較文學觀念——
以拉丁語、古希臘語、上古漢語為基礎的討論⋯⋯⋯ 204

37 真情與哲思的交融——讀《祈禱與工作》⋯⋯⋯⋯⋯ 206

三、新詩近作 · Recent works of new poetry

01 悼土耳其強震⋯⋯⋯⋯⋯⋯⋯⋯⋯⋯⋯⋯⋯⋯⋯⋯⋯ 210
02 寒夜的奇想⋯⋯⋯⋯⋯⋯⋯⋯⋯⋯⋯⋯⋯⋯⋯⋯⋯⋯ 211
03 永懷星雲大師⋯⋯⋯⋯⋯⋯⋯⋯⋯⋯⋯⋯⋯⋯⋯⋯⋯ 212
04 在匆匆一瞥間⋯⋯⋯⋯⋯⋯⋯⋯⋯⋯⋯⋯⋯⋯⋯⋯⋯ 213
05 星夜⋯⋯⋯⋯⋯⋯⋯⋯⋯⋯⋯⋯⋯⋯⋯⋯⋯⋯⋯⋯⋯ 215
06 思念似雪花緘默地飛翔⋯⋯⋯⋯⋯⋯⋯⋯⋯⋯⋯⋯⋯ 216
07 月河，恰似傳唱千年的詩曲⋯⋯⋯⋯⋯⋯⋯⋯⋯⋯⋯ 218
08 走在砂卡噹步道上⋯⋯⋯⋯⋯⋯⋯⋯⋯⋯⋯⋯⋯⋯⋯ 220
09 黃昏在鶴岡村一隅⋯⋯⋯⋯⋯⋯⋯⋯⋯⋯⋯⋯⋯⋯⋯ 221
10 在星空之間——給 Prof Ernesto Kahan⋯⋯⋯⋯⋯⋯⋯ 221
11 給永恆的摯友——非馬⋯⋯⋯⋯⋯⋯⋯⋯⋯⋯⋯⋯⋯ 223
12 愛無畏懼⋯⋯⋯⋯⋯⋯⋯⋯⋯⋯⋯⋯⋯⋯⋯⋯⋯⋯⋯ 224
13 寫給被恐怖份子綁架的以色列孩童的歌⋯⋯⋯⋯⋯⋯ 226
14 我如何能夠⋯⋯⋯⋯⋯⋯⋯⋯⋯⋯⋯⋯⋯⋯⋯⋯⋯⋯ 227
15 濁水溪星夜⋯⋯⋯⋯⋯⋯⋯⋯⋯⋯⋯⋯⋯⋯⋯⋯⋯⋯ 228
16 為義大利詩壇樹起了一面精神昂揚的旗幟——寫給
《PEACE》詩集⋯⋯⋯⋯⋯⋯⋯⋯⋯⋯⋯⋯⋯⋯⋯⋯ 229
17 致埃內斯托·卡漢和他的詩畫⋯⋯⋯⋯⋯⋯⋯⋯⋯⋯ 231
18 我要回到從前⋯⋯⋯⋯⋯⋯⋯⋯⋯⋯⋯⋯⋯⋯⋯⋯⋯ 233
19 在思念的角落⋯⋯⋯⋯⋯⋯⋯⋯⋯⋯⋯⋯⋯⋯⋯⋯⋯ 234
20 愛的讚頌⋯⋯⋯⋯⋯⋯⋯⋯⋯⋯⋯⋯⋯⋯⋯⋯⋯⋯⋯ 237
21 月河又把我帶進夢鄉⋯⋯⋯⋯⋯⋯⋯⋯⋯⋯⋯⋯⋯⋯ 238

22	與主說話	239
23	海波親吻了向晚的霞光	240
24	告別夏天	241
25	不要孤單地面朝那片大海——To Renza	242
26	在思念的夜裡	243
27	寫給 IVAN 的歌	244
28	默禱	245
29	我瞧見	247
30	愛情似深邃的星空	247
31	愛，是無可比擬的	248
32	極端氣候下	250
33	在下龍灣島上	250
34	緬懷億載金城	251
35	西藏，你來自不可思議的遠方	252
36	眼睛深處	253
37	穿過無數光年的夢	254
38	如果	255
39	歲暮	256
40	我們與所有生物息息相關	257

附錄・Appendix

Prof. Ernesto Kahan 和林明理 Dr. Lin Ming-Li 詩作 ············ 258

星野
―新詩、散文和評論―
— Poems and prose & Essays —
The field under the stars

一、
散文
Prose

星野 —新詩、散文和評論—
The field under the stars

▌01・重遊池南部落

　　三年前的春節，全家初次來到壽豐鄉的池南森林遊樂區，那天正是櫻花綻放清香撲鼻的天氣，周遭的青山一片朦朧的綠，風景美極了。

　　「媽，但願時光暫時停駐在這裡吧！」小女忽然對著揹著單眼鏡頭的我興奮地說道，那時我就知道我們定會重遊舊地，到這一切令我感到全然放鬆的桃花源。

　　今年四月四日當天上午，我們總算完成這心願，又一次來到池南部落，頭頂是沐浴著溫暖的陽光，然而心裡仍然有些難以置信。因為，花蓮正面臨強震的襲擊，一度令我有些驚愕。

　　不過我深信，重建之日終歸會到來的。而我慶幸那一刻在池南村陽光的照射之下，可以抬頭仰望天空仍是那麼蔚藍，林中各種野鳥仍是那樣自在飛翔，絲毫沒有被驚擾……族民仍是過著與世無爭的寧靜生活，這些景象對我而言都是欣慰的。

攝影：林明理

　　沿途張目四望，不管我眼前的池南部落入口的阿美族刻畫是那般精緻，恍若童話故事般傳奇，而工作於陽光下的族民的微笑，讓整個池南村的景物似乎都活躍了起來。

　　村裡沒有任何喧鬧，而鄰近的秀林鄉文蘭國小校園也一片空曠，這次震災，聽聞文蘭村山區有些住戶因土石坍方，亟待整治；這裡也有許多高大的樹木，大多數的太魯閣族人也從事農業於青蔥翠綠的田野之間。

　　不管我凝視的是位於鯉魚山與銅門山之間的池南村，或是對池南部落的先民在百年前大多來自南勢阿美七腳川社的歷史關注，都感到一份尊敬，而想寄予祝福。據說，這裡的族人至今仍在每年八月豐年祭將所有族人全都聚集起來，他們以歌舞、運動比賽來慶祝，連孩童都穿上模樣可愛的傳統服飾，開心地跟著跳舞。

也有部落裡的老人家會唱著古調，因而感動得又哭又笑。有年輕族人為了體會一九〇八年他們的祖先逃離日軍攻擊的痕跡，不惜渡過冰冷的木瓜溪，來增加對其祖先來自七腳川部落的淵源與認同。這裡有過半數的老族人都曾在鯉魚潭邊玩耍，或下水摸蜆，或到山邊放牛吃草；而部落裡的淳樸生活、清歌與曼舞，都是都市裡的人們渴求不得的。

刊臺灣《青年日報》副刊，2024.7.28，及攝影 2 張。

如果不是大地震啟發了我，也許我永遠不會進行深度思考，並學會感恩，感受到與家人相處時光多麼彌足珍貴。這是我再度來到池南部落領悟到的真諦，而簡單的生活，呈現出真實自我的池南部落，在百年時光的流轉中，一直都以和諧，分享喜悅、感恩的方式生活。這將讓我終生都不會忘記那一天到壽豐鄉池南部落附近踏青的場景。

此刻，我虔誠地默禱：「感謝造物主！也祝佑文蘭村的族民。」除此之外，我感動得說不出任何言語。

―2024.05.03 作

02・鹿野鄉憶趣

清晨時分，再次登上鹿野高台，仰望遠山。當我凝視時，它仍顯出莊嚴神聖和充滿溫柔的神態，而它周遭正萌動著激昂的蟬聲。

我幾乎每年都會來看望一次，因為這裡的青山綠水已經習慣了我的到來。當清風拂面，所有往昔美好的時光湧上心頭時，便想起《齊瓦哥醫生》一書裡寫的：

「人是為生活而生，不是為準備生活而生的。」

星野 —新詩、散文和評論—
The field under the stars
Poems and prose & Essays

是啊，生活本身，以及擁有一顆豐富的心，才是最要緊的事。比如在眼前這片廣袤的鄉野裡，有什麼辭彙比得上「愛」，更教人觸動永恆的心？

印象中，記得有一次全家在八月下旬出遊，那是國際熱氣球在鹿野舉辦的第十週年盛會。當時，破曉的風，略帶涼意。當緩緩升空的氣球飄向整個高台地區和溪流的田野，頓時，鹿野上空繽紛燦爛。

「哇！那是海綿寶寶！」「那是英國的巴斯特鬥牛犬！」「那是隻粉紅大象啦！」遊客開始有些騷動。雖說大地的邀請是無聲的，但久違的風依然優雅從容，時而在水波蕩漾的卑南溪，時而在整個高台的山裡，時而在週遭的林木，每每引我浮想聯翩。

登上草坡上最高處的高眺亭，一顆顆熱氣球顯露在我明淨的視野裡，讓寂靜的山谷，氣勢壯闊，是那樣多彩迷人！有許多旅人目睹了熱氣球搭配音樂奮力的演出，紛紛拿起手機，見證黎明的天際出現朝陽般充滿希望的一刻；我卻只敢靜靜地按下快門，生怕驚動了這些神奇而可愛無比的造型動物。

沿著步道轉幾個彎就到了滑翔傘目的地。這一邊依然風光秀麗，而有些飛行傘一路從空而降，也令旅人目不暇接，引我一步一步地，帶著幻想走近。因為對這高台，有著深深的嚮往，多年來，車經鹿野鄉，總想去看看。每次

攝影及畫作（夏日鹿野）：林明理

在亭台前，我充分享受著一種恬適的安詳，或把山景收入鏡中。

這次驅車前來，也許只是為了再一次的邂逅或無言的相約。行走在山的懷抱裡，傾聽鳥語，或看時而生起的雲，一切煩憂，都隨之風吹雲

散了。讓我最難忘的，也最讓我感動的，不僅是美麗的山景、聽風的亭台，還有全家一起享用香噴噴的風味茶餐、當地出產的茗茶或音樂會上動聽的歌。真是一次歡快的記憶！

今日近午，我又來到鄰近的瑞源村僻靜的瑞源國小前，正值鳳凰樹花開燦爛，三五隻紅嘴黑鵯在樹梢閒聊，又飛往遼闊的天空，音色十分悅耳、和諧，撥動我的心弦。也許，就是從那一刻起，我也想起了昔日父親堅強的背影，彷若一座可靠的山峰，莊重又落落大方的形象。

此時在我的回憶中最值得懷念的，永遠是與家人相處的歡樂時刻；因為，那時我內心充滿了愛與欣慰。

刊臺灣《馬祖日報》副刊，2024.08.01，及攝影4張，畫作（夏日鹿野）1幅。

—2024.06.12 作

03・靜遊苓雅部落

從前幾年的暑假起，我都會選擇到花蓮鄉間逗留幾天。有一次路經玉里鎮德武里內的苓雅部落之後，總想再去看看那裡讓我牽掛的地方，祈願能找到一處避暑的寧靜之地。

今晨，當陣陣微風從青山拂面而來，我緬想時間之流會不會改變這一個獨特又溫馨的部落——綠色的稻浪和潺潺的水流，在旭日掩映中的群山，已有農夫在田間耕作或走動。

攝影：林明理

・13・

星野 —新詩、散文和評論—
The field under the stars
Poems and prose & Essays

這部落的舊稱為「苓雅濟」（Lingacay），意指「遍生月桃」。它在秀姑巒溪溪支流苓雅濟溪中右岸的緩斜地，光復後才稱為「苓雅」。據說，其阿美族先人約莫一百二十多年前，從富源的拔仔社以及奇美山區遷移而來，屬於秀姑巒溪阿美族部落。

迄今，每年的豐年祭仍在其活動中心舉辦重要祭儀；曾有知名的「阿勒飛斯文化藝術團」特別在此回饋演出。其中，有六十多位長者唱著來自其祖先的古謠，配合在廣場上手牽手的大會舞，以凝聚族人情感；也曾沿著部落的巷道，在聖

刊臺灣《青年日報》副刊，
2024.08.04，及攝影1張。

誕歌聲的伴隨下，與社區族民傳送歡樂與愛。最特別的是，他們在祭儀上祭獻「七罈酒」給祖靈的的文化藝術，著實令人激賞，也象徵著勇士的傳承精神。

天空下的苓雅部落，在青山環抱下，有耕耘機、斜屋宇、小狗和農民，在稻田兩旁彎彎的小路上穿梭，交織成一幅祥和的圖畫。不久後，日中的田野已熱氣蒸騰。夏季是充滿可能性的季節，田野上永遠散發著稻穗成熟前的芬芳，有紅瓦的小屋和屋宇後面的一條長長的小路。我總愛那條彎彎的山路以及那些已顯金黃的景色。

我想起自己的故里一如眼前的一片田野，不禁沉默地注視著……有蜻蜓飛來飛去，在蜿蜒的田間陽光下。就像這一個清晨，我可以自由地嗅到稻田的香味，而這些味道發自這部落的周遭，和從山邊透過來的清風混為一氣。

多想奔跑在田間，處處點綴著零星小屋，而小屋也多半為阿美族民所有。當鳥雀和夏蟬發出一種催人入睡的聲音，在這靜靜的黃昏裡，我悄悄地感受這個慵懶又迷人，永遠值得懷念的夏日，因為村裡有恬靜、美滿和歡樂。

好多年以來，我喜歡沈靜地生活。對我來說，我喜歡回憶往昔故里的一切，而那些時光在舊時的夏日裡，所有的牛車和在田野裡的農夫，

一、散文・Prose

以及父親的音容都常與我形影不離。就像我在一本亨利・大衛・梭羅的書上讀到這樣一段:「黎明的使者,你是無歌的雲雀。／在小屋頂上盤旋,如依戀汝巢。」我始終感覺,只有農村裡的生活才是一幅樸實無華的畫,一如這座小而美的苳雅部落。

——2024.06.26 作

04・日出吉安鄉

四月三日,是臺灣人難忘的一天。強震在花蓮太魯閣及市區數十里之內,而我們僥倖地擦邊經過——當下決定下榻於吉安鄉。

翌日清晨,清風徐徐。凜然美麗的「洄瀾橋」,有閃耀的白雲飄浮著,燕子成群結伴地在半空翱翔。而橫跨的溪橋,露出的背景是太平洋那亙古不變的海藍。一隻小狗跟著主人在慢跑,穿越充滿葉綠素的草地,朝氣地闊步向前走!

當我步移到巴爾巴蘭部落祭祀廣場,雲彩淡淡的,天空一片澄明,彷若世間所有塵埃都被洗淨了。雀鳥在鳴唱著,那美妙的聲波,還夾雜著些微草木的氣

刊臺灣《更生日報》副刊,2024.8.10,及畫作幅(吉安鄉野),攝影5張。

味。據說,在這裡的豐年祭祈福時,祭放牛角是一種特色,主要是部落的族人要與祖靈分享豐收的喜樂。

我逐一瀏覽牆上彩繪的阿美族祭儀和雕像,恍惚中,有耆老以優美的歌聲在領唱,並為花蓮人祈福。我想起強震後有許多悲傷的畫面、來自各方英勇救援的故事、企待修復與興建的工程,也再次看到了臺灣人的團結,以及花蓮族民堅韌的一面。

星野 —新詩、散文和評論—
The field under the stars
Poems and prose & Essays

我想起早餐時，那位穿著白色制服的廚師含著親切的笑意，即使是當日遊客突然銳減了許多，也還可以看出來：他無有懈怠。

「謝謝你，師傅。都很好吃！」我說。

「不客氣。多吃點！」他說，「祝你們平安！」是的，感謝主，讓我得到安穩的一天。

車經東昌村里漏部落（Lidaw），若用心了解，便知道其社名取自於始祖「里漏‧阿法斯」，他與阿美族的其他祖先共乘三艘獨木舟，抵達臺灣

攝影及畫作：林明理
（此畫存藏於臺灣的「國圖」，「當代名人手稿典藏系統」，臺北市）

並繁衍了後代。村裡曾有位女祭師黃成妹，生前盡力為部落保存祭儀文化，因而獲贈獎章。

近午，我從吉安鄉越過的田野，沿途所見的鄉村都寂靜。那兒的芋頭田與稻穗十分純淨，被路邊的白鷺鷥圍繞在泛藍深深淺淺的水影之中。

車經好客藝術村，整潔的園區在金色黃昏裡猶保留著古文物的風華。站在一棵老樹下，慢慢地閱讀吉野開村紀念石碑上的史蹟。我可以恣意想像，這裡原是日據時期在臺灣的第一個官營移民村，如今已過了一百一十二年。現在只留下一個吉野拓地開村紀念碑，取而代之的，是一個新的展演空間，有著濃郁的客家建築風格、有特色的藝術品和老傢俱，村民都待人親切。

沿著吉野圳兩旁翠綠的田野，我感受到一條水圳帶給了鄉民的豐饒與安和。而百年老校的吉安國小，春風化雨，培育無數人才；去年有位射箭神童廖力玄，還榮登世界滿靶「金牌」。

只要沿著光陰的軌跡，走過美雅麥教會、走向大山橋畔，就會找回昔日七腳川與歷史之間的連結。只要用心傾聽，就會聽見在歷史的回

一、散文 · Prose

眸,一百年多前的吉安鄉阿美族歷經七腳川戰役,其先人悲壯的歷史過程,就會看到吉安鄉族民發出的耀人光輝。

—2024.4.10 作

05 · 茂林谷遐思

攝影:林明理

車過伊拉呢橋,站在「射日英雄」的勇士雕像下,我聽見茂林谷沙沙風聲,看見濁口溪和其支流的交會處,便是「羅木斯」(Lumusu),魯凱族語意為「美麗的山谷」。

沿著一條蜿蜒的路,彎入種著蔥綠的竹林隧道,才短短一公里路,卻恍若前往沒有際涯、無從量度的秘境。步行百餘步,就有了紫斑蝶的姿影和潺潺水聲。

忽地,出現一條氣勢磅礴的瀑布。它就位於羅木斯溪步道的終點,在山豁之中赫然屹立,讓我一度以為是細雪向我輕飄而來。但那不是雪花,猛一回頭,就驚喜發現,是芬多精的芳香環繞著我,覆蓋在我身上。

飛瀑下方有個藍水潭,靜如一面光潔的碧玉;因潭底有漩渦,而被昔日的族人戲稱為「少女陷阱」。好一個驚人而甜蜜的魔法!讓我所有的疲憊勞頓全都忘卻了,也讓我的想像跟著飛翔起來。

它是茂林部落(Telsreka)魯凱族人最為愛護、也是記憶中最美的地方!它近乎聖女般,純淨無瑕,陽光在葉縫間透射出笑容俯瞰。這一瞬,林中的風跟著吹出一曲與鳥聲交融的長笛,歌聲說些什麼我無從猜測。或許是訴說著昔日原鄉故事的愛意。

相傳,日據時期,當地的原始部落就位於更上方的「美雅谷」,大瀑布的深山俗稱「舊茂林」。在民國三十年間,日人為了便於管轄,族人才遷移至此,舊部落已無人居住。

星野 —新詩、散文和評論—
The field under the stars
Poems and prose & Essays

而茂林國小成立逾一百一十七年，校內的歌謠隊聞名海內外；他們甜美的歌聲也穿進我心靈。記得有位高齡近百歲的老族人回憶起以前上學的路又陡又窄；現在，她很慶幸自己能在校慶之日回到校園，與校友同歡慶，並仔細聆聽那群小小學童的優美歌聲，讓耆老們既欣慰又感慨。

校內有位音樂男老師說：「我們魯凱族的勇士聲音是很沉澱的，也是從內斂出來的……」當那群學童們天真地面對鏡頭，說出自己的心聲：「我覺得唱歌是很快樂的事，我想唱給全世界的人聽！」

刊臺灣《青年日報》副刊，2024.8.11，及攝影1張。

我一一端詳這部錄影畫面的細節，心頭想著在茂林區，有一群孩子被光亮的樹林圍繞，他們穿著傳統服飾，正努力以赴讓全世界驚艷！而他們的周遭，有瀑布、水橋，有老師協助為他們的夢想伴奏，也有陶醉的鳥兒跟著唱和。

是的，這一直都是我想要看到的畫面。在去年的全臺灣鄉土歌謠比賽中，茂林國中的學子也獲得優等的榮耀。我深信，英國物理學家史蒂芬・霍金說過：「不管生活多困難，總是有你可以做、以及取得成功的事。」當我回到書房回想時，因為那群學童的努力，讓我更想給予他們最深的祝福！

—2024.03.23 作

06・難忘的中元節

我思念的婆婆已往生多年了，可我還未曾親口向她說過一句窩心的話。記得那年我二十四歲，嫁入婆家的第一個中元普渡日，那天正好

一、散文·Prose

也是八月下旬，在北投居住的那棟小別墅外頭雖是熱浪滾滾的天氣，但門庭的杜鵑花叢仍有些許微風迎面吹來。

那天早上，我跟著婆婆初次在市集上走著，街旁開的商店和一整排貨攤早已開始做買賣了。我感到有點兒興奮，難以言說的幸福，甚至連頭頂上熾熱的陽光也一點都不在乎。

採購回家後，婆婆露出愉悅的神情，開始烹煮飯菜。我至今還記得她怎樣開始熟練地準備供桌，把大門敞開，供品就放在門口，有風穿堂進來。我則有禮貌地

刊臺灣《青年日報》副刊，2024.08.18。

站在一旁幫她。接下來，婆婆把三杯酒、香爐擺上，並插香在裝滿米的盆器上，兩束鮮花放在供桌兩側，三牲四果則放置中間，旁邊還擺上紙錢。

我好奇地注視著她帶領家人一起拜拜虔誠的背影，直到她將酒撒出去，我們一起到院子裡燒金紙，才完成普渡的儀式。此刻，特別記起婆婆生前做的一手好菜，以及每年中元普渡時虔誠祈禱的背影。

多少年過去了，我在她身上激起了某種回憶中的甜蜜和緬懷的渴望。如今，詩意地愜居東岸，幽靜、安寧且開闊。極目望去，今年中元普渡日來臨前周遭的一切：山影、街道和空氣，無不在晨光下燦燦發光。

我想起在北投同婆婆生活兩年多的那個地方，和她一起在廚房與飯桌間忙碌，聽她說些瑣碎的往事⋯⋯如今再次回過頭去，已不見婆婆站起身來，要我在她身旁坐下來，陪她說說話。

「媽，中元普渡是拜什麼啊？」我問道。對於一個出身基督教家庭的我，自然對這習俗是不熟識的，因而坐在她身邊旁聽。她慈祥的模樣活像被天上派來守護我的使者，尤其是圓潤體態，完全看不出是五十一歲的人。

星野 —新詩、散文和評論—
The field under the stars

「這是為祈求神明為我們家族的親人赦罪的，」她說，「阿宗（指的是外子）的爸爸在楊梅開設窯業，他很勤奮，但三十九歲就病逝了……公婆也相繼都走了。妳是家中長媳，還在唸研究所，現在懷孕了。所以我特別告訴所有的祖先，也為妳祈福。」

「原來中元普渡有這層意義啊！」我感動地說。然後我看到她露出堅強的笑意說：「來吧，我們一起把供品收起來，再把湯熱一下，叫大家下樓吃飯囉！」

今夜，我遙望最遠的星空，恍惚看到最北端星辰的一角有婆婆的身姿，而這種追憶正是我在中元節來臨前想起婆婆雙眸中察覺到的……她教我懂得了敬祖的生活方式，也讓我止不住想念起她。

—2024.07.08 作

07・豐田村憶想

記憶裡的豐田村有座臺灣總督府在花蓮所設立的官營移民村。那天車過壽豐鄉文史館、豐田文史官、客家生活館，還有豐裡國小時，天空清朗，但整潔的街道上空蕩蕩的，除了美麗的客家彩繪牆，幾無一人。

我信步往日據時期為豐田移民村的「大平」聚落，它在一九四五年移民村廢除後，已改為「豐裡村」；而豐裡部落（Tdlu）的阿美族先民大多由鄰近的月眉部落和馬太鞍部落遷徙而來，他們將原本的一片荒蕪之地，逐漸轉為今日的無毒農業村的風貌。

沿著一條清澈的豐田圳（原名：支亞干溪）經過大水車、一棟棟屋宇、活動中心等建築，移步到陽光投影的街巷，依稀還能見

攝影：林明理

到早期阿美族人的文化，但多半改為來自新竹、苗栗的客家人以及少許

閩南人在此地的生活。在那裡，我一點也不感到陌生，反而有某種難以言喻的熟悉感。

　　我至今還記得在那條長長的鄉路經過田野直抵碧蓮寺，可以望到當年日本人在豐田村的森本聚落內建有一座豐田神社，現已改為「碧蓮寺」，而在院前的石燈籠、大樹旁，還可以追思先民用建設和傳統文化族群共融的情景……這一切歷史資源與軌跡，不禁讓我在那兒思忖了片刻。

　　當車子繼續經過白色的橋，駛往鳳林鎮一座戰後尚存的「廖快菸樓」，適巧有位導覽員熱心地前來開口講道，「請進，可以參觀的！」並解說了烘烤室裡掛曬的菸葉，也讓我看到昔日客家先民採收菸葉的製作過程。

刊臺灣《青年日報》副刊，2024.8.25，及攝影2張。

　　恍惚中，我看到一幅老農和慢吞吞的水牛拉著牛車耕耘的景象……讓我不禁跟著想起遠方的家鄉，那是濁水溪畔的嘉南平原，而我的童年也向我走來。那兒也有像這裡的農莊，田野上也有一棟棟的紅瓦房，是我最為溫馨的憶想。

　　「您們還要上哪兒去？」那位先生在我臨走前喊住了我。我回過頭去，「應該是要到街上吃飯，再到瑞穗鄉了吧？很感謝你的導覽。」我微笑著直視他的臉。

　　「您們有機會再來時，可以先跟我預約，這裡有教製客家的紅龜粿，也可購買到豆腐乳等食品喔！」他邊說邊笑著。「好的，我會記得，我也挺喜歡吃在地特色美食，小時候，我母親每逢過年，也常做給我們吃，好懷舊喔！」我再次向他點頭致謝。

　　如今，每每回想起來，文史館裡那些展示的老農具、移民村的舊照片以及時光裡的故事，就在花蓮強震後的今天，我仍可以覺察到那位導覽先生雙眸內帶有樸實的印象。也許應該說，由於這次地震的威脅反而將島嶼的族民的情感收緊，讓我更能細加思量未來；而我希望的，就是重建工程能順利持續並早日完成。

—2024.05.11 作

星野 —新詩、散文和評論—
The field under the stars

▋ 08・內埔老街懷舊情

漫步在屏東內埔鄉老埤村的一個黃昏,周遭有馬卡道平埔族老祖祠、閩南人的福德廟和客家人的伯公廟,廟宇比鄰而立卻毫不衝突。

之後,我來到內埔國小步道上,清風徐來,甚是愜意;這座老校名人輩出,曾有校長帶領師生赴法國巴黎表演歌謠和舞蹈、獲中華盃排球賽冠軍等榮耀。

我倚著國小宿舍改造的「星空廣場」,好奇地瀏覽鄰近大武山下的這座屏東人口第二多的鄉鎮。原來昔日老街的舊名為「陽濟院」,寓意為「羊聚集之地」,入口對面有座天后宮,讓人總想駐足逗留。

畫作(漫步鄉間)及攝影:林明理

在村落間,一條龍頸溪悠悠緩緩,繞著天后宮、昌黎祠以及老街的周邊流淌。走過溪畔公園的橋與拱門,便發現老街有許多古舊屋宇,擂茶、湯圓、湯板條等小吃,還有客家庄彩繪、鐵店、硯台工作室等建築,展現出多元族群融合的意象,以及先人生活的足跡。

在日落之前,我想像,每逢農曆九月九日,當地鄉民會在昌黎祠舉辦「韓愈文化祭」,那有趣又熱鬧的鄉景來得真真切切。還有馬卡道族舉辦夜祭,長老會透過古禮的土牛祭、敬天公等儀式來表現馬卡道族人對其祖先與自然環境的崇敬。這些傳統文化將內埔鄉民的倒影投射到龍頸溪畔時,澄碧的水色同暮色的餘暉便連接一起,在波影中流動跳躍。

當我步入老街的青花巷,那一瞬,越發寧靜……紅磚牆下又帶點昔日風華,還有鳥雀聲。恍惚中,我也聽見一種熟悉的聲音,從心底逐漸響起,又瀰漫開來。

一、散文・Prose ★

在這古老的聚落中，彷若踏入時光隧道，讓我回到童年時光，也充滿溫馨和樸實。我想起小時候村裡的餅舖旁也有座大廟，偶爾會跟著家人觀看野臺戲。老街的戲院、麵店、鐵店、五金行，國小校園裡玩過的溜滑梯……還有不斷傳出響亮的蟬聲。

如今，波浪似的晚霞在山邊飄浮，而我品嘗這裡的美食，也想用鄉音同他們說說話。因為，這裡讓我有種故鄉的感覺；也讓初老的我，彷彿回到孩提時代，重嘗一些記憶中的味道。

我暗自慶幸，能到內埔鄉來找尋這種

刊臺灣《青年日報》副刊，及畫作1幅（漫步鄉間），攝影1張。

樸實的畫面，以及樸實生活中的瞬間感受。在那暮色籠罩下，青山隱約，還有那龍頸溪的水聲也在我心裡作響，這就是一種幸福。

記得俄羅斯詩人阿方納西・費特在他的一首詩裡這麼寫道：「小路喚起了親切情感，一直通向白茫茫的霧。」詩句盪人心弦，恰如內埔老街和龍頸溪在我回憶的視野裡，倍感親切。

—2024.07.19 作

09・與哈拉灣相會

沿著玉里鎮縣道，穿過金黃燦亮的阿勃勒盛開之路，進入一座阿美族的樂合部落。一隻綠繡眼由遠而近，婉轉地鳴唱，出沒於哈拉灣神社碑石與鳥居之間，時而飛向石燈籠上空，時而休憩於電線桿，讓我微笑眯眼，滿耳精彩。

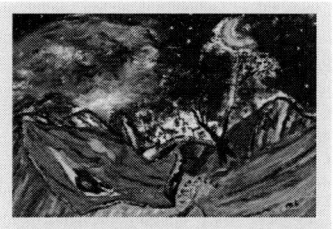

林明理畫作：(靜夜)

・23・

星野 —新詩、散文和評論—
The field under the stars —Poems and prose & Essays—

　　這是第二次與哈拉灣（Halawan）相會，它原是平埔族人意指「山嶺重疊、形勢險峻」之意，阿美族語則意指為「溪邊」；如今，又稱為「樂合部落」，就隱身於秀姑巒溪支流的樂合溪南岸一帶。

　　部落入口的勇士雕像後，有一對阿美族夫婦正彎腰耕種，透過鏡頭，我捕捉到這裡的青山綠田，宛如世外桃源……而半開的樂合社區活動中心、聚會所，一片寂靜，只有教堂十字架的福音，向著永恆。

　　據說，本地原是清代璞石閣平埔八社的居地，至晚清時期，才有瑞穗鄉紅葉溪的部落遷徙而來；而鄰近的泰林部落，原名為「馬太林」（Matalim），族人多由太巴塱、馬太鞍部落裡的阿美族人移入。他們同在這片天空下，百餘年來，幾乎都過著返璞歸真的生活，周圍是飛旋的鳥雀，在光榮純淨的稻田與植物中。

刊臺灣《中華日報》副刊，2024.09.04，及畫作 1 幅。

　　我何其幸運，在一個可愛的黎明，來到全臺灣最美的村落，看到許多以種稻為生的族民認真耕作的背影，看到樂合社區的周邊是阿美族、平埔族、布農族、客家以及新住民融合在一起的純樸生活。這令我想到小時候母親耕作於田野，年年祈願稻穀豐收的情景。我們合吃著自己產的米飯、蒸紅薯和小菜，感受清風撲上皮膚，坐在前院與星辰相伴……而遼闊的阡陌之地，成千個日夜都有母親殷勤煮飯、縫衣和父親的背影，回到我的腦海。

　　如今我徘徊於這一帶的聚落和沃土，社區裡的阿公、阿嬤，有的會幫忙打掃環境，有的仍會編織。而孩童們的純真話語最令我感到愉悅。因為，在強震之後，還能看到他們安於讀書或耕作，這恰恰是令我真正感動的。

　　如果世上有能觸動我心之事，那就是我最想看到努力以赴、正直誠實的人，他們的身影自然博得了我的尊敬。未來，也許花蓮的產業會有

· 24 ·

所改變，但從中我也得出一個結論：只有在鄉野的體會中，才能慢慢發掘自己的幸福。

這時一個中年人剛好擦肩而過，看見我正在起勁地拍攝地景，便說道：「咦，您在拍攝什麼呢？」

「是綠繡眼耶！」我開心地叫道。「這種鳥這裡很多啊，」他接著說。「啊，先生，你小時候有到山裡的瀑布那邊玩嗎？」我用一種好奇的口吻問，他立即侃侃而談了起來，這就是族人天生的幽默。每每回想起來，我都不禁笑了。我也祝福族民平安，在這個夏天。

—2024.5.22 作

10・初識西林村

車過萬榮鄉一座跨越壽豐溪（舊名：支亞干溪）以及另一側鳳林鎮交界處的橋上，我不禁來到壽豐溪下游這邊有個獨特又神聖的地方——村裡有四百餘戶的太魯閣族的知亞干部落（Ciyakang）和潺潺的溪流，在安靜的黃昏中，整潔的街道和美麗的西林國小是我一大發現的喜樂。

攝影：林明理

我緬想日據時期當地頭目俯瞰此地溪流恰似倒臥的大樹洞，故稱為「知亞干」，直到光復後，才將部落定名為西林村的故事。我也緬想這裡的太魯閣先民多由木瓜溪及立霧溪的上游遷徙至此開墾的艱辛。到如今，西林村的族人友善耕種的山蘇等農作物，已是萬榮鄉的驕傲。

就這樣，當我的思緒回到西林村的籃球隊稱霸鄉運球賽，而旅日投手張奕的父親也是西林村的太魯閣人的時候，這些點點滴滴的記憶，還有生態豐富的西林林道，出沒在坡道的食蟹獴等小型動物，也是最令人感動的。

星野 —新詩、散文和評論—
The field under the stars
Poems and prose & Essays

當然，我也不會忘記在西元一九一四年，日本人在西林村發動了一場太魯閣戰事，雖然他們在日本人的印象中是兇猛的族群，但為了捍衛土地，不得不戰，最後才向日本降服的，就是太魯閣族。

此外，當地還有考古遺址，埋藏著兩千多年前原住民祖先在支亞干地區所留下的史前玉文化以及玉器。這些輝煌的太魯閣傳奇與故事，和從鄰近的山林傳來的清香混為一氣，也促使當地族人與歷史有了密切關係。

刊臺灣《青年日報》副刊，2024.09.08，及攝影1張。

沿著一條小路漫走，便可看到屋宇、教會、活動中心、警察局，還有一片耕地……而四周靜寂，除了鳥聲，沒有什麼風濤。但我最喜歡待在西林國小司令臺前，因為我看到許多美麗的彩繪牆、太魯閣先人的生活圖騰或畫像。我好似在兩個並存的世界裡，這給了我一種完全放鬆自在的感覺……也讓我開始感到強震後的花蓮，一切困厄都將會過去，一如昔日的先民那樣努力走過流逝的歲月一般。

我沉默地注視著斜陽下校舍與舒揚館的頂端，有野鳥飛來飛去，心情莫名的跟著舒暢起來。我想起日本作家村上春樹有句名言：「人的生命雖然本質上是孤獨的東西，卻不是孤立的存在。它總是在某個地方與別的生命相連。」這也意指所有族群不僅不能再停留過去，更要團結，因為這樣讓自己的餘生更圓滿。

那些時光，那些寶貴而值得懷念的太魯閣故事，西林村的林道和群山黛青、碧水縈迴……在我起身離開的時候，仍一點都沒改變。此刻夜深了。我獨自沉浸在對西林村的懷念，恍惚中，那兒明朗的夜空、美麗的景物，有如族人齊心齊力塑造的勇者樣貌。

—2024.5.01 作

11 · 日出巴阿尼豐

歷經凱米風災後，一個曙光乍現的早晨，沿著台十一線，遠方的海面泛起一片金黃。我打開車窗，讓涼風吹著臉龐，而八里溪北岸的東和鄉興昌村益發顯得寧靜淳樸。

林明理攝影

「但願風災後，一切都還好吧！」我暗自默禱。這是我十分熟悉的部落，走向每條棋盤式街廓和鄰近的都蘭山下，我都能感受到頭頂是沐浴著溫暖的陽光。

巴阿尼豐（Pa'anifong）是興昌社區舊稱，這裡有一半以上是阿美族人，也有來自雲林、彰化地區的閩南人；還有幾位老榮民也在此生活，但多已凋零。日據時期它的地名是「八里」，光復後才改為「興昌」，居民們彼此都以仁愛相待，敦親睦鄰。

臺灣《青年日報》副刊，2024.09.15，及攝影1張。

在瀏覽活動中心廣場前的彩繪牆，我總會有一種感覺，但願這裡暑夏期間舉辦的豐年祭，或在歲時祭儀時，能親眼看到部落的青年們跳著護衛舞，他們以左手握著傘，扛在肩上，那代表著男子需保衛部落的精神。但願我能看到像這樣一個團結合作的族民共舞，有阿美族少女、孩童一起跳著，動感十足，而我將永不遺忘。

當愉悅的感受在我的思想裡正與村民緊密相連時，此刻我聽見蜿蜒流經部落的羊橋溪水聲，天空有隻烏頭翁掠過，以及徘徊於村內農田的白鷺鷥，對我而言都是美好的景致。牠們是那樣自由翱翔，還有一些小魚兒正孕育於溪中，那裡的水草還沾著幾滴晨露。

星野 —新詩、散文和評論—
The field under the stars

據說，日據時期，日本人曾將此地分配為種植甘蔗的區域，而羊橋溪是當地阿美族人捕撈溪蝦、魚、螺的場域。每當欒樹轉紅，就是腹斑蛙出現的時候。這些豐富的生態，似乎並未因多次風災而受到太大影響。

而今，風災過後族民已積極重建中，有位部落領袖說：「我們豐年祭的古謠流失了許多，現在只能傳唱約二十幾首。」正如有些部落的文化也在流失那樣，的確是需要時間來復振。但是這部落已找回傳統阿美族的祭典儀式，儘管曾停辦豐年祭超過半個世紀，近年來已營造一個熱情的阿美族社區環境。

近午，我走入一間小吃店，又遇見那位阿美族的老闆娘。「我又來了！幫我打包一份炒麵、米苔目、綜合滷味。還有外帶兩瓶小辣椒。」我笑道。

「噢，好的！」她點了點頭。我看著她的背影，屋內四處瀰漫濃濃的菜香，心底莫名地產生一種感動。是啊。在風雨飄搖後，她依然勤奮工作著。歸途，面對波濤起伏的大海，我渴望著下回到訪之時。

—2024.07.28 作

▍12・金樽港的暮色

大概在三年前，初次來到東河鄉的金樽港，此後，我總想再來看看那些海上男兒出海的氣魄、看看漁船返航的老地方。

這次歸來，在黃昏中的山巒、藍色屋頂的休憩區和彎彎的小路上，正好遇見三位族民在閒話家常。「請問陸連島怎麼走，」我說。

「來、來、來！妳看，車經安檢所後，再往那小路直開，或問釣客，就知道了。那裡有個海蝕洞，現在是退潮，沙洲會露出水面連接的離島，就是陸連島。」聽他這一口流利的閩南話倍加親切。「那麼，這裡有住許多阿美族人嗎？今年颱風沒受影響吧？」我又追問。

一、散文・Prose

「這裡有阿美族人，但也有客家、閩南人，還有些新住民。我們沒有分族群啦！至於這次颱風，好險，還好沒太大影響。」他更幽默地多說兩句，惹得大家都笑了起來。

原來此地最早的地名源自阿美族語（Ganada），它是臺灣唯一正在形成的陸連島，且因地形恍若一樽酒杯，故被廣稱為「金樽」；它有綿延柔細的沙灘，加上有強勁的浪頭，遂成為衝浪勝地。

其實這座漁港不該被稱為與世隔絕，因為港邊處處點綴著零星小船。有些小屋為鄰近的族人所有，我可以看到他們親自彩繪的美麗木板門，那就是阿美族之家的表徵。

黃昏近了，雖然海面很遼闊，但海水平靜，沒有任何波濤。對我來說，初次看到陸連島是有點感動和驚喜的。暮雲在頭頂上緩緩移動，天空仍是湛藍的。低的浪花和高的礁岩都讓我開始幻覺，到這裡就像要通往世界的窗口。旁邊果真寫著「陸連島」，無疑是一座與海岸平行的離岸島。

當我返回時，才發現有幾個老釣客，目光就落在他們握著的釣竿與孤獨的背影上。我感到世間的事物以及無數個年月都好像在他們垂釣之間變得無關緊要了，因為歷史的改變永不會失去眼前的大海、山村裡的樸素和群山的黛綠。但這都只是背景，那些討海人經年累月的滄桑與真實的生活，才是令人感受最深的一幅畫。

攝影：林明理

刊臺灣《青年日報》副刊，2024.9.22，及攝影3張。

· 29 ·

唯一不同於往昔的，是我嗅到一股海潮的味道，還有幾位戲水者浮潛的嘻笑聲。在這靜靜的黃昏裡，恍若沒有時間的間隔，遠方的沙灘仍是那樣純淨。

有一剎那我察看周遭，一艘艘船在平靜無波的海上，紅、白對映的燈塔，充滿著守護的力量，還有晚霞下的釣客，就像一幅著色的彩畫，讓我深深懷念這座漁港與建前，原是阿美族的天然灣澳，如今已然轉成一座現代的建築，寧靜地看著這座漁港的存在與成長。它深植在我的心裡，成為揮之不去的影像，也讓我感到擁有當下的幸福。

—2024.8.6 作

13・洄瀾，我來向你致意

坐在一棵老樹下，我看見一群白鷺鷥飛向寬廣的田野。恍惚中，秀姑巒溪和屹立至今的獅球嶼、珍貴的植物群落甦醒，如被主所引導，而我四周的豐濱鄉村落、海岸山脈、太平洋、奚卜蘭島……讓我的心感動了，有種遠離塵囂的快樂。

突然想到了靜浦（阿美語：Ciwi'），更可懷念的是那些盡力維護生態與復育的族民，讓村裡如此純淨，如此樸實。遠方有全臺灣第一座預力無橋墩懸臂延伸混凝土的長虹橋，在十月一個靜謐的黃昏時刻，還能望見點點野鴨飛過。在山、海、溪口與島嶼交織的畫面與涼風吹拂下，它的單純，它的靜美，驅走了我心中的激盪。

林明理畫作 2 幅（日出洄瀾），（月光下）

順路驅車到「奚卜蘭遊客中心」，極目遠眺，竟使我有些激動地想高呼：「啊，洄瀾！我來向你致意。」它永遠在我眼眸裡——呈現出來的是，一個親和力十足的地域，也落實族群和諧，如太陽般湧現活力。

刊臺灣《更生日報》副刊，及畫作2幅（日出洄瀾）、（月光下），攝影4張。

四月三日的強震，不只造成花蓮人的傷口，更情繫福爾摩沙全民的情感，猶如一葉方舟勇邁不可知的未來。所幸，全民獻愛，投入的重建工作已然開始，讓我的心又溫暖起來。

陽光依然笑容俯視，那甜美的鳥兒飛在見晴國小校園的樹上歌唱。我又重返了聖家堂，一路經過瑪谷達璦等教會、國小、鳳中……我渴望上主的愛傾入每一個需要復癒的心。

風兒沉默了。海波親吻向晚的雲影，我親吻洄瀾心底的憂傷。一隻燕子飛向了天空，引我繼續來到碧蓮寺、客家文物館，還有廖快菸樓內。我感受得到與當地鄉民交談時的親切感，並以雙手送上我的祝禱。

就在離鳳林鎮更近的地方，我走進一間冰店裡，有個熟悉的身影，微微閃動。

「老闆，我要兩大杯冰檸檬汁、一客冰淇淋，」我挺欣賞花蓮人這一點海派的溫暖，「請先坐。馬上來。」他回答道。

「昨天地震，這裡是不是沒什麼影響？」我問旁邊一位等候的客人。

「還好。妳從外地來的嗎？」她有些訝異。

「是。臺東。我剛好路過，就來坐一坐。但願花蓮平安。」我說。

「唉，我們會度過的……」她也說了聲，聲音壓得很輕。之後，冰室裡就靜默了。

那天，是四月四日。我的住家位於臺東站旁，然而，每當我遙向花蓮山海望過去，總覺得那蔚藍海岸、高聳的群山，確實比其他的地方看起來更美、更藍。

星野 —新詩、散文和評論—
The field under the stars

此刻,我還是喜歡跟小時候一樣,在夜裡向星際的某個遙遠的角落祈禱,感覺更神聖一點,也遠離了煩囂。我察覺,重建的時辰已在路上。主啊,我慶幸能生活於平靜,為讚頌祢,我願對著宇宙,在星斗之間,對著靜海默禱……像洄瀾的海波永遠為族民歡唱。

—2024.5.15 作

▎14·秋遊泰安部落

如果你想知道著名歌星張惠妹的家鄉,那就去卑南鄉泰安村,順著太平溪岸邊的「大巴六九」山麓走一走吧!

中秋時節,我從太平軍營經過,老遠就可以望見站崗者、返鄉搭車的阿兵哥,還有街道屋宇的純樸與寧靜。而雨後的陽光正落在新建的文化祭祀廣場前卑南族勇士雕像的影子,如歌似的在周遭和草地上迴響。

在觀景平臺眺望,從繁茂的林木、枝上的烏頭翁、幾隻亮閃閃的蜻蜓在身邊打轉,視野所及最遠端的蔚藍太平洋……不禁惹起了我的鄉愁。恍惚中,風兒靠近我,像是久違的故友,頻頻發出親切的招呼聲。

林明理攝影及畫作:(村野)

我看見具有祭禮、射箭等功能的廣場裡,每年七月,村民舉辦卑南族收穫祭、年底都有大獵祭的歡樂影像,歌聲也在風中飄浮著。原來,太平溪的舊名是大巴六九溪,所流經的泰安部落,就是卑南八社中的「大巴六九部落」;其始祖發源於太麻里三和海岸附近的山坡上,就由「石生傳說」而被創造出來,而部落之名,亦有「勇士」的含義。

一、散文・Prose

雖然傳說持續不斷，而泰安村族民和諧、軍民同心救災的故事和我的想像也在這裡持續不斷中形成。是的，要是能隨風攀越太平溪上游的原始瀑布，再深入林道森林，就可以看到更多的蝴蝶、鳥獸，有貓頭鷹惹動枝椏的簌簌聲，或是老鷹、大冠鷲翱翔於山谷。

但我這次只想走過街道來尋勝。如今定居東岸已是第十一個年頭，這村內的植物園區、廣場、太平國小、教會，甚至連小吃店、市場旁幾位賣菜的村裡人，我都是熟悉的。

刊臺灣《青年日報》副刊，2024.9.29，及畫作 1 幅（村野），攝影 1 張。

「這韭菜這麼嫩、新鮮，是一大早採收的吧？」我問。「是啊，我家老頭兒種的。」連旁邊坐著幫忙的阿婆都爽朗地笑了。光見到這麼便宜又有機的蔬菜還不夠，得聽聽這些老人家的生活智慧，正好可以學習。

買好了菜，沿著海拔六百公尺高處的小路，走另一邊的近路，再繞了一個大彎子，當我又重新回到太平溪橋，水面在陽光的照拂下開闊了起來。有幾隻燕子貼著溪流飛，岸畔的大樹也開出紅、黃相間的花。

舉目望雲霧中透射出的晨光，我思鄉的情緒又翩然而至。每逢佳節倍思親，我終於明白幸福要及時把握，那些林中的飛鳥、返鄉耕種的有機農友、為校爭光的小國手、保鄉為民的官兵們……都逐一變成了我的風景。

如今，再也不必為教學而奔波，寫作也是一種快樂。因為我從中找到了自由的浪漫——這都是我一直嚮往的、遠離塵囂的快樂。為此，幸福正在歸途上向我微笑著走來。

—2024.8.19 作

星野 ─新詩、散文和評論─
The field under the stars
― Poems and prose & Essays ―

▎15・在關山的光燦裡

就在上星期，攜友來到親水公園，湖畔水波不興。在清爽的氣氛中，一隻紅蜻蜓落入我眼眸，在風中嬉遊；鳳蝶、松鼠的到來，更使我深信周遭的一切彷若昨日，而流水般的日子不過是日常的一部分，永無歲月的隔閡。

休憩後，穿過豐饒的滿是綠色的田野，回到鄰近的錦屏部落，昔日任我步行的操場，已改變了一些面貌。讓我想起曾

林明理攝影

經有一群布農族孩童引我走過的校長室，而彩繪的校牆、勇士的雕像在陽光下再次給了我懷舊的遐思。

週日的操場十分靜寂，唯有周遭的林木始終散發著淡淡的木香……司令臺上的旗幟，仍襯著飄浮在空中的流雲。忽然，一群紅嘴黑鵯掠過，在山水之間飄蕩不停，以飛舞姿勢窺視所有的生物。

我想起唐朝詩人劉長卿在《九日登李明府北樓》寫的：「九月登高望，蒼蒼遠樹低。人煙湖草裡，山翠現樓西。」詩裡的某種佳境卻在此時讓我感到周圍景物如此妙趣橫生，而沉迷於想像之中了。

沿著筆直的路，繼續通向另一處私密的蓮池。友人夫婦不禁對著白鷺鷥、睡蓮、黃色的萍蓬草指手畫腳。興許是對這單純恬靜的小村，感受到留住這些時光是值得懷念的。

最後抵達高頂山看到臺東平原和鯉魚山的那一瞬，周圍除了鳥聲，沒有一點騷動。在靜靜的黃昏裡，夕照餘暉照亮了整個太平洋、都蘭山脈、卑南溪……而我沿著僻靜的山路漫走，與大自然進行零距離的親暱。

如今我回想起我們喝著冰豆漿、吃著街頭美食，在這星光璀璨的夜晚，有大笨鳥求偶聲傳來是多麼甜蜜的時刻，我的腦海也浮現出那年在操場上偶遇幾個學童的趣事。

那天,我初識了布農族的恩琠和娳婭,他們正跟幾個小學生玩球,而我主動趨近搭話。「這些校牆的壁畫好漂亮啊,」我說。

「是真的嗎?我們有參與校牆的繪畫喔!」她靦腆又驕傲地笑了。接著,我興高采烈地幫他們合影,並遞交給她一包茶餅。她盯住看了一下,便轉身朝孩童們招呼:「大家快來吃東西!都先去洗個手。」她大聲說。

一個小個頭的,他來得最快。他們會主動按照年齡順序站立,居然不到兩分鐘就排好了隊伍。每個人都拿到一塊餅乾,面面相覷,卻止不住笑聲。我在遠處向他們做了揮手的手勢,也大聲說:「小朋友,再見啦,祝你們平安。」我轉身離開時,竟有點不捨。

看來也許只有當我們能輕鬆下來,才能體會到村民族群和諧、友愛無間的快樂;而這些初老生活中的記憶,也讓我的人生變得更有意義。

—2024.8.29 作

刊臺灣《青年日報》副刊,2024.10.06,及攝影1張。

16・靜遊卡大地布

今晨,雨後的曙光從車窗外透射進來,清風吹散了雲霧,給知本大山帶來了一片蔥綠;我深深地吸了一口氣,便下車邁向卡大地布文化園區。

這是十二年前記憶中最令我緬懷的部落,我也一直渴望著再度前來:聽聽園區內青少年在巴拉冠豎立精神標

星野 —新詩、散文和評論—
The field under the stars

的建築時發出的聲音，有卑南婦女編織花環或製作飾品的背影，還有舉辦過「小米收穫祭」留下的歡樂的足痕。這些影像直插入明朗、初秋的天空與群樹。

我輕輕地走到少年會所（達古範）及青年會所（巴拉冠）之間的廣場，周遭很安靜，能聽到寒蟬傳來的聲音。恍惚中，我看到部落中的勇士身著傳統服飾，隨著銅鑼聲繞行街頭巷尾，也有祭司和巫師為族人祈福消災。

我記得初訪卡大地布園區，適巧遇上一對祖孫，那位阿嬤騎著單車帶我們全家走訪部落及教堂，遊歷後，我帶幾盒米苔目剉冰回來給幫忙聚會所工作的青少年，而他們驚喜的表情是我最難忘的。

刊臺灣《青年日報》副刊，2024.10.13，及攝影 1 張。

那天，太陽特別耀眼，照在聚會所美麗的壁上，我可以看見不遠處有座剛豎立的白色船型建物，以及近午時分十幾位族人開心地在聚會所外吃飯的情景，都令我莫名感動。

離去前，有個紮著馬尾的小女孩忽地跑到小女跟前。「我想，」她慢慢地開口道。「如果妳願意的話，我想把我剛剛編好的髮圈送給妳，祝願妳一路平安！」她意味深長地看了小女一眼，像是要讓她記住這句話。小女也立即謝了她。那一刻，讓我們都感到溫暖。

這次歸來，我一邊回想，一邊觀察：在雨後顯現的卡大地布園區，看起來一點也沒變，甚至更美了。我繼續默默地走著，在潛意識中我一直知道風兒緊緊地圍繞著自己，並試圖跟我說話。原來，「卡大地布」部落，又稱「卡地布」或「知本」部落，它也意指「在一起」或「團結」之意。每年歲末年終，這裡的耆老總會講述猴祭的意義給孩童們聽，也會莊重地舉辦歲時祭儀。

如今，我回到書房的鍵盤前，腦海中再次浮現出晃動的那群孩童向我們揮手的情景，使我更深信，我同卡大地布園區之間似乎產生了共鳴。對我來說，我當時想追尋的，不過是簡單樸實的生活。

上帝保佑！之後，我如願地喬遷臺東。多年來，每一憶及「卡地布」，總會惦記著那對祖孫，還有那個女孩也已長大了吧，大概可能讓我很久都會記得他們。或者，他們會在知本的什麼地方，以某種偶然重逢的姿態出現。想到這裡，我不禁笑了，也祝願他們都平安順遂。

—2024.8.13 作

17・森林晴光清風吹

　　初次踏入潮州鎮的「林後四林平地森林園區」，是一個天氣清朗的早晨。萬籟無聲，一隻松鼠揚起眉頭瞅著我。一排光臘樹騰地而起，像是活潑的小巨人，擠在小路之側。而長空籠罩這片無盡的林地，中間有條汧汧清溪，那一瞬我心雀躍。

　　因為才走上一小段路，鳥聲已經在啾啾地鳴響，前方有片紅藜地，一對原住民似乎在種植什麼，我一時看不出來。但沿途大大小小的樹都伸展手臂，迎向天空……森林越見雄奇。

　　當我看到一座銅像，閃入黎明之光。遂讓我記起一項歷經百餘年的二峰圳水利工程，蜿蜒地在時間之流，迄今仍滋養當地土地，供應居民的民生與農業用水。而在屏東平原的最上游建造大石堤，讓荒地成良田的幕後功臣，正是工程師「鳥居信平」。他從調查礫石地，到花費五年規劃；再由當地排灣族人協助施工、完成二峰圳建造。他就像一顆樸實無華的星子，在大武山群與溪流之間令人景仰。

攝影：林明理

　　進入公園的側向溢流堰溪水前，忽見一位綁著馬尾的小女孩。

星野 —新詩、散文和評論—
The field under the stars
Poems and prose & Essays

「咦,這溪流裡有什麼嗎?」我說。

「對,有蛤蜊。來、來、您看!」她立即把一根細竹輕輕擲向溪石角落裡,並指給我看。

「啊,真的會動!還有溪魚!都要捕撈起來嗎?」我追問。

「不可以。老師說只能觀察。」她嘟著嘴,然後回答。毋庸置疑,她的身影顯得特別純潔。然後,我對著站在一旁的排灣族夫婦豎起大姆指,並稱讚:「你們的女兒好棒喔!」我用眼睛都可以看得出來,她為了觀察溪流生態的神情特別有勁兒。

刊臺灣《青年日報》副刊,2024.10.20,及攝影2張。

在這裡,它的前身是台糖公司的林後和四林農場,開園迄今已十年了。裡面有森林,結合綠色園藝等造景。除了有桃花心木、臺灣欒樹等原生植物,也保有早期火車運輸的鐵道,是被評選為全臺灣三大平地森林園區之一。最近幾年也常在園區舉辦大型裝置藝術、工藝成果展與樂團競賽;更有音樂會,讓當地青年發展出屬於在地部落特色的文化。

當我循著路走回停車場。陽光所照處,隱隱之中似乎有某種歌聲迴響。我用心傾聽,原來是風在草坪和林木中馳騁。

忽然,我對平凡生活與競爭的功利社會的區別也認識得比以前更加透徹。就像德國詩人弗里德里希·尼采所說:「要麼庸俗,要麼孤獨。」是的,這世上有許多努力的人,他們大多和我一樣,只要有和煦的陽光和誠摯的友情,就能隨時領略獲得快樂。

轉身離開後,恍惚中,我從園區數百里方圓外,仍能聽得見大自然的柔音,直飄到山城之外。那安詳如海面上吹來的一縷縷清風,令人舒適愜意……猶如那座平地森林上的晴光!

—2024.03.30 作

18・利吉村懷想

深秋的一個清晨,是攝友踏青最詩意的時刻。當我再次沿著山路經過臺東地質國寶的「利吉惡地」,風馳電掣般徜徉在海岸山脈與卑南溪之間,我又看到了阿美族先民涉溪所搭乘的流籠遺址,並出神地望著橋下的溪流。那一刻,我並沒有多加聯想,就像隻急於鑽進巢穴的小鳥,一路直奔往部落裡。

縷縷晨曦在所有小路上,隱在卑南溪左岸、劍山南方的利吉部落,當地的阿美族大多來自恆春。我在天主堂的彩繪牆一隅,稍作停留。細看一幅幅早期先民穿著傳統衣服,利用流籠渡河或正要涉溪而過的學生或族民攜手搬運重物的生動畫面……彷彿時間暫時靜止了。但我並未感到陌生,繼續逛過每條街道,好像來到一個充滿故事的地方,進入了一個歷經滄桑卻處之泰然的部落。

只見一排排整潔的屋宇,有幾個老人家正在閒話家常,寧靜的天空散發著清新的空氣或些許混著甘甜的花香。在一個老人家微

攝影及畫作(秋晨)(此畫存藏於臺灣的「國圖」「當代名人手稿典藏系統」,臺北:林明理)

笑的指引下,我順著一條小路找到「利吉聖小德蘭天主堂」。風徐徐緩緩地吹拂著,彷彿要我在這裡多逗留遊賞。

在這片寂靜無聲中,只聽得見風兒隱約傳來的輕聲絮語。它說,很久以前,村裡的族民為了籌建利吉天主堂,他們以資源回收所得的費用來建造,所以又有「環保天主堂」之稱。居民約有一半是教徒,這些透過宗教信仰的亮光,讓部落裡的所有族民倍感溫暖、也成了他們心靈慰藉的來源與前進的力量。

當我們來到利吉惡地地質公園的橋畔,看到一棵棵臺灣欒樹開花了!猛一抬頭,從四周峰巒嶙峋、雨蝕溝滿布的獨特景象,直到遠遠的天際……除了往來的車聲,都沒聽見任何人的言語與聲響。

星野 —新詩、散文和評論—
The field under the stars

　　風兒又告訴了我，利吉周遭地區，最初僅能以日據時期設置的流籠作為族人對外的交通工具，後來，雖然改以鋼索流籠，但最後都遭颱風摧毀，迄今，橋下仍遺留流籠臺，成為臺東交通史的歷史見證。

　　若非我近距離參觀這裡的地質奇觀，看到流籠遺跡的景物，我還不知道利吉村原來在悠悠歲月中，曾經經歷過困窘與滄桑，但也因此，從部落裡傳來的歌聲變得更為美麗悠揚。就像此刻，那風中之歌朝我緩緩地靠近，也讓我莫名地懷想。

刊臺灣《青年日報》副刊，2024.10.27，及畫作（秋晨）1幅，攝影1張。

　　是的，當我喜愛這一切：臺灣欒樹和山水、村落和大橋，喜愛追逐風和在陽光下吟詠，而熟悉的天空又照亮我生命的時候，我就能感到快樂，甚至平靜地生活，那愜意的日子真好。

—2024.09.21 作

19・秋遊紅葉村

　　不止一次，我喜歡回到紅葉部落，去探望那些布農孩童，去找小時候熱愛少棒選手那點溫暖的記憶。這次，選擇在九月的第一個早晨，出了城，經過許多路口，來到被一片楓紅圍繞、純樸安靜的村莊。

　　一路上，紅葉橋底的溪水蜿蜒地流，青翠的山巒和清明的天空，占據了整個視野，讓進入延平鄉的導覽地圖和彩繪地標，像極一幅著色的水彩畫，而我只是路過的鑑賞者。

一、散文・Prose

「您好,請問您住在這裡多久了?還習慣嗎?」老人家依在矮牆上微笑了一下,對著我說:

「哦,我住五年了。還習慣。」他點頭稱是,接著用真摯的語言跟我說說往事。我開始細聽。這位老人家描述當年莫蘭蒂颱風襲擊的景象,真實的讓我瞬間感同身受。

那年,「莫蘭蒂」挾著強風暴雨,讓部落遭受土石流之痛。有兩百多名村民在荒亂中緊急撤退,災民有的聚集在紅葉橋,有的躲避在國小操場旁等待救援安置。

而今青山隱約,綠水依然悠悠長流。週日的紅葉少棒紀念館門前靜悄悄的,只有社區裡的孩童玩著投球,幾位族人在雜貨店裡閒話家常,一位婦人正騎著機車帶著便當及食物回家。我一一點頭打招呼,原來,透過一個微笑,也能化為自己想表達關懷的感受。

攝影及畫作(山水情):
林明理

漫步到已九十多年歷史的紅葉國小,公告欄上貼著許多學生的作品及參加棒球比賽的榮譽事蹟,讓我也能感受由作品中展現出孩童的純真和老師們教導的用心。

我特別喜歡一幅小學生的作品,他在旁白寫上「我的爸爸是一棵為全家遮風擋雨的大樹」,畫中的父親,洋溢著那分神氣,讓我不禁細細端詳,也令我覺得回到了童年。

另一幅畫中的旁白,則寫著「中午放學後,我一回到家,阿嬤剛好要到豬舍去餵豬,還有許多小動物。我便陪著阿嬤一起去。我們的豬舍除了豬隻外,還有養兔子、火雞、雞、貓和狗,真像是小型動物園,好熱鬧喔!」天真的語氣,彷彿阿嬤就是他的驕傲。這孝順的口吻看進眼裡,瞬間,感動的情緒也在心底生根。

・41・

星野 —新詩、散文和評論—
The field under the stars

　　啊，多美麗的蒼穹！當我凝視著村景，一種遺世獨立的孤獨，慢慢引我沉思。它如同一首歌，迴響在山巒間隱隱閃動的楓紅……時而喁喁私語，時而有著明亮而純淨的憂傷。恍惚中，風兒訴說村裡的歷史和故事，訴說著棒球村光榮的記憶和走過風災的痕跡。

　　但只要有孩童的笑聲、老師殷勤的教導以及重新站起的勇氣，我欲張開雙臂，擁抱這座紅葉村保有原始的風光和綠意盎然的神采。感謝主，我願部落的春天永駐，也祝願孩童們平安、依然奮勇向前。

刊臺灣《中華日報》副刊，2024.10.29，及畫作（山水情）1幅，攝影1張。

—2024.09.02 作

▌20・長樂村旅思

　　東臨太平洋，在港口溪上游流過的滿州鄉長樂村，是全臺灣偏遠的聚落之一，也是個罕見的部落。據說，有很長的時間裡，村民每逢舉辦喜慶或春節活動，都只能緊挨在窄窄的山路上辦桌。走過了五十多年的等待，而今，村民已盼到自來水安裝，且新建一座文化聚會所；這才是當地耆老們感觸最深且開懷的喜事。

攝影：林明理

　　那是在一個有風輕拂的傍晚，等我下車以後，才慢慢看出來，聚會所為何成為當地村民聯絡感情的重要所在。它在村裡的重要地位頗為特殊，因為，它也提供給老人家免費用餐與學習等活動的場所。

我看到有幾位村民正在專心地諦聽，似乎在學習新知，他們對我頗為和善，不以對陌生人那樣的目光待我。我不禁舉起相機對著他們拍照留念。約莫半晌，就看到滿州國小內有各種排灣族圖騰及雕刻；其中，有尊勇士的雕像帶著天使般的笑容。

「是誰雕刻的啊？」我又驚又喜。還有一幅排灣族男孩同海裡的大鯨魚對話，畫得十分傳神。走著走著，我又看到校內貼著學童受獎勵的榜單……恍惚中，隔著時空，也能看到小選手們努力以赴、參與各項比賽獲得的光榮時刻。

刊臺灣《青年日報》副刊，2024.11.03，及攝影1張。

原來，這裡的村民來自長樂社區和分水嶺社區，排灣族與平地人各半，多以務農為主。多年前，曾因為天災而有住戶牆基下陷，如今村裡的小路部落等，都已過著安祥平和的日子。我在整個村裡轉了一圈，就興致勃勃地向街上走去。

當家人在一家老店各點了愛吃的臭豆腐等美食，我看到廚房裡的員工都忙得團團轉，我們卻都停不下筷子，不顧形象地猛吃起來。轉身離去時，我看到新建的白色教堂十字架上的光芒、閒話家常的村民，小孩兒與同伴邊騎車、邊微笑……在暮色漸濃之中吹著甜甜的風。

我瞇著朦朧的眼眸，回首時，有點感傷卻又不無懷念。那一刻，風變小了，雨也停了。風兒忽然招呼我過去，說了一句悄悄話：「嗨，下一次記得再來！」我便提起嗓子，這樣回應：「我知道了啊！」然後，笑著揮了揮手。

到如今，遠方的雲霧悠然而起，輕淡的村影，從心上滑過……風兒好像又對我講述著什麼，連同大海那邊游動的魚群、捲起細碎浪花的海岸、田中的小白鷺，都讓我感到無限懷思。

星野 —新詩、散文和評論—
The field under the stars
Poems and prose & Essays

　　我想起法國大文豪維克多・雨果（Victor Hugo）說過一句最激勵人心的話：「人，生下來不是為了拖著鎖鏈，而是為了展開雙翼。」是的，我願以此名言勉勵自己，也祝福長樂村所有可愛的孩童茁壯長大……我會一直思念你們。

—2024.03.08 作

▎21・秋遊部落札記

　　今夜，星辰隱匿，視野所及，都是清冷。我想起首次駛入被群山環繞、海拔八百餘公尺的新化村，是在一個小雨迷濛的早晨。

　　那是個地處偏遠僅有三百人居住的達仁鄉聚落，卻擁有臺灣油杉群和沃土，並反映在它的珍貴稀有性上。它有點像一幅只勾勒出丹青的水墨畫，但也因為它有大自然的芬多精，更顯其山色清鮮的樣貌。

林明理畫作：（山的跫音）
（此畫存藏於臺灣的「國圖」「當代名人手稿典藏系統」，臺北）

　　與其說沿著蜿蜒陡峭的山路，可見這一帶森林擁有數百棵奇木，除了臺北坪林、礁溪能瞧見，不妨說，新化社區是臺灣油杉最大的保育區。即使是雨天，地勢比平常高些，但在一片樹海間，我還是隱約地可以瞧見山的對岸，便是太平洋的海平線。

　　一間小雜貨店，坐落在部落的街頭。有位年長的婦人邊笑邊走到我身旁說著：「妳是要問路嗎？」確實，我想多虧了她的指引，自己才了解新化、新生和森茂等三個部落，合稱為新化社區。我回答說：「我想到村裡的集會所和安朔國小新化分校看看。」隨後我也到處轉轉。晨光

下野桐花、金黃花穗的翅果鐵刀木，還有雞蛋花都開在坡旁，葉脈晶亮，山林陰暗處則幽靜又透出幾分神秘。

　　週日的操場，紅土的跑道和草皮都有零星的小水窪，背後的山林蔥鬱，有種雨後的濕潤氣息。我從街道走過，大多是舊屋宇，但家家戶戶多有彩繪的排灣族牆板和美麗的雕塑，這可能是新化村裡有位木雕藝術家林新義的作品很獨特的緣故吧。

　　歸途的路上，有一隻小山羌撩起牠的眼睛瞅著我，顯然是在打招呼，隨後便躍起躲進樹叢了。一對臺灣獼猴母子，一前一後從小徑走出，無視我的存在；還有成雙的鳳蝶閃著鱗光的翅膀翩翩飛舞……伴著山泉的聲響。

刊臺灣《青年日報》副刊，2024.11.10，及畫作1幅（山的愛音）。

　　村裡只有一條下山的道路，但這一切都令我不免懷念起質樸的山村族民，那種實實在在生活的樸實態度，還有蕨叢、教堂傳出的歌聲和森林的諸多生物。忽地，就在那一瞬間，我感受到油杉步道果真是生態豐富，而藥草植物也是多樣翠綠的。

　　當太陽冉冉升起，在我頭頂盤旋不散的雲朵又開始聚集、馳騁時，我將耳朵靠在車窗邊，那風的歎息，浪花、沙灘和潮水的湧動，都在心靈裡，讓我遠離了煩擾。

　　我深信從深山遷移下來，建立七十三年的新化村排灣族人，大多仍在努力耕種，但願種植的藥草及咖啡樹的成長，能為部落經濟帶來一道亮光；也祝願所有學童都有快樂無憂的童年。就像此刻，透過半開的窗扉，山海的聲音及部落的歌聲也向著永恆。

—2024.9.24 作

星野 —新詩、散文和評論—
The field under the stars
Poems and prose & Essays

▌ 22・鹿野鄉間旅思

　　秋涼時節，青山隱隱。在鹿野鄉巴卡拉子部落的金色稻浪中，在我想銘記此畫面的時候，風兒對我說：「把心放空，就可以靜下來！」果然，凝望不遠處白鷺鷥遍布的溪谷，而風緩緩地飄下來，時間的分、秒彷彿不存在了，四周村落似天堂般和諧。

　　據說，這部落位於溪邊，它的名字在阿美族語意指「溪邊有許多白色螃蟹」。當地的阿美族人大多從清末、日據初期，陸續由恆春半島沿海岸北上，初居臺東馬蘭部落，再遷至鹿野鄉瑞源村的大埔尾南社；也有其他阿美族人由卑南鄉利吉村等地遷居至此。

　　此刻，一道來自東方的曙光，拉開黎明的帷幕，恍如童年悄悄向我走來。在那時間走廊之外，在陽光裡甦醒的花斑鳩咕咕的叫，卑南大溪為我的遐思伴奏，歡快的群鳥和莊嚴的山巒都唱起了歌……而我因回憶起親友而心中五味雜陳。

攝影及畫作：
（漫遊金牌農村）：林明理

　　古風依依，當我回首，故鄉是我載不動的愁。父親是我文學啟蒙的良師，晚年的他一邊享受含飴弄孫之樂，一邊為鄉民服務，直到七十九歲病逝時，我才深切地體悟出「知足常樂」的道理。是的，父親留給我的，是他用心栽培我的勇氣，還有愛。

　　轉瞬間，一朵落單的流雲飄過天際，默默凝視這片村野。我看得見一團白霧濛濛的屯在凹谷，還有一棵老茄冬樹伸枝懷抱，低眉淺笑了。我瞧見一家家整潔樸素的屋宇，有一個老農夫騎車而過。那是個微笑的影子，掩映著他的臉，猶如波鱗般的光；我立馬回以點頭致意。

　　記得有一次，我跟家人在村裡一起入座，酣飲紅烏龍茶、品嚐紅豆餅，並漫步茶園、玉龍泉步道，共享歡樂。而今，那難以言喻的感覺，有種重溫舊夢的奇妙幸福。

・46・

一、散文・Prose

今夜，月已悄默。我感到生命中唯一真實的友誼，能讓我找到時，是十分慶幸的。當寒氣穿越時空，越過廣袤的北半球，而國際某些地域卻因戰火瀰漫變了色，令人憂心。

「或者，人性神奇的地方，就是能永懷希望與夢想。或者，光陰裡的故事，有悲歡離合，風情萬般的，都值得用心去體味各式各樣的禪意或驚喜。儘管世界和我們一起警醒，足以驚天動地，而風依然柔和，四野寂然……福爾摩沙的城光仍延伸著，自鄉野到都會都閃閃躍動。」我自言自語。

刊臺灣《青年日報》副刊，2024.11.17，及畫作 1 幅（漫遊金牌農村），攝影 1 張。

當時間轉啊轉，我寧可像座石像般極目遠眺，但見太平洋的廣闊，延伸向彼岸風城的四方。只有天知道，未來的世界會是什麼模樣吧！但我行經鹿野永安社區，看到一座全臺灣的金牌農村，的確使我得到心中的寧靜和歡樂。

—2024.10.15 作

23・泰源幽谷紀行

颱風過後，重回久違的東河鄉。在登仙橋和馬武溪的峽谷之間鑽行的時候，聽秋蟬在林間不停嘶鳴，遂不感到寂寞。

我曾多次來過這東海岸唯一的封閉式盆地，入山後，蜿蜒地駛向北源橋，直奔美蘭部落、順那部落、北源國小校園，靜聽風中傳來的樂音。

在那裡的阿美族人常在這條清澈的馬武窟溪的水源地耕種各種養生米、蔬果。但這次前來，適巧道路在全面整修中，車便在休憩區前停下來。我便逕自邁著輕快的步伐到幽谷中去尋覓一個可以恣意拍攝的

星野 —新詩、散文和評論—
The field under the stars

角落，一個僻靜沒有煩囂的角落，那兒只有我與大自然交談著，而不會有任何事物橫隔，我可以慢慢瀏覽的美麗圖景。

有一對臺灣獼猴父子快速地從旁而過，映入我的眼眸，使我欣悅。我看見溪水在長長的橋底遇到大大小小的岩石，嘩啦啦地響，像個淘氣的小孩，似乎向我嘟嚷了什麼；而那蒼莽高聳的山體，總是靜靜地凝視著，我難以透知其心事，但總帶給我更多的遐思。

攝影及畫作（幽谷流泉）：林明理（此畫存藏於臺灣的「國圖」「當代名人手稿典藏系統」，臺北）

當熹微的陽光把晃動的水影投射到樹林和峽谷上，那雲中水影就在樹梢上忽閃了。我一直都喜愛黎明的東海岸，在這兒，除了鳥兒在縷縷陽光裡穿梭，時間彷若靜止的感覺又回到我心頭。我深深覺得，或許世間過於空洞的慾望，總歸於海市蜃樓，也只有當我們真正放鬆下來，才能不受阻撓地發現大自然中蘊藏的妙趣。

之後，車經阿美族製陶主要之地的隆昌部落（Kanifangal），巷道靜悄悄的，但村裡知名的「棉蔴屋」、還有轉角處有間裝置可愛的餐飲店，是人氣最旺的步行街。

此時此刻，站在昔日的隆昌國小操場，只有一隻小狗瞅瞅我。彷彿中，我仍看到一群學童跟著老師認真的拿起彩筆，畫出心中最美的家鄉，他們的嬉笑聲不斷，更增添一份活潑的色彩。

刊臺灣《青年日報》副刊，2024.11.24，及畫作（幽谷流泉）1幅，攝影1張。

今年八月，這裡的年輕族人照例從外地歸來。他們穿著傳統服飾，以舞蹈迎進了豐年祭的活動，以動人的歌聲湧溢出相聚的歡樂。我因而認識到村裡的生活小故事，也讓我更容易理解其中的美和族群相處的和諧。

一、散文・Prose

　　上次，無意中認識一位擅長編織的女族人。我問：「這裡的編織工藝這麼精巧，都是部落裡的老人家傳授的吧？」

　　「是啊，我阿嬤也是編織達人，我也很認真學習喔！」她談及一些過往的事，我聽著聽著，不禁要為這些老人家拍手稱許了，我深信，只要有家人等待的窗口，裡面就有深愛的人，就有一種莫名的幸福。沿著海線一路奔向歸途時，太平洋海面波紋依然是閃爍躍動的……而我思緒翩翩，用暖暖的愛迎接初冬的到來。

—2024.10.23 作

24・歌詠拉里巴部落

　　昨夜下著迷濛細雨，今晨車經達仁鄉台坂村進入山區，就看到一間派出所，右轉沿著山坡緩行，一側是低矮的屋宇，另一側是拉里巴排灣族美麗的彩繪牆，散發著部落動人的故事及顏色。

　　週日的街道很寂靜，鮮少有車輛。「你瞧，那隻長尾巴的鳥，好美！那群白鷺鷥都飛起來了。」這是我從車窗外發現的第一個驚喜。

　　停在一間雜貨店前，有族人彼此興致勃勃地談天，說笑。一個中年人探出身來，幾個老人家的眼睛有禮貌地笑著，好像說：「來吧，遠方的客人，進來坐！」一隻家燕忙碌地拍打著翅膀，發出親切的叫聲。

攝影：林明理

　　「請問，小學往那邊走？」我恭恭敬敬地仰起臉詢問。「從這條一直往上，一會兒就到了。」當我舉目看到他們全家圍在一起的時候，真是一幅天倫之樂的圖畫啊。

　　徜徉在這小山村，飛鳥、清風、海浪，萬物的一切彷若在部落的歌聲中讚美造物主，我眼裡流露出尊敬。因為我喜歡面對大自然，它改變

星野 —新詩、散文和評論—
The field under the stars

了我的生活，也懂得與人分享喜樂；每走訪過一座山村，就會看到許多不同的事物。

　　正因台坂國小以體操聞名於臺灣體操界，於是我好奇的目光逗留在紅土的跑道上。據說，這座迷你小學被譽為「體操界的紅葉傳奇」，在已故的「南迴體操之父」董恆毅教練帶領下，三十多年來曾拿下數百面體操獎牌。他對部落孩子滿懷的愛，令人無限緬懷。

　　於是，我想到黎巴嫩詩人卡里・紀伯倫曾說：「每粒種子都是一個希望。」從這校園往外望去，學童們努力以赴的背影歷歷在目；而村裡有九成以上的排灣族人都信奉基督教和天主教，教會牧師也會在祭典穿上傳統服飾領唱古調。老一輩在集會所看到收穫節時，不論男女老幼都展現族民一體，一起穿著傳統服飾唱歌跳舞，或展開趣味活動，我看了都感動得忍不住流淚了。

刊臺灣《青年日報》副刊，2024.12.01，及攝影1張。

　　近午，太平洋蒸散著熱氣。這次探訪最教我驚喜的是，在台坂教會前傾聽到許多族人歡唱聖詩的聲音。有幾個婦女嘴巴含著笑，不住地繼續唱著。我竭力克制著不讓自己的腳步走出聲來，並迅速地為他們拍攝合唱照片後，便揮手告別了。「這樣的教會並不多」，我自言自語，「可是哪個社區裡要有像這樣一座教會，就一定有福。」

　　我不禁暗想著：當外界的紛紜逐漸平靜下來之際，讓我們回頭看看自己的家鄉吧。在生命的長河裡，只有故鄉與家人與我們是如此有情有緣。作為一個旅人，能來到拉里巴部落看到族民和諧的畫面，真是幸福極了！

—2024.9.10 作

25・冬日海濱遐思

◎林明理

連續多年來,每年七、八月間我都會參加在臺東市舉行馬卡巴嗨藝術節,熱鬧非凡。尤其當地的原住民和藝術家、歌手都樂於匯聚於森林公園,共同打造一個充滿活力的文化盛宴。讓我有機會品味這種促進族群融合與文化交流的生活。

我想起在一個有風的日子,初次步上海濱公園白橋的欄杆處,並在那兒拋下俗世的喧囂。當時晨星還未隱退,海上看似風平浪靜,但有時波濤洶湧,這都是大自然能量的一種傳遞。但對當地討海人來說,不論是駛向寧謐的海灣,或到數十里外為生存而奮鬥,他們深知謙虛與敬畏大海是必要的。

刊臺灣《青年日報》副刊,
2024.12.08

當我用單眼相機對準紅色相框的裝置藝術時,我看到背景有艘小船適巧出現在框裡與天空銜接的地方,層層浪花也將自己疊成千堆雪,飄向海岸。剎時,一群白鷺鷥像往昔一樣來了,安靜悠閒的模樣,讓我也平靜下來,在海濱旁,尋訪往日時光。年復一年,我總喜歡在那兒傾心注目,海鳥依然在雲彩上,那麼優雅輕舞飛揚,而雲彩則猶是點點孤帆。

我在廣場上聽著風聲、海潮聲,並於一棵榕樹下歇涼。風兒輕輕告訴了我,原本臺東市海濱公園,已改名為「馬卡巴嗨公園」,並持續多年在這裡舉辦「馬卡巴嗨文化觀光季」。而「馬卡巴嗨」是阿美族的讚美語,意指最美的,也意味著熱情和熾盛的活力;它代表著一切最美好的、令人愉悅的事物。我不禁莞爾,也讚嘆這座公園簡直恰如其名,還有一座具有燈光及藝術的穹頂建築,以及處處令人驚喜的海景。

我看到一隻花斑鳩有點像孩子在樹根旁藏身,好奇之下,靠近按下快門那一瞬,牠卻躍上了枝頭盤旋飛舞,敢情是戲弄取笑我。那模樣使我想起了很久以前,我的童年雖然局限於鄉野之間,但我有自己的天

星野 —新詩、散文和評論—
The field under the stars

空、無羈無絆，也有父母給予足夠的溫情；而父親的慈暉，時時讓我擁有夢想，勇於邁向未來。

前幾日，與新鄰居秀珍夫婦一起前來看海，她是我在寫作孤獨之際的知心者。就像哲學家蘇格拉底說的，「世界上最快樂的事，莫過於為理想而奮鬥。」我相信，有愛和夢想，就有奇蹟與希望。如同那一刻，周遭世界極為安靜。大海的聲音，於我永遠是浪漫的邂逅，且遠遠超過我能形容與表述的。它就像是相遇的戀人，會問起彼此的心事，也會自然地傾訴自己的夢想，而我總是繫念著那個歡樂麗日的午後。

驀然回頭，遠山疊雲，又一隻海鳥掠過，牽引著我的詩心冥想。我的靈魂也在冬日海濱遨遊，宛如今年夏天在馬卡巴嗨公園的音樂中晃悠。

—2024.11.06 作

26・寒夜思懷

颱風過後的一個子夜，月光灑落在院子的角角落落，屋外幽深寧靜……風兒吹來，桂花輕微地飄出淡淡的清香。忽而，一個難忘的記憶湧來，遠方友人倫扎的雙眸不幸失明以及與之合著詩集的美好時光，也一起湧上心頭，令我不禁提筆寫相思。

林明理畫作、Renza Agnelli 照片

我想起了東河鄉金樽漁港南方有座臺灣唯一正在生成的陸連島，在退潮時，沙洲會露出水面連接離島。為了看這一片小海灣、離岸礁和綿長的沙灘，我經常早起。那時的天空是淺淺的藍，被晨光照拂的海岸山脈以及層層浪花，升騰起小漁村迷人而樸實的氣息。

一、散文・Prose ★

　　沿著入口處緩步走著，一群野鳥棲息在棋盤腳的枝頭、花上，又飛往山巒間欒樹花開的方向去了。或許，牠們就在一個最隱密的地方繁殖、在岩壁上的交界，或者在這獨特的海岸邊繼續飛翔，引我翹盼。

　　不知從什麼時候開始，這裡原本是天然灣澳，如今已興建成一座令人目不轉睛、美麗的漁港。燈塔下三三兩兩的海釣客、裝卸魚獲的勤奮漁民，還有海面幻成一片湛藍，一抹詩意，瀰漫在海天一色的堤防旁。

　　正因這黎明的海岸，只有漁夫和鳥雀的聲響；我喜歡它的寧靜，永不止息、隱約的浪花的呼喚，⬚合著遠方的點點漁船和徐徐⬚開的雲朵……帶給了我一抹淺淡的笑。

刊臺灣《中華日報》副刊，2024.12.14，及畫作1幅，照片（倫扎・阿涅利）1張。

　　恍惚中，我聽到了來自⬚⬚礁岩的⬚妙之音。就像《紀伯倫的詩》詠唱大海一樣：

　　我永遠漫步在這海岸，在細沙和⬚⬚之間。

　　高⬚的潮水抹去我的足跡，海風也將⬚⬚拂走，但是，海與岸將會永恆。

　　如此優美的詩句，人們可能很難理解大海之美何以如此長久地被歌詠？我卻暗自期待，它⬚予我的，是一種喚起心中重新發現的甜蜜的記憶。

　　直到陽光穿透雲層直射到海面上，幾艘小船，隨意地擱在遠方；我轉身揮別了漁港，但我時常聽到了一首無與倫比的歌，它來自海洋。然後，我就像一尾飛魚，在闌珊燈火處，就這樣游來游去，靜聽大海在夜裡的呼吸。

　　當月光照在海灣的燈塔之畔，有一種思念正緩緩划過天空，跨越島嶼，飛繞月宮……而我此刻卻想起友人的笑容又湧現了。於是，我譜寫了一首詩（在思念的夜裡）：

星野 —新詩、散文和評論—
The field under the stars

啊，我遠方的友人像朵白色小雛菊，
悄悄綻放在西西里島一隅；
一天又一天，
她的生活以及眼裡盡是詩意。

啊，她一旁的丈夫和孩子笑得多甜蜜，
我親愛的倫扎，卻與我相隔千里；
一天又一天，
除了從太平洋望出去，在思念的夜裡。

所有山巒都在守望，小河也唱起了歌謠，
而我把一束滿綴星鑽的雲隙光送給妳⋯
一天又一天，
直到妳驚奇地發現：它如花般明亮聖潔。

這是我對倫扎的思憶呵，這是我今夜親吻她額頭的一個吻。

—2024.10.28 凌晨

27・風雨後隨想

　　終於，颱風遠颺。值此一刻，寧願驅車橫過平野，到久仰擁有「臺灣十大經典農村」美譽的鹿野鄉永安村裡走走，呼吸新鮮空氣，也不願繼續在鍵盤前乘想像的翅膀一路如箭矢似的，推敲流於空洞的草稿。

　　這一座純淨富饒的村莊，既有青山為屏，綠水為帶，所有的茶園、青山彷若增添了幾許飄逸之感。隨興地漫步在玉龍泉生態步道，幽靜得出奇⋯⋯而整潔街道的屋宇，也帶有斑駁歲月的歷史韻味，連路過的村人也投以親切的招呼。

　　我不由得想起英國詩人拜倫的一首詩，這麼寫著：「黑夜原是為愛而生，／白晝轉眼就回來，／但我們不會再漫步，／在那銀白的月光下。」詩句多麼優美而傷感！但我的念頭隨即被步道裡頭有一個從崖壁冒出的「湧泉」佔據了，因為它是當地人每逢端午節都來此處取水之地，經年水源不斷，尤其豐沛的湧泉，更成為打卡景點。

一、散文・Prose

　　從步道入口望過去，就可以看到茁生了許多茶樹的農地，背景是令人心曠神怡的山巒秀色。我聽到野鳥的歌聲，雖然風災過後的第一天，下了雨，山谷仍是霧濛濛的，但村裡有老木參天，農夫仍忙著幹活兒。還有一間誠實商店，提供給長輩將自產的農產品或年輕人的文創產品送到此處販售。

　　關於永昌部落，根據一座阿美族石雕旁的紀事石碑上記載，在昭和十年，日本人將此部落規劃為棋盤式的社區，並在道路兩側種植茄冬樹。它的原社位於鹿寮溪沖積扇東南端，屬於丘陵臺地，早年野鹿成群，捕鹿的人蓋了許多寮屋，因而日據時期稱「鹿寮社」，是永安村裡阿美族人最多的部落。慶幸的是，在社區發展協會等花費二十多年時間，積極推動社區營造，逐步發展茶產業，如今才成為農村再生的典範。

　　每年七月，這裡的阿美族人都會舉辦豐年祭，常見的是族群和諧，同歡慶祝；除了可以參觀茶園，還可以在鄰近的鹿野高臺觀看熱氣球活動。村裡的治安良好，給我的感覺，就是一個可以放鬆的旅遊之地。年節時，仍有許多人堅持用傳統手法製作年糕，並在社區舉辦聯誼活動，煞是熱鬧。

　　永昌部落如此，我的家鄉也是一樣淳樸。今夜星子隱匿無跡，但我的世界不侷限於家門口，恍惚中，我可以朦朧望見永昌部落的另一端田園，和我故鄉另一端門前的油菜花田。就如詩人拜倫說的，「一滴墨水可以引發千萬人的思考，一本好書足以改變無數人的命運。」我相

林明理攝

刊臺灣《青年日報》副刊，2024.12.15，及攝影3張。

信，一座活化的農村，通常是帶給旅人快樂的；而我是個旅者，願真實地記錄那段享受著茶香還殘留未散的時光。

—2024.11.16 作

28・冬遊崁頂部落

「妳從哪裡來的？」有位從苗栗客家莊遠嫁到臺東的宋太太探頭笑著說。「這滷味好香啊，可以訂位用餐嗎？我們從市區來的。」我回答。

「這裡只提供預訂喔，今天是教會牧師、會友，還有些學生參觀食農教育後，都要用餐的。」她有點不好意思地說，「我先生是阿美族，以前在市區教小學生古琴，目前已退休，回到崁頂部落的家鄉後，便推動社區朝有機村的方向發展，也提供導遊或風味餐。」隔了一年多，我回到這熟悉的部落，竟又巧遇了宋太太，因而寒暄了幾句。

「噢，」我略表敬意，「不容易啊，能返鄉為自己鄉親做點什麼，都是一種回饋，是有貢獻的喔。」

「我可以隨意拍攝留念嗎？」她笑著點點頭，又繼續埋首忙著料理食材。我發現店前有一塊很別致的木

攝影及畫作：〈山村之夜〉，此畫存藏於臺灣的「國圖」，「當代名人手稿典藏系統」，臺北。

門，是宋老師自己打造的，這時候，陽光正好暖和，客廳裡的牆上掛著一把小古琴，窗臺外放了兩盆不知名的小樹。

一、散文・Prose

　　我揮手道別前又說,「這部落我來過多次,村裡有種植小米、紅藜、水蜜桃、茶樹,還有稻田等,很漂亮啊!」她臉上泛著一種受到讚許的光彩,就在那一刻,我驚覺原來美的感覺,就是一種原始的樸素,是不用金錢計量,也不必刻意去尋找的。

　　今夜,我一邊回想起百年的崁頂村,一邊看那冬季繁星圍過來的天空,不禁喃喃自語:「崁頂村,一個屬於布農族人的部落,但也有各式各樣前來打拚的人,多麼美好!」

刊臺灣《青年日報》副刊,2024.12.22,及畫作1幅,攝影2張。

　　記得初次到訪,我路經一座教會,聽到美妙而莊嚴的布農族合音傳出來,那時有種莫名的感動,覺得十分清純溫馨,好有慧心。也想起有一次深入崁頂部落,到一位女族人家去。她的家也佈置得很簡潔,牆上掛著剛收割不久的一束束小米,也有一籃籃的水蜜桃可銷售。奇怪的是,這些擺飾給我一種特別感覺;而村裡餵養的雞、鴨、鵝,也讓我彷彿回到童年。記憶中母親栽種的紅鳳菜、空心菜等,也在冬天的門前盎然長出一片新綠。還有絲瓜棚上的蜜蜂、田裡的油菜花,雞鳴、蛙聲……都那麼令我懷念!

　　原來,真正讓我能會心一笑的,常像是部落裡簡簡單單樸素的山水,它不必有華麗的顏色,也無須繁瑣多樣的背景,卻總能在那大片的山野間引人遐思,給人一種空靈之美。

　　我深深感到,在今年多颱過境後,村裡有許多地方須需要修繕或相互幫忙,但像宋太太這種隨遇而安的婦女仍很多,她們依然會勤奮地做事生活。而我確信:許多在大都會工作的人們,假日時如果能到鄰近的部落裡走走,就會看到自己喜愛的景物及感受樸實的快樂。

—2024.11.11 作

星野 —新詩、散文和評論—
The field under the stars

▌29・日出巴布麓部落

黎明時分，從美農村高頂山駛向馬亨亨大道的轉角一側，鳥雀於大樹的枝冠間，周圍是寶桑路的大街小巷。我看到一個醒目的巴布麓鼓，真有原住民藝術的味道。

都說巴布麓（Papulu）是日據時期於原「八社番」中比較晚成立的卑南族部落，又稱寶桑部落；在這裡的族人少不了遷移的艱難歷練，但如今走進了部落，除了「寶桑四維里多功能活動中心」的大門及牆面仍看得出裝飾著原住民圖騰以及卑南族的巴拉冠等建物，外人已很難分辨得出哪一戶才是原住民的屋宇了。

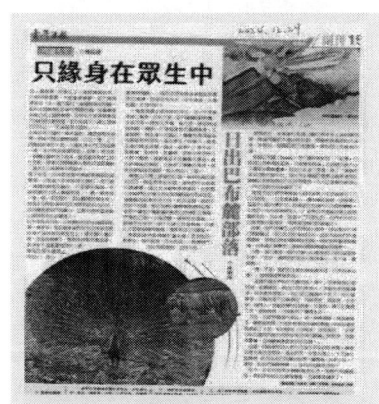

林明理畫作：（黎明）

當我行在原是卑南族人和阿美族人生活場域的「北町日式宿舍」，以及寶桑國小、國中附近街道，感覺要比走在郊外山區方便許多；因為這兒有現代化交通的網線，其中有四十多戶的卑南族人，大多來自不遠處的南王部落。雖然如此，多年來，每逢十二月底左右，他們不分老少，仍會齊聚在集會所，等待祭司舉行祈福儀式。

刊臺灣《青年日報》副刊，2024.12.29，及畫作（黎明）。

這樣一個不到兩百人的卑南族小部落，每年都在此地舉行傳統儀式，吸引許多好奇的目光。這是因為他們在重大節慶時，都會回到家鄉與親友相聚，即便是與臺東距離遙遠，也能藉此維繫族人連結的勇氣與團結的胸襟。

今晨，適巧遇到一個在活動中心廣場前打球的銀髮族賴主委。「您好，請問您們是在打槌球嗎？」我下車，趨前探問。

「噢，不是，我們打的是地面高爾夫球，正準備參加比賽。」他開朗地、微笑地答說。

　　「那您的隊友們有巴布麓的族人嗎？」我越發想打聽個究竟。他繼續說，他自己是阿美族人，其祖先來自都蘭部落，但老婆是客家人。他已從公職退休十年了，常在這裡練球，而隊友是不分族群的，有卑南族、阿美族，也有客家、閩南人。我能理解他的話意，知道他一輩子在臺東市工作，直到退休，才開始有了優閒生活。

　　而我，也定居臺東市多年。這一條寶桑路，無論春夏秋冬，總是很熱鬧，尤其是卑南族的歲時祭儀，氣氛很歡樂。我想起了卡里‧紀伯倫在〈沙與沫〉詩句裡寫的：「如果我可以在做詩的能力和詩作未完成的歡樂之間選擇，我會選擇歡樂。因為歡樂是更美好的詩篇。」

　　由這一段感受到詩人把自己對生活中的思考融入其聯想，的確充滿哲理意味。這次前來，幸運地遇上七十五歲的賴姓長者，他告訴我巴布麓的由來。離開前，我揮手說，「謝謝您，祝您們旗開得勝！」也向其他隊友道別。

　　如今，初老的我開始體驗優閒生活，而創作與讀寫感悟，讓我原本的生活變得豐富，也更增添趣味了。

—2024.10.01 作

30‧冬天裡的溫暖

　　此時，已是小雪節氣了。一直以為，距離花蓮還很遙遠。然而，我還是再次邂逅東華大學詩意湖畔的冬天。

　　漫步在綠廊一隅，周遭裹挾著蕭瑟的北風。是風，穿越了萬水千山，捎來了校內理工大樓已重建的訊息，讓我禁不住想來細細去品悟所有善心人懷抱的深情和那場震變後的蛛絲馬跡。

星野 —新詩、散文和評論—
The field under the stars

於是，我望著學院前的廣場，綠樹蒼翠，簷上的野鴿咕嚕咕嚕聲，猶似愛人的絮語，仍是一派歐式學院的建築和多彩。瞧，遠山的最頂端有一抹天光順著淡藍的雲彩下來，幸運的是，落在密植的樹梢……而我站在這裡，在這冬季的行進裡，彷彿看到一泓無聲無息卻依然湧動的清流，仍蘊藏著迎接每一個春天的力量！

記憶中，這裡的湖畔一直是我持久的思念。就如學者詩人楊牧說的，「風雨的土地多溫存啊／想山中一陣暴雨掠過／催下幾片山欒；人間的希冀／仰首千載；星，落在風雨的土地……」我也相信，每每想起這個校園，我仍然為之嚮往，尤其是在文學院前遐想楊牧先生努力地以自身生命的焠煉，表現出對追求超自我的崇高性。

攝影：林明理

回程，路經鄰近的華東橋，我特意趕到了大本部落（又稱：托瓦本部落）。在一棵大樹後找到了石雕師鄭詠鐔的老家。因為他的工藝作品就在聚會所旁，大大的太陽充滿阿美族的熱情和獨特的意象，使我感受不算小的興趣。只見其門前有美麗的彩繪牆，而這裡是阿美族以及少數幾戶撒奇萊雅族人的聚落，鮮少有旅行者走過這裡。

太陽是燦爛的，但部落裡是靜寂的。風兒沉默了，小鳥棲息不再歌唱。

有位陳頭目以極簡單又真實的口吻指著說：「在魚池旁有棵麵包樹，樹旁有個湧泉的洞。撒奇萊雅人說，湖潭很深、很寬，就是托瓦本的意思。我阿嬤先搬來的，這是我七十多年前出生的家。」部落裡還有野菜園、一

刊臺灣《青年日報》副刊，
2025.01.05，及攝影2張。

座老教堂。令人驚訝的是,一個老部落僅有近四十戶,一百人口,竟能容納兩個民族和睦相處一世紀;且族人推廣無毒農業,是花蓮市阿美族唯一靠海的部落,因而還保有傳統的海祭文化。

在大本部落街巷留得晚了,當我踏上歸途的時候,尤其是從手機上聽到今年世界棒球十二強賽榮獲冠軍時,更是十分欣喜、激動。那一瞬,我帶著滿滿的、歡樂的記憶,像個水手般,心中直想早點航行回家,收看這場足以令全臺灣人動容的球賽。

據說,中華隊裡有多位族人成員,也有出身清寒卻不屈不撓的選手。他們的表現,非常鼓舞人心,就像一輪太陽停在島嶼的高山上,在我眼裡是那麼的溫暖、質樸又燦耀。

—2024.11.27 作

31・美如仙境月眉村

因為愛農村,愛上有傳說的部落,於是初識了一個古老的月眉村:它隔著花蓮溪與東華大學相望,倚海岸山脈,美得似仙境,故有「壽豐陽明山」美譽。

關於月眉村,曾有「小矮人」居住的傳說,因為有座距今三千年前新石器時代的石槽,被考古隊挖掘出土了。東華大學潘教授指出,包括賽夏、排灣族,也有矮黑人的傳說;因而他推測,應有一群非阿美族的矮人,在月眉附近居住過。

攝影:林明理

如果我是時光旅者,就可以穿透時空,邁向過去或未來,一探究竟。但這些傳說,讓我就像愛麗絲更想深入兔子洞探索般,繼續跟著部落裡的故事走。

星 野 —新詩、散文和評論—
The field under the stars

那天,剛好是一個多風的午後,街道十分靜寂,國小貼有阿美族賽跑的馬賽克藝術牆,旁邊正好長著一棵近百歲的老榕,它就像「天空之樹」,是村民最樸素、最顯著的地標,把我圍抱在它溫暖的雙臂裡了。它不僅是全臺灣第二棵以切除根部治療褐根病的成功案例,受著村人愛戴瞻仰;而以務農為生的村民所種植的嗆辣作物———火蔥,更是阿美族人必嘗的食物。

當我站在觀景台上眺望,遠山青青,溪水在嚴冬的雲氣之下,碧藍清澈,像一片冰晶……偶爾,還可看到老鷹凌空盤旋,真想用筆來彩繪它。

刊臺灣《青年日報》副刊,2025.1.12,及攝影1張。

歸途,路經月眉大橋,順道拍攝了一座阿美族勇士撒魚網的雕像,也細讀石碑上一則歷史故事。原來,最先到月眉村的開拓者,看到此地土壤肥沃,又湧出清澈的水,沿邊還有條小溪流,盛產魚類。於是他在此傳承了數代,直到臺灣光復後,才改為月眉部落,阿美語為「盛產小白魚」之意。

轉身揮別那些勤奮的農民的時候,也使我深刻地體會到:如果每個人都能時時刻刻地想到自己的祖先以及先人開墾的辛勞,雖然那些陳年的往事,或是畫面遽隔多年後,應會督促著後代子孫不能忘卻先人的努力的,就像我也會期盼月眉村維持它美麗動人的模樣。

日前巧遇一位鄰居,他一臉笑意走了過來,我問他最近的生活情況。得知他近年來與幾位同仁提供農民友善環境策略,也與中華電信進行合作,投入田間生態監測,讓美麗的生態圖像以及庇護野生動物的理念逐漸實現。當我鼓勵他朝夢想出發,他臉上發出了期待和興奮的亮光!

今夜,萬籟俱寂,唯有星辰璀璨。眼前浮現的月眉村,那些友善土地、耕種中的農民,讓我體會到最真實的幸福,一時也融化在月光的調

和裡，心也跟著愈來愈澄靜。啊，再次回到壽豐鄉，登上月眉山（又名：米棧山）步道茂密的林裡，如歸故鄉的懷抱。

—2024.12.5 作

32・嘉新村紀行

據說，噶瑪蘭族是海洋民族，噶瑪蘭的意思是「住在平原的人」，其祖先居住已超過千年。後因漢人爭地壓力及戰役而逐漸南遷，族群多分布於宜蘭、花蓮、臺東縣，目前約一千五百餘人。

當我從噶瑪蘭紀念公園望出去，可以看到遠山的浮雲和近處茁生的綠樹和田野。在大石碑前瀏覽好一會兒，它記錄噶瑪蘭族世居臺灣東北部的平原地帶，當時的人口約六千人，於清朝時，逐漸移住花蓮嘉里部落一帶開墾的事蹟，也是移居花蓮最早的聚集地。

刊登臺灣《青年日報》副刊，及畫作1幅（新城鄉野），攝影1張，2025.01.19。

其祖先因「加禮宛戰役」等因素，被流放到花東縱谷，且隱身、附屬於阿美族中，直到二十二年前才被列為臺灣原住民的第十一族。如今，在嘉新村僅存一百零幾個噶瑪蘭族人。

當我沿路來到噶瑪蘭族遷徙至新城鄉嘉里地區一帶，舊稱為「加禮苑」的地方，天空忽然飄起了雨。恍惚中，我聽到風兒貼近我的耳朵，如歌似的傾訴著。

原來，嘉新村早期為嘉里村的一部分，後因花蓮機場、榮民、軍眷等人數逐漸增多，才在五十年前劃分為「嘉新村」。村內有榮民、客家、

星 野 —新詩、散文和評論—
The field under the stars

閩南、原住民等多元族群共同生活。而今，這裡的原住民有一千二百餘人，以阿美族居多。

　　這裡還有座不及百人的嘉里國小，卻培育出家境清寒，成為勵志楷模的人物；比如曾在小時候就讀此校的王信龍上將，已是「新城之光」！而該校的跆拳道隊，也屢創佳績，令人讚許。偶有善心人或慈善單位，捐贈平板電腦、排笛，或贊助校內師長與其他音樂家演出，深受各界喜愛。

攝影及畫作（新城鄉野）：林明理（此畫存藏於臺灣的「國圖」，「當代名人手稿典藏系統」）。

　　歸途，我心裡並沒有帶著複雜或無厘頭的心情，只想要自吟自唱：

　　噢，美麗的噶瑪蘭／誕生在福爾摩沙小島中／為了生存／無畏風雨和激流／他們划過海洋的邊緣／來到太平洋東岸／／為了證明自己的存在／多少年過去了／仍固持各項祭典和傳統／堅持守護自然生態／讓族人對山海尊敬／讓溪流保有純淨／讓手作的竹藤／魚筌或香蕉絲工藝／代代留傳，光耀千古

　　噢，美麗的噶瑪蘭／友善土地的大海子民／我祈禱：／所有族民都能被山海之神護佑／聆聽生命的壯闊／我願此刻聽到／傳唱耆老的勇士／唱出部落族人的虔誠／願年年豐年祭／在悠揚的樂聲中／帶我走進這些夢境

　　是啊，雖然我初識嘉新村，我跟它卻已經變成了朋友；因為，我對它更了解了。直至今日，新城鄉各部落的豐年祭，仍會舉辦文化展示和慶祝，是尊重原住民族群最適當的方式，我深深被它感動。我也籲求諸神，讓這個古老的村落變得更加豐饒與安樂。

―2024.12.03.

33・原生植物園牧歌

都說，透過心靈之窗，我們可以看到許多景物。我就曾在卑南鄉明峰村裡一座應用植物園，一邊參觀許多種珍貴的藥用植物，一邊走到觀景棧道，朝遠方望去，眺望綿長起伏的九龍山和觀音山。

這片無污染地，是以臺東原生種藥草為主題所打造的休憩區，漫步其間，既無車輛煙塵，也絕無喧嘩；就像大部分旅人感到驚奇一樣，員工們一早就勤快地忙著，只有在這特殊地理的條件下，才得以讓藥草長的枝繁葉茂，而我也跟幾位女員工的談話中得到了證實。

攝影：林明理

「今天天氣很好，妳也辛苦了。」我踏進圓弧型的伴手禮中心時，笑著說。「不會的，謝天謝地，颱風走了。」她立即迎面而來。「來，請喝我們的特產白鶴靈芝茶。這茶對身體好，這是我推薦的第一個原因喔！」秀林溫柔地回答。

「我知道，我來過三次了。剛才又去瞅瞅羊群，牠們在說悄悄話；還有駝鳥在奔跑，也順道敲了三下銅鐘。現在我最需要的，不是長途跋涉的旅行，而是享受這裡植物的芬多精。」不過，時至今日，一晃十年了，這裡的一切幾乎沒多大改變。我十分懷念這裡火鍋上的鮮味及野菜、蓮池的紅蜻蜓、斑鳩「咕咕，咕咕」求偶的歡悅聲，也依舊會與女員工們寒暄幾句。

「下回見，拜拜！」提了一袋特產後，秀林又笑容可掬地跟我揮了揮手。驅車離開前，正有一群飛鳥從洛神花田飛過……好像是為我的離別唱著。車沿著鄉野像條小蛇般蜿蜒於山巒與果樹之間。

日正當中，在田野上灑下金光與溫暖。已是冬天了，車窗外，枇杷樹和釋迦樹正在開花結果，澄藍的天空下處處是草木的清香，混著淡淡的泥土味。

星野 —新詩、散文和評論—
The field under the stars

車繼續緩緩地前進著,彷彿想在這園區的回憶裡也多逗留片刻。我想起剛才認識的一位居住在上賓朗部落(又稱為阿里擺,位於賓朗村)的女員工,她已在植物園工作十餘年了,她動作敏捷地幫我結了帳,親切地說:「您也住臺東?下次記得來找我。」「我從新站來的。」我們的住處鄰近,於是聊了起來。我們談起部落裡一些看似平庸卻真實的事物,也談起下賓朗卑南族部落裡有幾位共同熟悉的舊識。漸漸地,彼此變成了朋友。

光是這份偶得的際遇,就讓我對這圓滿旅程感激了,因為,生命裡的每一個欣喜的時光都存在光陰的寶盒中,有它的意義。所以,下回如果再遇上她們時,我會說:「我又回來了,久等了吧。」然後,我還會繼續站在棧道旁,眺望那片綠野中的紅花。那天籟之聲,恰是一首動人的牧歌,只有自己能體會的享受。

刊臺灣《青年日報》副刊,2025.01.26,及攝影1張。

—2024.11.19 作

34·大年初五鄉思

　　三十七年前的大年初五,我和許多坐滿月的產婦一樣,是個幸運兒,一個正值唸研究所、初為人母的女人。我的婆婆是觀音菩薩的信徒,自然是根據傳統習俗,在這一天舉行迎財神儀式;而我從不否認,敬祖拜神對家族情感的聯繫是有用的,甚至是不可或缺的。

　　記得那是出嫁後的第一個年節。婆婆一早起來,除了忙著跟嬸嬸分送給北投每位老親戚彌月禮盒以外,還得親做滿滿的一桌佳肴。外子的

一、散文・Prose ★

二舅媽在我耳邊悄悄地說:「妳真是好福氣哦!」的確如此,我心裡還想加上一句:「感謝主,真的,很幸福。」直到此刻,每當我思忖著那個年節,我依然可以感受到那一桌豐盛的午宴,每一位前來道喜的親友,都讓我異常欣喜。

今年除夕,小女遠從他鄉返家,大夥圍著熱騰騰的火鍋坐下,客廳裡散發陣陣的飯菜香及歡聲笑語。儘管過兩天,她又得返校忙於教學與準備申請出國進修的計畫,但還是跟以前一樣,她的筷子一刻也沒有停下。她一邊敘述著自己的夢想,一邊因已通過申請的考試而感到榮幸,連我的眼裡都燃起了光芒。

林明理畫作(深冬感懷),此畫存藏於臺灣的「國圖」,「當代名人手稿典藏系統」,臺北市

餐後,我離開座位,找出一本舊相簿,比劃著手勢,讓她們倆姊妹都一起過來瞅瞅。可不是!婆婆生前對我親切和氣,總是善待每個子孫。每逢年節祭拜祖先後,我總與她同坐到飯桌邊。當時的我雖然不懂得恭維讚美,或說些貼心的話,但於今,我對婆婆只有無盡感激。

我想起大年初五是財神生日,每年迎財神的時間到了,大夥就興致高昂,站起身在院子裡放一串鞭炮。然後,婆婆會像唸祈禱文似的,在口中喃喃唸了些詞句,還不時對天膜拜。婆婆說,這是可以把家中的晦氣及不吉利統統送走!小叔也把親手捏得似元寶的餃子,全下了大鍋。相傳,這還有「招財進寶、歡慶團圓」的含義。我也就跟著包了令全家都不敢相信的特大餃子。

刊臺灣《青年日報》副刊,2025.02.02,及畫作1幅(深冬感懷)。

「什麼,妳確定它要下鍋?」小叔笑著問。我卻一本正經地回答:「對啊,這兩個我自己吃,我是真不會包餃子啊!」那一夜,大家都很

開心,也很晚睡;因為,我看到屋外還有一絲月光從窗櫺透進來。每個人都心知肚明,隔天一早,當冬日陽光又照得北投大地熠熠生輝時,我的親人又得將各自的行李捆紮妥當,各自開車或坐火車,回到自己的工作崗位上。

而往後,當我南下執教於大學,與家人移居高雄時,我的婆婆總會在臨別時,臉上浮現一抹微笑,然後又揮揮手,像是在說:「一路平安喔!」那身影是我每逢年節最深的眷念。

35・遊雙流森林感懷

冬寒時節,驅車抵達屏東縣獅子鄉,那天恰巧有雙流森林遊樂區三十週年慶祝活動。我看見活動中心掛有展示造林與生態教育的圖文,戶外有搭設南排灣勇士團的表演舞臺、露天攤販的白色帳篷;而我也懷抱著感恩的心,沿著登山步道踏青散心,期待有美麗的景物被我拍攝入鏡。

當我沉醉於山芙蓉花開遍野,有蝴蝶聚集吸水,一群白鷺鷥在溪邊覓食的畫面時,恍惚中,我的靈魂也飛越群山的重圍,開始與灰鶺鴒交談,並渴望時間能暫時停下來。我很喜歡看牠們自由自在生活的樣態,並試著把鏡頭拉長,以便捕捉那難得的畫面。

攝影:林明理

我注意到,位在楓港溪上游兩大源流交匯的這座森林,溪谷兩旁林木茂密,流水潺潺。它雖然曾歷經莫拉克風災的侵襲,但剛完成的溪壩體改善工程之處,棲地生態豐富。據說,光是經監測相機發現的,就有鱸鰻、螃蟹、食蟹獴、蛙類等多元物種。

一、散文・Prose

在潔淨的潺潺鳴響中，一隻單飛的大白鷺在白花花的湍流旁，老遠就可以望見，那身影就在山壁和岩石間閃動，倒映的山影也十分調和。

「真希望能早點看到南排灣勇士團的精彩表演啊！」我自言自語說著，那麼，我就可以看到以傳統的排灣族樂舞演出的震撼效果。雖說如此，我還是繼續跟著許多旅人的腳步一起登上瀑布步道；頭頂是乍暖還寒的陽光，視野所及盡是蔥綠。

站在一處有紅楠、澤蘭等植物，以及可等待藍腹鷴出現的林地，我不覺地陷入愜意愉悅的遐想之中。因為它讓我回到童年，記憶中的母親用田埂邊的小溝渠培養許多菜苗，在年節的門前長成一片新綠。那片休耕田野中的油菜花和蝴蝶，究竟有什麼可迷戀之處，能教我一直保留那深刻的畫面如此強烈且恆久的思念？

刊臺灣《青年日報》副刊，2025.02.09，及攝影2張。

我沉吟一會兒，然後終於明白了自己的心思。原來，對我來說，外界的功名畢竟轉眼即逝，然後便是退出教學崗位，也是寫作的開端；現在，生命終於變得有意義了。

母親給我的最佳建議是，世上只有一樣東西是寶貴的，只有經過努力獲得的，才是有價值的。正如眼前引我走過蜿蜒的小路，在稀疏陽光下，卻再次給我信心。

這次前來，不同於兩年前的仲夏，特別是看到走過三十年歲月的雙流森林園區，有恬靜、有滄桑，也有今日幸福的歡樂。當我看到許多位族人騎著機車，陸續前往搭設的廣場時，我致以真誠的笑意；而我是滿心歡喜動身離去的旅者。那一瞬，我轉身回首，矚望著它，也感謝在森林工作的人，讓我多一段美好的記憶！

—2024.12.19 作

星野 —新詩、散文和評論—
The field under the stars

36・陽光下的好時光

一個陽光明媚的天氣，部落的梅香濃郁撲鼻，群山一片綠意。天空中各種野鳥以及顧盼低徊的雲朵，對我來說都是欣慰，它們是那樣的消遙自在、不受拘束。

眼所及，不管是洋溢布農族風情的壁畫、勇士的石雕，還是仰視平蕪盡處的綿綿青山，都浮游於晨光的微笑之下。還有那滿谷林木下面的梅林與櫻樹，暗影浮動……一切恍若仙境，是那麼靜好。

林明理畫作（郊野），此畫存藏於臺灣的「國圖」，「當代名人手稿典藏系統」，臺北市。

恍惚中，整個世界再次露面，一株株白色無瑕的野百合又慢慢重新綻放，都十分潔淨、好看。雖說街道人跡稀少，仍可見聚會所有位廚師正在教導族人學做餐點，他們的歡樂笑聲，使人感到如同發自天上的銀聲，不由得讓我按下快門，不慌不忙地把這份溫馨拉近身邊。這淳樸的鄉情，正是我渴求不已的，而畫面中所擷取的幸福，如遠處青山的曙光。

我看到梅枝上萬花怒放，燦爛奪目。乍一眺望，見右側山巒下滿目的白梅紛飛，如一曲冬季戀歌；左面隔著矮牆，有座小而整潔的初來國小新武分校。遠處，能仰望層巒疊嶂的群山。更可喜的是，校門看板上貼滿許多祝賀小朋友獲獎的訊息，像是無聲地宣告：「布農族孩童傳唱的天籟美聲及天真無邪永遠在這裡。」

我站在環繞山谷的天空下，對每個自然的元素充滿著生命的喜悅，它來自潔白雲朵的後方。在太陽鍍金的土地上，風兒暗暗地笑談亙古的憶往。它悠悠地告訴了我，新武部落位於臺東縣海端村

刊臺灣《中華日報》副刊，2025.02.14.及畫作(郊野)1幅。

一、散文・Prose

最西邊，大崙溪、霧鹿溪和武拉庫散溪的匯流處。約在十八、十九世紀開始就有布農族人越過中央山脈到現在的卓溪鄉一帶，並有部分的族人再南下至新武呂溪流域建立部落，直到日據時期的理蕃政策，才形成聚落至今。

跟著風的腳步，我來到鄰近的一座布農族文化館。這裡每年除了舉辦特展外，亦有傳統服飾、藤編物、木雕等展示。館外廣場則提供藝文展演或舉辦祭祀活動等所需的空間。印象中，在一樓的展覽室放映著朱鸝、黃尾鴝、白面鼯鼠及白雪木等有關動植物的一部生態影片；畫面完美清晰，讓我不禁駐足觀賞讚嘆。

告別時，風的腳履兒深一步，淺一步，部落的歌聲，如蜻蜓掠過湖水般溫柔。偶抬頭，群山的目光，斟滿了我的思想。遠遠地，我聽見了古老的叮嚀……那發自周遭的合鳴，引我從容地看待一切，一如曠野輕輕踱步的雲。在我臨近海端鄉最美麗的邊緣，在這山谷中，無論度過幾度寒暑，它依然有一片純淨的天空，隱現蔥蘢之間……讓我一再地想循著風的腳步，去聽一聽布農孩童唱的心聲。

—2024.12.24 作

37・迴響山海間　　　　　　　　　　　◎林明理

車抵光復鄉大農大富平地森林，天空澄藍，草地是一片耀眼的綠。雖不算是沉鬱的天氣，但偌大的園區有門廳前幾個稀疏人影；我已經來過多次，卻從未這樣靜寂過。

休憩片刻後，當我再次看到阿囉隆天主堂，在那靜肅的十字架下，相伴的，只有枝上的雀鳥，和我靜止不息的思想，略帶著某種久違重逢的惆悵。我們趁暫時雨停的時候，繼續路經砂荖部落、福音堂、國小、壽豐鄉原住民文物館等地，終於來到市區的臺灣原住民族文化館，見入口大廳前擺設一些精選的原住民雕像。

星野 —新詩、散文和評論—
The field under the stars
Poems and prose & Essays

　　這是一座屬於花蓮縣內的阿美族、布農族、撒奇萊雅族、噶瑪蘭族、賽德克族的文化館。我逐一瀏覽，覺得有點像穿越時空的感覺，看到了昔日的戰役、各族的歌舞、服飾以及木雕、石雕等藝術品，都匯集此地，也融合在花蓮生活。可以說，這是極為用心打造讓原住民展現樂舞文化的基地，它讓我由衷祈願，讓展覽畫面中的每一個片段都珍藏在我的心裡。

　　「來、請過來！我幫你們拍張合照留念，好嗎？」一位女服務員走了過來，笑著問。

　　「謝謝。」我說。聽她這麼一說，倍感親切。我們當然樂意找個寫著「迴響山海間」的牆面當背景，不禁笑了。

　　道別後，我們轉往壽豐鄉的考古博物館，館內以花東地區距今三千多年前獨特的玉文化產業、重光遺址等文物為展覽核心。印象深刻的是，在出口牆角懸著一塊標語，工整清晰寫著「今天的垃圾是未來的遺址」，我瞻仰了許久，才知道，這是相當有趣味的話語，而特別感謝博物館內當年建立者，以及整理此批古文物研究人員的用意了。

林明理攝影、畫作（洄瀾之晨），此畫存藏於臺灣的「國圖」,「當代名人手稿典藏系統」,臺北市

刊臺灣《青年日報》副刊，2025.02.15，及畫作1幅（洄瀾之晨），攝影1張。

　　在短短三日旅遊的回憶中，我想起諾貝爾文學獎得主波蘭詩人辛波絲卡在一首詩中寫著：「我無法鮮明真確地記住／一片葉子的輪廓。／／問候與道別／在匆匆一瞥間。」是的，這首詩，我已閱讀了許多次，但只有在這次旅遊後，才得到相當的理解。

　　我心想，昔日的臺灣原住民文物或歷史，已成為今日研究之重要古籍。而他

一、散文・Prose

們流傳的故事或神話,經過各耆老的解說之後,由文學界以及考古學者等,朝向以恢復臺灣原住民族的本來文化,毋庸置疑。

若是可以,我願意對著極目的廣闊的天空,想跟著這群研究人員一起來頌揚,為著那些能保存古文物與傳承文化的人。雖然,我只是一位偶然的過客,但我的心中跟所有花蓮人一樣,嚮往有個美麗的山海之稱的歸宿。

讓我讚美上主,讓我分享真實體驗;因為,此行也讓我看到花蓮(又名:洄瀾)的美與史實互為呼應。

—2024.12.27 作

38・在官田逐風而行

和其他原住民一般,大量聚集在臺南市的西拉雅族(Siraya)也誘發我的好奇,讓我遠從東岸進入西拉雅國家風景區官田的遊客中心,想探索這一個曾有光榮歷史,也是臺灣第一個文字化的原住民族,在臺南東山吉貝耍等部落的生活情形。

我仰頭盯著以西拉雅族元素等意象打造而成的遊客中心,在園區內從容漫步,將史料逐一看過,發現近兩百年前,就有部分的西拉雅族人東遷於花東縱谷,稱為「璞石閣平埔八社」。他們有獨特而傳統的夜祭。

當我讀到這樣一段:「臺南官田區早在三千年前已有先民足跡。」又有文字繼續指出,在東山區東河里的吉貝耍部落被認為是西拉雅系蕭壠社現存的最大族群。

攝影:林明理

星野 —新詩、散文和評論—
The field under the stars —Poems and prose & Essays—

恍惚中，我看到了每年農曆九月初五，有族人吟唱牽曲，在風中，他們沿著農路，佇立在黃昏盡頭，時間悄悄地過去，草蟲嗚嗚。每年到了夜祭的時刻，當澤蘭放進祀壺，有許多遊子又會回到西拉雅各部落參加祭典。而我直想看看今日的族民如何努力生活，畫出了農村裡的一片富足。是的，吉貝耍（西拉雅語：Kabuasua），這名字也從未消失過。

現在我了解，我所見到官田區沿途偶見的水雉、白鷺鷥，漫舞的美姿是出於生態之美，而當地盛產的菱角，是勤奮的農民種植出來的。在黃昏未到之前，我已經來到官田的名勝——烏山頭水庫。入口不遠處，有許多琵嘴鴨在平滑如鏡的水面來回尋找獵物。

刊臺灣《青年日報》副刊，2025.2.23，及攝影2張。

從高空鳥瞰，這一座九十多年歷史的烏山頭水庫湖岸，猶如碧綠的珊瑚礁，故得「珊瑚潭」之美譽，也是臺南環境教育設施場所的要地。向遠處望去，可以看到數艘靠岸的電動船和宜人的風景。

水庫內有座著名園區，以紀念「嘉南大圳之父」之稱的日本土木工程師八田與一。人們經常讀到的是，當年嘉南大圳水利工程極為艱鉅，是八田與一規劃將水庫東側的烏山嶺山脈鑿穿，向另一邊的曾文溪取水；因施工所造成的傷亡者，在水庫通水之前，已在此園區內設立一座「殉工碑」，八田先生並在此石碑上親題文字。

揮別八田與一銅像步道前，那時只有遼闊的天空在那水色中，而他端坐凝思的背影是孤獨的，但絕不孤單。因為，潭面上有成群的野鳥，風聲柔柔，他視野所及的深處，便是最偉大水利工程之一的肯定與讚許的回聲。

而我相信，有「菱角的故鄉」之稱的官田，人民大多是快樂而親切的。珊瑚潭的表現是何等平和，就像春櫻吹四方……在暮靄時分，在它

的碧色水波盪漾中,彷彿有夜鶯在林間迴響著,還殘留著甜甜的風的味道。

—2024.12.11 作

39・迎冬而來的祝福

◎文、圖／林明理

就在康芮颱風來襲前,友人秀珍夫婦與我啟程到知本的白玉瀑布。當我看到飛流直下的瀑布,飄飄灑灑穿過雲煙,有三隻獼猴在樹叢間跳躍,紅嘴黑鵯、臺灣紫嘯鶇的歌聲使我感覺一切事物彷若昨日一般。

攀登而上的木棧道旁,長滿各種綠色植物和蕨類,周遭散發著野花與九芎樹的芬芳。對我來說,這裡高居於山中產業道路旁側,下距溪澗數十尺,陽光稀微,但空氣清涼,我很樂於流連其中。

友人興奮地睜著一雙大眼,睫毛上還掛著水珠晶瑩。「妳來幫我們拍張照片吧?」她滑動著手機問。

明理畫作(山水瀑布),此畫存藏於臺灣的「國圖」,「當代名人手稿典藏系統」,臺北市。

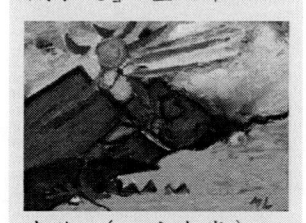

畫作:(日出東岸)

「好,就在這兒吧,」我說,此刻背景上的瀑布白濛濛的一片多了兩個俏皮的身影。隨後,我們抵達臺東大學,瀏覽了美麗的校園,到知本老街用餐後,就擺擺手告別了。

在我居所附近,有常青的森林、山巒,也有水車、博物館等令人心曠神怡的景物。如箭矢似的,來臺東市已定居十一年了,如今從中華大橋上望出去,可看到卑南溪出海口和一處茁出了低草叢的臨界地。那雲

星野 —新詩、散文和評論—
The field under the stars

彩倒映溪面延展伸向太平洋，在朝陽之下閃亮，我聽到了一隻夜鷺跳躍在溪石和其它小鳥的歌聲，與我共度了一個歡快的時光。

那盞盞街燈並不是那樣的單調、毫不起眼地佇立著，卻像是閃爍著的無數星光，也像一個個倚著門盼望遊子的母親，溫暖著我的心，讓我馳騁想像，像是從鳥巢上初次試飛的小鳥，在這片金色海面上，一邊慢飛，一邊想起許多童年往事。

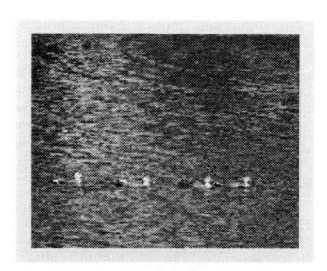

刊臺灣《更生日報》副刊，2025.02.27，及畫作2幅（山水瀑布）、（日出東岸），攝影1張。

我當然記得，曾經跟著兄弟赤腳走在田埂上釣青蛙，或是跟著祖母一起看野台戲、坐在小凳子上聽著古老伴唱機，每次看到流星都會趕緊瞇眼許願，心想著，只要家人平安就好。那段溫暖時光，多麼單純、難忘。

其實，人生就像電腦一樣，在屏幕上打開幾個程序，就能熟練地在不同窗口間來回切換，只不過，不能隨意亂塗改連續影像或移植到虛擬化的情境，或成長過程的真實。但每次喚起的記憶，都會讓我看到不同的世界，也期盼自己的人生就像黎明的海面上閃爍著的不朽微光。

我看到了三三兩兩的漁船奮力地駛向大海，一架海鷗直升機在海上進行救護行動——如勇士般在朦朧中顯現，我被莫名的情緒感動了。那遠方的綠島，半隱半現，在曙色中恰如匍伏的臥獅，巧妙的相映襯著。我每次凝視的時刻，就是我內心升起的黎明，也是我在教職退休後重新獲得了對未來充滿期待與希望。

像這眼前的一切，風從東方吹來，幻變的雲彩與海中的黯影，深邃而神秘。我想起英國大文豪莎士比亞有句名言：「黑夜無論怎樣悠長，白晝總會到來。」就像這次颱風過後，眼前這片寧靜的海，總能讓我感受到東岸的人為生活而努力的勇氣，也有我迎冬而來的祝福。

—2024.11.01

一、散文・Prose

40・雨中的伊達邵　　　　　　　　　　　　　◎林明理

　　清晨，伊達邵碼頭大霧迷濛，街巷靜寂，只有路過送貨的機車發出些聲響。雨中的涼亭、猶如大遊艇有建築外形的遊客中心、靠岸小憩的船隻以及三三兩兩的小舟背後，山巒渾然化入天地之間的空無之境，並淡淡地牽出一片舞動的白色霧氣。

林明理畫作：
（伊達邵故鄉之月）

　　此時，我回想起此行途中遇上一位邵族公主沙夢彥，同我講述她的母親是祭司（邵語：Shinshii）與一隻白鹿引導其祖先定居於日月潭邊的神話。她就像這山中僅存的八百多位邵族人的一個懂事的女子，對著屋內許多祖先的祭儀照片、塑像、狩獵的標本或圖騰、吉祥物貓頭鷹等等，逐一解說，讓我傾心於她的娓娓而談。

　　於是我知道，邵族也曾經受一些苦難，其祖先從清朝居住在埔里平原，遷徙到日月潭，到了日據時期，因水庫開發工程，舊居地被淹，又再度遷徙到伊達邵碼頭一帶；民國後，歷經都市計畫、九二一大地震等因素，致使有些族人集中遷往組合屋區，最近終於解決了長年的水電不足問題。

　　直到日暮轉身離開前，她給了我一張名片。「這名片裡的圖騰是什麼？」我問。

　　「這是日月盾牌，是我們邵族祖先的傳統文物，以紀念祖靈的英勇，象徵著最高祖靈，會在邵族的年祭上出現。」她又微笑地解說。

　　起身道謝告別時，竟有些依依不捨。於是我順著一條部落的過道，像迷宮一樣，在冷雨裡，周遭清香瀰漫⋯⋯走過櫻樹與低矮的屋宇緊挨在一起的小路間，偶見返鄉的族人與我點點頭，匆促地拍攝幾幅牆壁上的邵族彩繪圖。我便循著潭畔走出，迷霧也淡薄一些了。

星野 —新詩、散文和評論—
The field under the stars

　　當我慢慢回到下榻的旅館前，恍惚中，我聽到了邵族人帶來杵音傳唱，歌聲直飄到潭面，更遠的逐鹿古道、雨社山、集集大山……清澈的潭水，交織成數萬個日夜。歌裡有甘柔的聲音，像是召喚古老的獵人、祖靈，有感恩的祈福，也有傾訴百餘年來傳承著文化積澱、代代守護的最深沉思念。

刊臺灣《青年日報》副刊，2025.3.02，及畫作1幅（伊達邵故鄉之月）。

　　歌聲盪漾到堵滿車輛和遊湖人潮的高速遊艇的船浪上，讓我坐忘於岸邊。當我把耳朵貼近伊達邵國小的操場上，雖然校園空空蕩蕩，但腦海中孩童的閱讀聲畫面，透過半開的晨光雲霧，伊達邵故鄉之月，依然向著永恆。

　　如今，聽雨打在窗外的樹葉上，山風在東岸小城裡沉吟。我在燈下的屋裡一邊喝著日月潭紅茶，彷彿又聞到了遠從伊達邵風中吹來的杵音而帶些清香的氣味。那雨中泛舟、似濃墨畫成的綿延山峰，以及寒風打破了伊達邵寧靜的所有記憶已經過去，但我知道，我曾經在伊達邵的所有邂逅，哪天再會時，也許是多年以後，我依然會為所有邵族人深深祈福。

—2025.1.31.

41·逛眷村回味幸福

　　初次來到這綠意盎然靜謐的眷村，乍看，不見川流不息的車輛，屋宇老舊、悄無人煙……恍若往日的幻影已喚醒沉睡已久的記憶和熱情。於是，我馴服我的疑慮，懷著感受走進時光迴廊的好奇，著實想探究一下歲月所留下的戰時紀錄今何在，是否都已被遺忘在光陰深處。

好一幅「歲月畫圖入春色」的紅春聯，修復過的灰色屋頂下，布置得相當樸素，藍色的木框玻璃窗，幾隻圓木矮凳，擱上一小盆仙人掌和擺設的水仙花。泥面的前院落了些許大樹的枯葉，深咖啡色的玻璃大門，擦得光亮不染一點塵埃。

有對眷村口音的中年婦女正在寒暄，望著我正猛然拍攝而抿著嘴笑。建國一村社區公園裡有的是寫著「自立自強」等醒目的標語，終於看見了一些遊客穿梭在大防空洞、兵舍、還有地下碉堡、崗哨等等防禦工事或舊建築積極活化的參觀之中……瞬間，時光寶盒被打開了，有的睜大眼睛，東瞧瞧，西瞧瞧；有的爭著要看看昔日轟炸所留下的彈孔痕跡，看看這座曾是全臺灣規模最大的老眷村，曾是日軍遺留的舊舍，看看從這裡走過許多年代的歷史，如今盛傳已成為遊憩之地。

林明理攝影

刊臺灣《青年日報》副刊，2025.03.09，及攝影3張。

我並非實地探訪而來，實在是只想看看眷村修護活化後煥然一新的模樣。果然，我看到有些年輕創業者、文創商店進駐，據說，近期還會舉辦些活動，讓眷戶回娘家。

啊，這些畫面是如此熟悉，在我每一思憶裡，像春雨如絲，綿綿不絕。我忽地想起三十五年前，曾在左營果貿社區租住過的日子；那裡是由高雄最大海軍家眷的眷村聚落改建而成，當然少不了許多軍眷的美食，而榮民伯伯多有著曲折又精采的故事，有的令人激賞，有的說來心酸卻毫無怨尤。

星野 —新詩、散文和評論—
The field under the stars
Poems and prose & Essays

　　隨著光陰的流逝，那同心圓集合式住宅裡的長輩，每一個味道，在我腦海裡的圖像，總浮現起飽含持久的溫暖和感動。

　　那年，我每天搭公車往返，都在社區樓下的餐飲店裡用餐。那些看似極其簡單的家常料理，卻充溢著獨特的味道，配上他們自製的辣椒或小菜，總是吸引著我的味蕾，也喚起許多滿足與幸福。

　　後來到大學教書並定居凹仔底捷運站旁，我還是習慣就近到眷村轉轉，尤其是每逢年節，當我穿過擠滿人潮的巷弄，步入滿座的食堂，那騎樓下的各式攤販，從日常用品到各種小吃，應有盡有。

　　於今，我一邊拍攝，一邊聽見小女說：「我們這一代迄今可真是幸福呀！」她說。「可不是！」我點頭應答道。當時光飛馳，而我沉緬於冥想……那眷村的明月光華輝耀，總給我一種美好的感覺，也照亮了我想念的心！

—2025.02.06

二、
詩評暨文學評論
Poetry review & Literary review

星野 —新詩、散文和評論—
The field under the stars
Poems and prose & Essays

▍01・庫爾特・F・斯瓦泰克詩中的美學意蘊　　◎林明理

如果論及在國際間令人仰望的詩人時，出生於維也納的庫爾特・F・斯瓦泰克（Kurt F. Svatek，1949- ），就是被廣泛認為是當今最傑出的詩家之一。若是從審美本體論的角度來探索其詩藝的表現，他以語言的機智，將詩裡的色彩與音樂巧妙的聯結，從而呈現出豐富又多種想像的可能性；而其恬淡明志的審美意蘊，也蘊藏著追求心靈的自由與深刻的哲思。

Svatek 在年輕時就勤奮求知，全心戮力於創作，著作近百種，是維也納圖書館倡議平台的副總裁，榮獲無數殊榮；而到晚年，則更有突出表現。夜讀其詩，我常處於一種純粹的和諧。因為，他把詩藝視為一種自然美學與生命俱進的呈顯，畫面鮮活，並注入一種幽靜恬淡的藝術風格。最引人矚目的特質是，在其奇特景象的心靈體驗之中，似乎對東方禪學思想有著特別的頓悟。

法國畫家亨利・馬蒂斯（Henri Matisse）曾說：「對我來講，自然一直都是在我眼前」；他最過人之處，就是不帶偏見，對大自然一草一木的體悟。而 Svatek 的詩歌成為閃著奇異光芒的藝術品之因，也同樣向人們展示著他對大自然散發出清新、細膩觀察的特色，成功營造出一種輕快的音韻效果，往往能使人覺得新穎而感動。如〈片刻〉，就是一例：

　　一朵小白雲
　　帶著你的夢想飛走了。
　　飛鳥無法到達，
　　蝴蝶更是如此，
　　最重要的是
　　蒲公英的小降落傘，
　　它在某個時間，某個地方——，
　　遵從風的低語指示，
　　會飄到地上：
　　也許在高高的草地，
　　也許
　　進入季節性乾燥的小溪河床，

二、詩評暨文學評論・Poetry review & Literary review

  那裡有一顆小鵝卵石
  在陽光下向它們閃閃發光
  像翡翠。

  詩裡，斟滿大自然的多彩與神秘，是 Svatek 生命詩學的藝術體現，也直散發出些許幽默之趣。他藉由蒲公英、白雲、飛鳥、蝴蝶四處飄泊、浪跡天涯的形象，再以一顆小小的鵝卵石，反映出詩人自己在追求心靈自由與精神的自覺之間的空靈世界。而後，他在感懷之餘，又寫出了富於哲思的詩行，塑造了詩人是光明使者的形象。如〈季節〉：

山東大學中文系吳開晉教授（1934-2019）於 2016 年元月贈予作家林明理墨寶

  歲月匆匆，過去了，流逝了。
  春天的花園：多麼盛開的夢！
  當微風吹過
  在一個循環排序之後。

  歲月匆匆，過去了，流逝了。
  他們的生活是多麼溫柔
  因為即使在秋天玫瑰也會生長，
  愛仍然是最偉大的光亮。

  他們喜歡日常的喧囂，似乎，
  享受小事勝過享受財富。
  你不僅可以實現你的夢想，
  你也必須自己做。

  法國作家大仲馬（Alexandre Dumas, père）說：「在這世上，只有一種東西具有永恆之美，永恆的青春，永恆的生命力；這就是神聖的藝術。」這句話說得很深刻，而 Svatek 的這首詩，也打開了讀者想像的空間，延伸到對歲月更迭中，對人們如何持有信念，以保持自己開闊的胸懷、勇於築夢。為了保持自己對生活的理想和堅信，為了甘心與繆斯為伴，為了形象地傾吐了自己的感懷之情，詩人寫下了這首〈一個真實的時刻〉：

星野 —新詩、散文和評論—
The field under the stars

匆匆一瞥
大城市路燈的光
似乎變得更亮麗
比星星還多。

因為這一刻
以眼睛看著眼睛，
讓你忘記所有的渺茫和疑惑，
就好像一顆星對著星辰說話。

　　此詩看似有著多元的思考，詩人把現實世界中某些燈火迷離下的生活方式，帶入一種思辨的審美直觀；但最後詩人也把心中的理想與愛，寄托於浩瀚的星空，完成了別有風韻的詩。

　　為了整理 Prof. Svatek 晚年創作詩歌的背景，以及其諸多著作與文學相互比照後，我發現，他最近一年多來的詩作大量增加，且多次發表新書於國際上。這也標榜了詩人卓越的詩藝，持續實現自己寫詩的高超功力，與多元的智性的高尚人格，值得讚許。

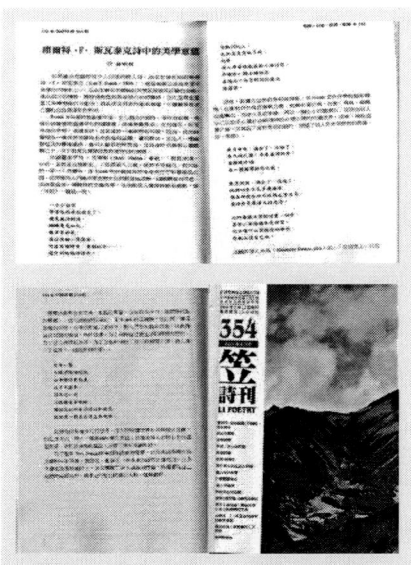

臺灣《笠詩刊》，第 354 期，2023.04，頁 142—144。

—2023.02.15 作

▎02・哲思、饒富情趣與坦率——析白萩的詩　　◎林明理

　　今年正月，詩人白萩（1937-2023）去世，他生前所存留的詩，可以說，寫身邊生活的所見所思達到了詩意充沛，情真意切的地步；寫社會觀察的達到了絕不華而不實的境地，寫情詩的則達到了大膽而不矯揉造作，饒富情趣的效果。他主張以現代詩所用的鮮活的口語，在奔放想像中充分運用，讓自己心靈詩影充滿了生機，藉以建構自己獨特的詩歌

二、詩評暨文學評論・Poetry review & Literary review ★

美學特徵。因此，衡定詩人白萩如何賦予詩歌語言更大的強度，是本文探討的主題。

白萩的詩，絕大部分都以情作為統御，去解構、組合，再選擇用抒情化的語言來凝結詩意，從而創造出一組組靈動的形象出來。如〈半邊〉一詩：

> 世界醒來半邊
> 鳥
> 便在空中到處宣揚
> 晴後將雨
> 雨後仍晴
> 雨雲都無心飄浮
> 在鏡中
> 端詳自己的皮表
> 在詩中
> 存寄體認的點滴魂靈
> 窗上
> 鳥影
> 橫過
> 何時死睡的半邊
> 將全然蘇醒？

2010年12月11日，由醫師詩人鄭炯明主辦邀請非馬在「高雄文學館」演講後，與詩友在日本料理店內合影。（左起：李昌憲，鄭炯明，白萩，林明理，非馬）。

特別可注意的是，詩人不僅向白雲、絲雨、旭光和群鳥問候，而且以反向藝術思維，達到以幽默口吻嘲笑枕邊人睡得太甜，竟渾然不知窗外世界已然醒來？詩裡描摹得維妙維肖，從而增加了趣味性和可讀性。他早期曾受日本教育，經歷過大時代的動盪；年輕時，就已被譽為天才詩人，初老前，出版過詩集、編輯工作，從事經商，在詩壇獲得許多殊榮。

他喜歡通過藝術誇張，將社會的各種醜惡現象加以聚焦，以詩歌加以隱喻或嘲諷，給人以啟迪或警示；也可以說，他是以詩為生命的苦吟者。其中，他所寫的〈雁〉，就是這樣感人至深的，襯托出詩人深沉的哲思：

> 我們仍然活著。仍然要飛行
> 在無邊際的天空
> 地平線長久在遠處退縮地引逗著我們

星野 —新詩、散文和評論—
The field under the stars
Poems and prose & Essays

活著。不斷地追逐
感覺它已接近而抬眼還是那
麼遠離

天空還是我們祖先飛過的天
空
廣大虛無如一句不變的叮嚀
我們還是如祖先的翅膀。鼓在
風上
繼續著一個意志陷入一個不
完的魘夢

在黑色的大地與
奧藍而沒有底部的天空之間
前途祇是一條地平線
逗引著我們
我們將緩緩地在追逐中死去，
死去如
夕陽不知不覺的冷去。仍然要
飛行
繼續懸空在無際涯的中間孤
獨如風中的一葉

而冷冷的雲翳
冷冷地注視著我們。

　　這首詩深刻銳利之處，是不但使人感受到詩人獨特的哲思，且讀起來特別感覺到語言的質感與力度。詩人不用更為普遍的「黎明之光」，而是用想像創造出一隻孤獨的雁，牠飛得高遠，在沉寂空曠的天空上，使大地的人類一切可能的悲歡離合在歲月更迭中逐漸淡去了，且永遠渺小。而這也反映出詩人的思想具有敏銳的穿透力，正是從他苦難的人生中深刻體悟而來的。

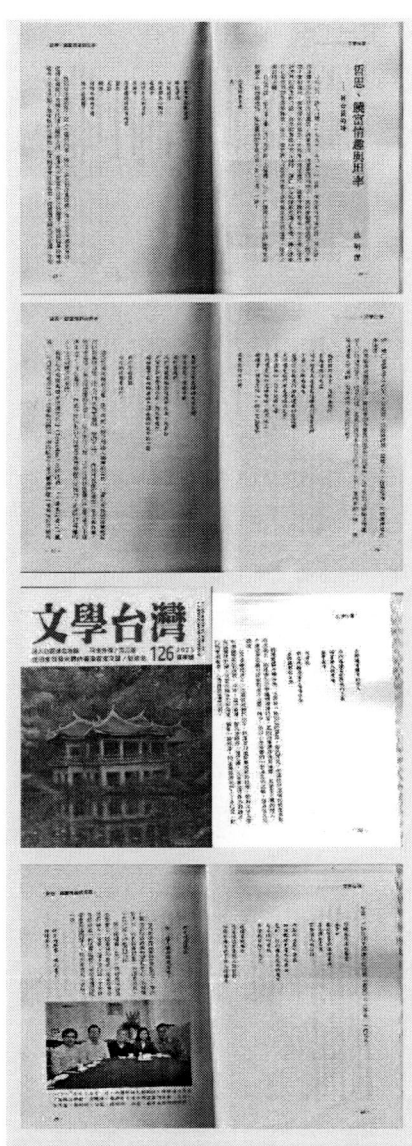

臺灣《文學台灣》，第 126 期，2023 年 4 月夏季號，頁 44—50，及作家合照。

· 86 ·

二、詩評暨文學評論・Poetry review & Literary review ★

我想起古希臘哲學家德謨克利特（Democritus）曾經說過：「不斷地創造出一種美。」在白萩的寫作之中，從年輕到晚年，始終賦予了當代臺灣詩壇一種獨特的質感的品質。不妨以非馬翻譯白萩詩集《香頌》中〈籐蔓〉一詩為例：

妳睡成滿床的籐蔓
在夢中
依然緊緊地纏繞著我
看來那麼柔弱
需要別人的扶持

而海在遠處叫著我
她的懷裡有廣大的自由
是的，妳的寢室是我的死牢
而不眠的夜鳥
責備我背叛了天空

我醒著觀察妳
想著妳總需要別人的扶持
如果妳再沾染了別人的體臭
那才叫我發狂

唉，還是讓妳纏繞著吧！

這些坦率而饒富情趣的例子，符合白萩擅於以詩歌釋放壓抑在心中的感情的洪水，也往往會蹦出一些語言坦率，卻真切感人的藝術氛圍。

與白萩相識，是在一場詩歌演講後的聚會上，原來只知他是一位富有傳奇性的詩人，後來，讀了他的詩，才知他同時還是一位經歷風霜且富有強烈民族憂患意識的詩人。比如他寫的〈廣場〉一詩：

所有的群眾一哄而散了
回到床上
去擁護有體香的女人

而銅像猶在堅持他的主義
對著無人的廣場
振臂高呼

星野 —新詩、散文和評論—
The field under the stars

> 只有風
> 頑皮地踢著葉子嘻嘻哈哈
> 在擦拭那些足跡

詩裡寫得有聲有色，也帶有一種悲壯的氣氛。由此可見，他善於把深情托載在多彩的意象上，從社會生活中繼續提煉詩思。正因為臺灣詩壇有這樣一個豪傑不羈的詩人，才讓讀者意識到詩歌的強大力量。而今，他以心血奏響的一曲曲生命之歌，猶為後人所歌詠。

在這多變世界中，他頑強地搏鬥生存，時而有力地抨擊黑暗的社會，從而又給人帶來想像豐富的詩思。今夜，星光燦爛。作為曾經有一面之緣，及喜歡他的作品的詩友，我誠摯地祈禱，他能疾飛向天宇殿堂，猶如一顆燦星，閃著同等的光芒⋯⋯在那兒，他已快樂地歌頌，心情自然是喜悅的。

—寫於臺東，2023.01.16。

03・走進劉曉頤的詩世界　　　　　　　　　◎林明理

早知曉頤是詩人，好奇已久，未得相識。今夜偶得其詩，發現耐人誦讀，同時又把自己心思、豐沛的感情融入其中，耐人尋味。

詩人善於獨思和遐想。更讓我驚訝的是，她在年輕時就知道了自己的夢想與學會愛，為孩子做了母愛所能做的一切；只要看到孩子甜甜的睡容，她就不禁露出純真的笑靨，也就情不自禁地讓詩思與想像奔馳。

在一般人眼中，或許只看到她是做主編工作，但實際上她是一面形象地理解世界，一面又借助形象去抒發真情，體現了身為詩人奮起的精神。

讀她的詩，就像從森林裡突然發現一朵奇異的花。詩裡，有她全部思想、熱情、愛的歡喜與悲傷，以及語言的芳香。細細品味，發現她的詩都以愛為開端，詩裡沒有人類固有的偽善或驕傲，也沒有狂妄或虛

二、詩評暨文學評論・Poetry review & Literary review ★

榮。儘管生活中不盡都是順遂,她也能勇於追求真善美,用真摯的聲音去撥響生命的旋律,從而使我深受感動。

　　當世人為了想起過去的不幸,而感到自哀自憐時,或許藉由曉頤的詩可感受一下閱讀一首好詩的力量,感受她內在的、超脫得失的一顆清靜心。當生活中偶然沉浸在悲傷裡不能自拔,她的詩,總能留給讀者填補空虛的感覺,而光是這份感覺,就是心靈的豐盛了。如〈被夜寵愛的方式〉就給人這種感受:

　　　　炊煙昏昏欲睡
　　　　半夢著嗆過硝土的肉桂焦甜
　　　　蝴蝶是閣樓的手語
　　　　煙圈是唇語
　　　　更想念時就成為煙圈

　　　　我們身懷神啟一般
　　　　完美削蘋果的絕技
　　　　把夜晚削成可口的霜降薄片

　　　　雪花沒有韻腳
　　　　只願在妳肩胛
　　　　軟軟溶化像抱住一樣
　　　　星空是妳頸上的絲巾是溪流環抱
　　　　然而為了妳的寧靜
　　　　忍住不唱歌

　　　　妳環抱煙圈妳被溪流環抱
　　　　妳被整個夜晚寵愛
　　　　圓潤地鼓脹
　　　　感覺滿盈
　　　　不動了,安謐,縮小──

　　　　即刻起,夜就是酡紅蘋果
　　　　以薄皮下全部的腴脆
　　　　多汁地環抱一枚小圓核

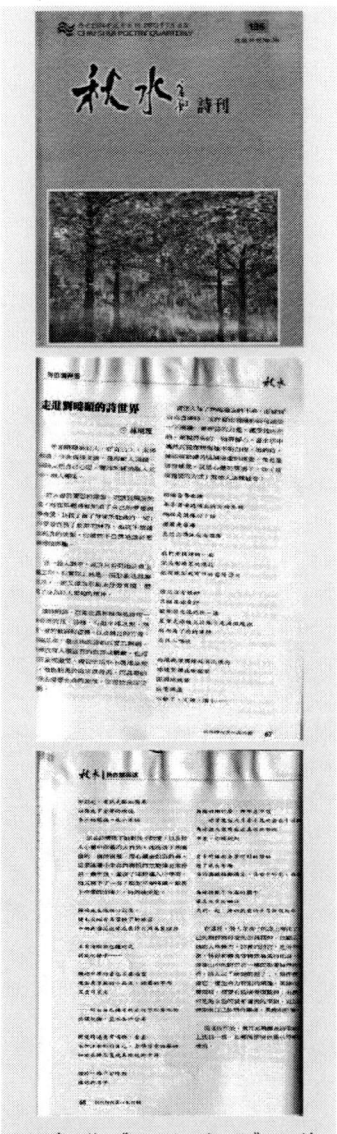

刊臺灣《秋水詩刊》,第196期,2023.07,頁67-68。

星野 —新詩、散文和評論—
The field under the stars
Poems and prose & Essays

這首詩體現了她對孩子的愛，以及詩人心靈中收藏的大自然。她在孩子熟睡後的一個深夜裡，用心靈去創造詩美。這個詠讚小生命的喜悅的主旋律並未停拍，幾年後，當孩子即將進入中學時，她又寫下了一首（願妳平安晴朗－給將上中學的安晴）。她的感受是：

願妳此生眼與心剔亮，
睫毛尖端有天窗撒下的銀箔
牛奶與雪花使妳成長得白潤美麗健康

且看清陰影包覆的是
新綻的梔子──

願妳中學的書包不要過重
裡面裝著風的小品文，跳舞的字母
五盎司星光

──明白自己擁有的是何等矜貴之物
抬頭挺胸，並不吝於分享

戀愛時還要常唱歌，看畫
不押注全部的自己，去學習愛的藝術
和他共聽五隻飛鳥揚起的音符

願妳一路平安晴朗
像妳的名字

無論祈願什麼，都不急不慌
──妳背後有大片看不見的金色千羽鶴
為妳把天空剪裁成鳥羽的形狀
不急。妳將飛翔

更多時候妳走著時間的階梯
倦了就去看海
海的彌撒轉動燭光，昏暗中明亮。而我

為妳披戴羊白霧的圍巾
像在天堂的坳口
我們一起，與妳熱愛的世界相依為命

在這裡，詩人在孩子的身上寄託了自己的期許與母愛的崇高精神，也顯示了她的人格魅力。詩裡的語言，是所有純潔、恬靜和善良等特質

二、詩評暨文學評論・Poetry review & Literary review ★

最美的化身，美得像山中的野百合一樣閃動著純淨的光芒。詩人以「新綻的梔子」，期許孩子像它一樣生命力特別的頑強，無論在什麼環境，都要有股硬骨頭精神；而孩子也是她永恆的愛和喜悅的來源，更以此詩象徵自己鮮明的靈魂，勇敢和堅強。

　　從這些作品，就可知曉頤在詩歌語言上別具一格，其藝術情境也展示得相當成功。

—2023.02.08 作

04・一棵不凋的古柏——試析哨岩的詩　　◎林明理

　　閱讀河北詩人、作家哨岩（1941- ）詩歌，能夠明顯感受到其關愛地撫摸著大地、滿懷熱血的愛國情操。他以過人的勇氣，凝聚文筆之力，寫出氣勢磅礴的敘事長詩，寫出許多詩集、散文集、影詩畫冊等五十餘部，滋養文學沃土，恰似一棵不凋的古柏，昂首於峭壁之巔。

　　他天生硬漢，勇於搏擊，不怕狂風雨寒；他看慣了世態炎涼，以及周遭的風雲變化。如今那棵樹依然屹立，目光清澈如炬，追蹤著飛鷹馳騁的翅膀，看著紅太陽冉冉升起的方向，看著雲霓舞姿輕靈……它的軀幹，便更加堅固，它的肩膀已然蒼綠成蔭，它的腳下竟然這般神奇，有松鼠、蝴蝶、花仙子到訪，花朵愈發芬芳。

　　他血液裡吟詠的詩句，有一種獻身崇高的理想與追求，已在華界形成一股備受矚目的浪潮。然而在他孤獨的心裡，時時領悟在塵世漂泊裡，沒有滿腔熱血，就沒有詩歌被創作的象徵意義。沒有沉靜虔誠，就無法學會寬恕與領悟自性的智慧。沒有一顆堅強的心，便無法走向遠方，走向光明之所在。

　　對一個自幼腦海裡即盤旋著成為一個勇者形象的哨岩而言，雖然他貌似無所畏懼的勇士，但卻擁有一顆坦誠、純淨的心。他用稚氣的眼

星野 —新詩、散文和評論—
The field under the stars

睛寫出沒有扭曲、也沒有故作矯情的詩文；詩裡，有他心懷的山川大地，有他遼闊的想像與心靈的自由。如他寫下的〈隕石的涅槃〉，盡是他懷有樸素的心的精神世界，也深深吸引讀者的目光：

  傳說，我是一塊天石
  我的母親是火星
  億萬次旋轉中甩出軌跡
  穿越蒼茫

  黃土，肥沃的襁褓
  給了我另一個世界
  決意化作一粒種子
  自己誕生自己的骨髓

  伸展，不再沉默，也不
  等待考古人的到來
  用芽苞頂破禁錮的命運
  化解黑暗為光明

  誠然，詩歌是我
  向世界報導的符咒
  站在河畔的武士
  化雲為雨，吞土為虹

這首詩的魅力在於他的精神世界的深邃澄澈與崇尚光明的品格相連，詩歌也已達到高層次思考的敘事想像性，因而賦予了更高的藝術價值。再如另一首〈看著我的眼睛〉，則具有了其胸襟開闊更為廣泛的含義：

  若想知道我的來路
  儘管看著我的眼睛

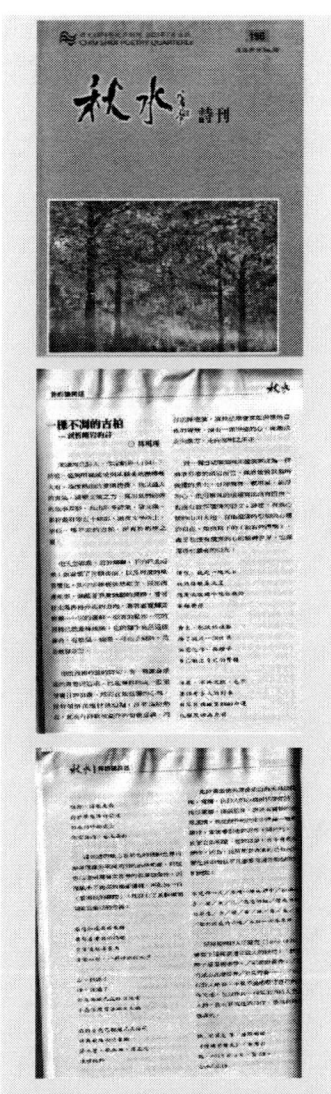

刊臺灣《秋水詩刊》，第196期，2023.07，頁 69-70。

它穿透秋水長天
　　清澈如炬，一掃世俗的天空

　　山，翻過了
　　海，渡過了
　　紅花綠綻已成昨日風景
　　手指依然冒著綠色火焰

　　我的目光已翻越凡夫俗子
　　詩與歌堆砌的聖殿
　　聳立著，舉在頭，高三尺
　　頂禮膜拜

　　此詩畫面恍若奔流到山海天地般開闊、寬廣，但詩人的心境卻恬靜如詩。他以豪情、虔誠悟性，表達其獨特的思想感情，也從創作的自由中淬鍊一種新精神。當我看到他的近作〈關於死〉，我便立即明瞭，他的詩泉，永不會乾涸變冷。因為，此詩所要表述的是他在現實生活中看似平凡卻擁有獨特的想像力和幽默：

不定哪一天／我被一滴雨砸中／和雨碎在一起／成／泥／雨後的虹／彎成你的七彩悲／赤／橙／黃／綠／青／藍／紫／你拋給我的口糧／在那一世界享用

　　記得德國詩人里爾克（1875-1926）曾寫下這樣豪邁而感人的詩句：「我經歷了暴風與寧靜、／明朗與黃昏；／我的意志在增長著／並且青春……」[1]而詩人峭岩，不屈不撓地堅守自己的創作天地，也以作為一個傑出的詩人走向人群，因而研究他的詩作，是具有啟發意義的。

—2023.2.15 作

---

[1] 里爾克著，唐際明譯，《慢讀里爾克》，商周出版，2015年9月，頁65。

05·夜讀楊宗翰《隱於詩》

近日收到臺北教育大學教授楊宗翰（1976- ）寄贈今年剛出版的詩集《隱於詩》，令人稱許。從其細膩的藝術筆墨看，詩人內裡至純的詩情，具有動態美，且視野開闊，已臻於詩創作最成熟的時期，恰如一顆璀璨的明星，在人們面前發光了。

同其他名詩人一樣，楊宗翰也以一種內在的孤獨與感人的力量開始寫詩的。他按著自己的藝術追求去書寫，且有一種奮發向上的精神，如同一隻翱翔在風中的鷹，擁有不羈的靈魂，獨唱著自己的歌，飛倦了，就伏在山的脊背上，而那片自然風景就是傳達詩人心情的符號。詩句的形象感強，因而讀來很有滋味。

譬如，詩人的這首〈斷章〉是有其深刻的心靈感觸的，也穿插了詩人對光陰裡的故事的感嘆、對過往的回憶釋放出心中的感情的洪水，內裡也包含著人生價值的直接感悟，也就增添了詩的深度。詩人寫道：

> 人類勤奮於創造
> 時間，在夢境中畫圓
> 氣泡，旋生旋滅
>
> 時間習慣於窺刺
> 人類，從隙縫間流潰
> 星空，繡滿針孔底臉
>
> 人生
> ○與一的激辯

畫作：林明理

詩句敲人心弦，其中的時間、夢境、氣泡、星空……這些意象之間並不是孤立的，它被詩人組成了一幅獨具孤獨意味與切望自己精益求精的意境，有了這層深意，也就驅使此詩的藝術性大增。

雖然《隱於詩》是楊宗翰借助於詩不斷地完成「自我超越」的一部傑作，也是其心靈之聲的交響。最引人入勝的，是看得見一位肯於思考的學者詩人的深刻反思與頓悟，亦如他在此書後記裡慷慨陳詞：「人生至此已過中場，由不得自己再浪擲耗費。回到寫作隊伍，容我隱藏於詩。」這段話，正如智利詩人、諾貝爾文學獎得主聶魯達所說：「當華美的葉片落盡，生命的脈絡才歷歷可見。」

二、詩評暨文學評論・Poetry review & Literary review ★

我們再看另一個例子，楊宗翰的這首〈夜遊〉則表現了此詩並不是裝飾品，而是折射出詩人的心靈之光：

　　夜晚習慣戴墨鏡
　　抹黑與天的距離

　　是心情雕塑出風景

　　看芒草放牧
　　滿山星群

這是首短小雋永的詩，質感強烈的畫面中，有給予人帶來希望的景象，更有詩人廣闊的馳騁天地。另一首〈後現代〉，內裡有無限的弦外之音：

刊臺灣《金門日門》副刊，及畫作1幅。

　　歷史的巨輪沿著
　　鐵褐色軌道不停滾動，滾動

　　像一句堅定的話語

　　嶄新的電車
　　滿載口吃的人

2023年6月10日週六於上午11:25
MAIL－
明理教授：
太感謝了，更是感動。您多保重，敬祝平安健康
　　　　　　　　　　　　　宗翰

顯然，詩裡的目的就是在於意象的轉化與強化空間的跳躍。它不但體現出詩人所要表達的核心思想，又造出一個詩意的藝術境界，讓詩中情象流動的跳躍性隨著詩人感情的線索而鋪展開來。雖然這種聯繫性把這首詩的情感隱藏得很深，卻可以使人更加一遍遍地咀嚼回味。

全書語言新穎，楊宗翰的詩不崇尚過度雕琢，但抒情隱逸其中，且是用獨特的描繪去創造詩美。記得諾貝爾文學獎詩人托馬斯・斯特恩斯・艾略特有句名言：「一切真正的詩歌，首先是排去以神達意，而後才被理解。這是衡量詩歌的標準。」而細讀楊宗翰的詩，彷彿可感受到他那純真與不屈的靈魂，猶如一棵高大、長滿了綠葉的青松，直直地挺立於山中。毫無疑問，此詩集也為臺灣詩壇提供了良好的範例。

　　　　　　　　　　　　　　　　　　　－2023.05.12 作

06・淺析約瑟夫・布羅茨基的詩

◎林明理

一、傳略

出生於俄羅斯列寧格勒（聖彼德堡）的約瑟夫・布羅茨基（Joseph Brodsky，1940-1996）是美籍猶太裔詩人；年輕時，命運多舛，被判流放，俄羅斯當局把他驅逐出境，視為異端。後定居美國，曾任教於耶魯大學、劍橋大學等名校，1987 年榮獲諾貝爾文學獎，是第五位獲得此項殊榮、生於俄羅斯的作家。他也是散文家、美國桂冠詩人，其英文散文集《小於一》獲得美國國家書評人協會獎的批評獎，並被授予牛津大學榮譽文學博士；終其一生，均用俄語和英語寫作及翻譯，也出版過詩集等多種。

當二十歲的布羅茨基遇見了俄羅斯女詩人安娜・阿赫瑪托娃，立即深受影響，除了繼承俄羅斯古典主義詩歌傳統，並成為他的導師；後來又深受現代主義詩歌的薰陶，最終形成了其「沉鬱與抒情」的藝術風格，詩作充滿真摯的思想情感、音韻優美，因而留下許多重要的傳世之作。

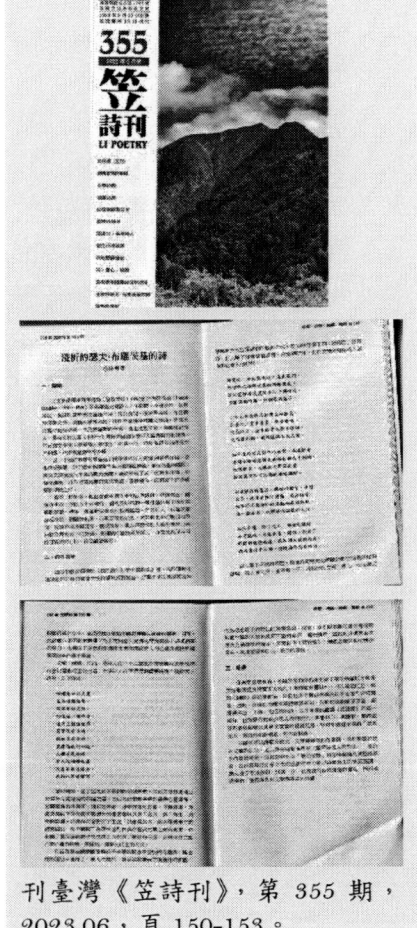

刊臺灣《笠詩刊》，第 355 期，2023.06，頁 150-153。

值得一提的是，他也喜歡中國文學和古典詩歌，學過漢語，翻譯過唐詩。在他五十五歲時，病死於紐約的一棟社區公寓；1991 年蘇聯解體，轉年，俄羅斯宣佈為他恢復國藉。作為詩人，布羅茨基善感多愁，對感情執著，詩歌音樂性強烈，尤以對

二、詩評暨文學評論・Poetry review & Literary review ★

生命的脆弱和堅強、愛情的浪漫與沉思，感受深刻。他以深情和哲人般的思辨力與回憶為歷史留下的詩篇，其細膩的感情躍然紙上，亦豐足地保存其純真質樸的心性，最受讀者稱道。

二、詩作賞析

　　由谷羽教授翻譯的《俄語詩行裡的中國形象》裡，我特別對布羅茨基的詩作持有音樂性的語境感到驚喜，並關注他以身歷其境與想像等方式直探詩歌的藝術手法。如 1989 年寫下的《給瑪巴》這首詩，詩人除了抒發情感真實，形象鮮明外，仍有意識地堅持詩人高尚的社會人格理想：

親愛的，今天很晚我才走出家門，
想呼吸從海洋吹來的新鮮空氣。
從公園裡看晚霞形狀似中國摺扇，
雲團滾動彷彿一架鋼琴的蓋子。

二十五年前妳喜歡讚美和紅棗，
在畫冊上畫水墨畫，偶爾歌唱，
陪我玩兒；後來欣賞化學工程師，
從信件判斷，頭腦遲鈍不太正常。

如今在外省或都市的教堂，在追悼會
連續不斷悼念朋友的場合都能見到妳，
我很慶幸，我跟妳之間存在著
相隔萬里不可思議的遙遠距離。

別誤解我的意思。跟你的聲音、身體
名字，再沒有任何關係，毫無損害，
但不得不忘卻那段痛徹心扉的經歷，
換一種活法。我體驗過這樣的失敗。

妳很幸運：除了照片，哪裡能讓妳
沒有皺紋，永保青春、開朗、微笑？
時間與記憶碰撞，深知個人無能為力。
我在昏暗中抽煙，伴隨海洋落潮呼吸。

星野 —新詩、散文和評論—
The field under the stars

詩人筆下所說的瑪巴，是他的初戀女友瑪麗安娜・巴斯曼諾娃的簡稱，兩人曾同居，並育有一子；因瑪巴的背叛，愛上一位化學工程師而與之分手，這段經歷也帶給布羅茨基難以言喻的傷痛。因而，此詩創作更明確地體現了詩人在回憶與愛情的背叛關係中超越痛苦的努力，也構成了詩歌的抒情性主題和開啟詩人內心最深處世界與呈現詩美的萬千風貌。

又如《蝴蝶》組詩，是詩人在三十二歲左右開始轉向玄學思想有密切關係的主要內涵，也是詩人詩學思想的重要時期；摘錄其中詩句，如下所述：

> 蝴蝶竟如此美麗，
> 生存這般短暫，
> 說來有些荒誕，
> 幻化成一個啞謎：
> 造物主創造世界，
> 其實沒有目的，
> 假如真有目的，
> 並非為我們而設。
> 人類不是蝴蝶，
> 有人把蝴蝶收藏
> 沒有針刺透陽光，
> 也難把黑暗探測。

眾所周知，莊子出生於苦難而能超越苦難，故而其思想更適合於當年身處逆境的布羅茨基，也成為他面對苦難的最佳心靈導師。從觀察蝶的生與死，進而延伸出一連串詩意的想像，不難看出，布羅茨基似乎深受莊子思想中的蝶意象以及對「忘我」與「物化」美學的影響。詩裡存在著對莊子主張「以虛無為本」的各種想像力的詩意描述，似乎開啟了布羅茨基對自我存在與虛無之間的思索，也彰顯了最深層的莊子思想與之內在有了聯結的呼應，並期待自己能打開心靈的桎梏，開闢出一種新生的生活方式。

布羅茨基在蝴蝶觀賞與莊子美學的關係中發明的奇趣與中國玄理的領悟中獲得了一種人生境界，這是超脫痛苦之後獲得的和諧，也是接

二、詩評暨文學評論・Poetry review & Literary review ★

近莊子的物化的美學思維。或者，這也與布羅茨基年輕時對監獄牢籠的苦悶與坎坷不斷的命運，有所觸連；因而此詩蝶意象本身既充滿哲學的暗示，又有莊子《齊物論》中蝴蝶意象延伸的諸多意涵，與渴望精神自由、新生的喜悅。

三、結語

從美學思想來看，布羅茨基的詩的產生除了深受俄羅斯古典優美詩歌傳統及博覽西方現代主義詩歌相關以外，可以確定的是，他的《蝴蝶》組詩等作品，恰恰也與中國詩美學及莊子思想有密切關係。因此，在探討布羅茨基詩歌變革前，對於他長期學習漢語，翻譯過李白、王維、孟浩然的詩，以及曾嘗試翻譯《道德經》的這一部分，目前學界還缺少深入性的研究。筆者以為，其詩歌、翻譯並存的表現範疇及其辭采豐富的藝術風格，皆與中國道家崇尚「無為而治，與自然和諧相處」有內在關係。

布羅茨基以詩歌及散文、文學翻譯等創作實踐，深刻影響於世界文學的結果，尤其是在同輩諾貝爾文學獎得獎人的對比中，他的生命雖然短促，但其詩歌不以「歷劫受難」的苦吟描繪為其情感基調，反而展現出如蛹之生的強韌生命力和以詩美為主的情感基調，讓人感受更加強烈；終其一生，也完成其自我價值的實現，因而成就斐然，獲得諾貝爾文學獎等莫大榮耀。

—2023.5.4 寫於臺東

07・試析梅爾詩二首　　　　　◎林明理

夜讀梅爾的詩，發現其詩永遠披著一層神秘而動人的面紗，彷彿置身在迷霧森林般芳香。她常帶著孩子似的微笑，或暗含年輕時留戀和悵惘兼而有之的愁緒，寄寓了自己以詩自愛、自重的種種微妙的情懷；從孤獨的行吟，到詩美的極致追求。

星野 —新詩、散文和評論—
The field under the stars

　　她的寫作思想植根於其成長歷程，一是鄉土生活，一是具有東方氣韻的山水與歷史文化；同時，因為她常居海外及旅行，進而呈現了一種東西方文化交融與大自然親密無間的想像世界。

　　在賞讀詩作之前，我會提醒讀者——世間再無單純的快樂，像閱讀一首詩一樣，也沒有任何珠寶像一首精緻的詩，能帶我們遠離塵囂。讓我非常欣慰的是，雖然梅爾常在異國，但好像反而促使其詩情染綠的心葉，更為茂盛。不管在什麼地方，不管在飛機上或深夜的時候，只要一有靈思，她便心甘情願作一隻徜徉天際的小鳥，任思緒在時空中翱翔，未曾停止——其身影，恍若一道希望之光映入我的眼簾般，讓我感到莫名欣喜。

　　今夜，我聚精會神地注視著她最近的作品，在詩歌藝術豐富的表層意象背後，其中，最為引人注目的意象是螳螂、蘋果等新意象。它們的出現，不僅使語言增添了圓潤流動的音樂美，也深化了梅爾詩的內涵。先來看看這首〈枯坐的螳螂〉，她以新的象徵手法來抒寫自己情感，詩一開端便出奇制勝，創造不同於他人的藝術想像，泛漫令人遐想的審美效果：

　　　　枯坐的螳螂擺出年老的姿勢
　　　　綠色的血汁依然剔透明亮
　　　　無數能憶起的細節
　　　　都像面對的這架魚骨一般閃閃發光
　　　　打開郵箱
　　　　幾十年的郵物堆滿心倉
　　　　一位奄奄一息的情人
　　　　已沒有力氣將門叩響

　　　　四周種滿煙蒂的小屋
　　　　已被煙絮包裹
　　　　煙花盛開的季節
　　　　歲月裡綠色的清香飛揚
　　　　如今的螳螂一如我枯草一般的頭髮

細瘦的腿一點一點地萎縮
褐色的季節爬上他綠色的眼睛
老去的親愛的螳螂
我的心皺紋密布
我們是否可以牽手
共度一段美好時光

我的掌是一片被風雨洞穿的葉子
在灑滿陽光的平台絕無僅有
我的腳曾經如你的軀體一般透明
如今根已老化藤亦腐朽
鏗鏘的歌聲斷斷續續

螳螂　螳螂
趁著還有一點力氣請手握畫筆
爬進我綠色環繞的郵箱
我立在白髮蒼蒼的街頭
向光瞭望

　　這首詩不僅表現了詩歌的「極限藝術」（Minimalist），即以透過詩歌簡潔的語言，表現現實中不曾有的意象對抗當時繁複、跳躍的畫面。詩人必須處於空化、清明和感性的心境下，才能自然的呈現別具一格的詩，表現對已逝青春的思念與浪漫情懷。如〈夏天的蘋果〉，最能代表這一特點，這也是一首讀來鏗鏘悅耳、隨韻形式從而造成一種意境美的抒情詩：

　　　　一只蘋果砸傷了我的翅膀
　　　　這個夏天　陽光明媚得耀眼
　　　　水總能濺起或大或小的水花
　　　　穿過湛藍的海洋　在另一邊
　　　　黑白顛倒地日夜輪迴

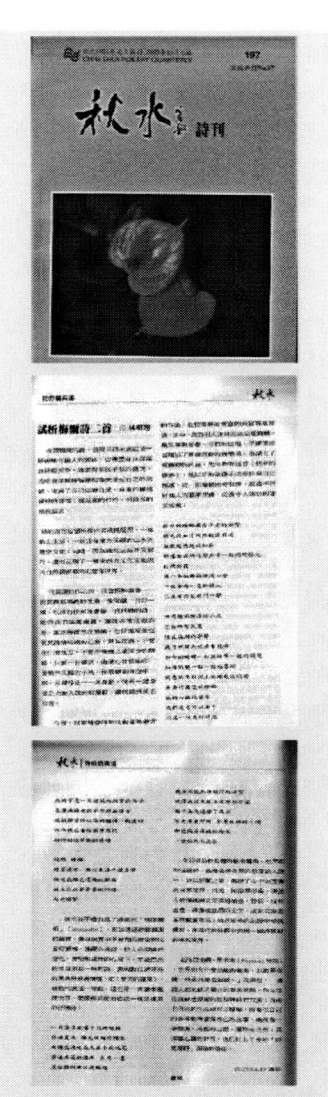

刊臺灣《秋水詩刊》，第 197 期，2023.10，頁 71-72。

星野 —新詩、散文和評論—
The field under the stars

> 我並不能抓住時間的浮雲
> 就像我從來抓不住那些苦痛
> 帽子為我遮擋了雨水
> 可是層層阡陌　卻是故鄉的日頭
> 即便隔著再鹹的海水
> 一樣熱烈而無奈

　　全詩借助於具體的藝術觸角，把思鄉的情緒和一些優美得奇異的形象納入詩中。她以細膩之筆，展現了心中更寬廣的自然境界，同光、同海等形象，讓詩人的情感與之完美地結合。詩裡，沒有重疊、誇張或激昂的文字，或刻意製造某種戲劇效果；她在流光的記憶中尋找靈感，在現代的詩藝中表現一種詩意般的美感境界。

　　記得巴勃羅・畢卡索（Picasso）曾說：「世界哪有什麼抽象的藝術，你總要依據一些東西來起個頭。」我深信，一個詩人如果缺乏獨立的審美意識，作品往往就缺乏深邃的思想與詩的力度；而由上所述的作品中可以瞭解，梅爾以自己的審美視角書寫自己的故事。她就像一朵堅強、高雅的白梅，獨特而自然；其彈響心靈的詩音，也已打上了華界「詩苑奇葩」深深的烙印。

—2023.02.11 寫於臺東

08・試析揚卡・庫帕拉詩二首
◎林明理

　　揚卡・庫帕拉（Yanka Kupala，1882-1942）是一位獨特的作家，也是二十世紀最偉大白俄羅斯民族詩人之一，曾榮獲蘇聯國家獎，主要作品有詩集《牧笛》、《古絲理琴》，長詩《永恆的歌》等。

　　詩人出生於一個佃農之家，當過雜工、教師和編輯，熱愛祖國、關心社會和貧困的人民。他的感情澎湃、激越，卻從不向苦難低頭，也不

二、詩評暨文學評論 · Poetry review & Literary review ★

畏懼惡勢力；十月革命前的詩作多描述貴族的貪婪，其滿腔激憤之情描繪底層生活的真實性和思想的深刻性，詩歌多採用象徵性的抒情方式，直接抒發其坦誠的心靈。

就像德國大文豪歌德（1749-1832）說的：「苦難一經過去，苦難就變為甘美。」其實揚卡・庫帕拉痛苦又豐富的一生，備受後世景仰之因，是因為他擁有一顆博大的愛心，而其詩是真摯而深沉的，他的抒情詩，也是韻味雋永。

細讀其詩，給我印象最深的一首〈橡樹〉，即體現了詩人重視意象的創造的特點，內裡也滲透著詩人的不屈精神。詩人寫道：

> 伸展樹杈樹枝
> 孤孤零零生長，
> 在遙遠的土地──
> 被遺忘的家鄉。
>
> 橡樹無憂無慮，
> 恰似無冕之王，
> 任憑雪壓冰封，
> 任憑雨暴風狂。
>
> 屹立扎根之地，
> 歷覽歲月久長，
> 知曉很多歌曲，
> 傳奇牢記心上。
>
> 雨水沖刷樹根──
> 身帶洞孔創傷。
> 威武橡樹瞌睡──
> 樹冠莽莽蒼蒼。

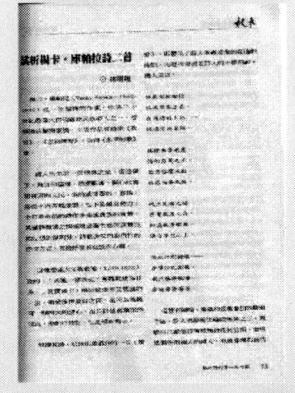

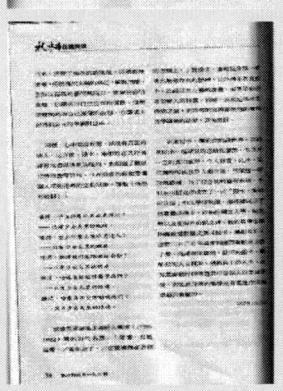

刊臺灣《秋水詩刊》，第197期，2023.10，頁73-74。

星野 —新詩、散文和評論—
The field under the stars
Poems and prose & Essays

　　這裡有隱喻、象徵和意象疊加的藝術手法。詩人把橡樹比喻成無冕之王，隱喻自己雖然沒有被加封任何官銜，但也是個作用極大的詩人。他就像棵茁長的巨木，經歷了痛苦的磨煉後，仍頑強地活著，勇於發出太陽的光芒，驅散黑暗。全詩以獨具的藝術概括力，意象與詩情交融，也顯示出自己生存的價值。他用歌聲親吻著自己深愛的故鄉，也渴望人民得到真正的幸福與自由。

　　同樣，心中若沒有愛，就沒有真正的詩人。這方面，揚卡·庫帕拉在其抒情詩裡也體現得更為強烈。他創造了難以代替的獨特詩句，富有浪漫色彩和愛情讓人撲朔迷離的生動景象。請看（烏黑的眼睛）：

　　　　請問，世上什麼比黑夜更深沉？
　　　　——只有少女烏黑的眼睛。
　　　　請問，世上什麼比夜晚更迷人？
　　　　——只有少女烏黑的眼睛。
　　　　請問，誰讓我們迷路頭腦昏昏？
　　　　——只有少女烏黑的眼睛。
　　　　請問，啥像夜間陷阱傷害我們？
　　　　——只有少女烏黑的眼睛。
　　　　請問，啥像黑夜引誘嚇唬我們？
　　　　——只有少女烏黑的眼睛。

　　就像英國浪漫主義詩人雪萊（1792-1822）寫的那句名言：「愛情，也是這樣，／當你走了，／它就微睡在對你的思戀上。」對揚卡·庫帕拉來說，愛情也是他存在的脈搏，且奔湧在其血液中。此詩是其心靈的感覺，或者是綜合著對戀人的情感、情緒，甚或是烘托著戀愛氛圍，而所有的思辨都是他的愛情哲學醒悟的結果，詩美無限。

　　走進揚卡·庫帕拉的詩世界，其詩呈現出一種罕見的思辨性審美，也是其一生的真切感悟，令人稱賞。此外，這位獨特的民族詩人逝世後，曾掀起一陣詩壇熱潮。為了紀念他的藝術表現，不但在明斯克市成立了一座「揚卡·庫帕拉公園」和文學博物館，還陸續成立了格羅德諾揚卡·庫帕拉國立大學，紀念幣以及在海外的紀念碑。他的故事也被拍攝成電

二、詩評暨文學評論・Poetry review & Literary review ★

影歷史劇《揚卡・庫帕拉》，並在二〇二〇年莫斯科國際電影節上得了獎。從這幾個側面，就可知揚卡・庫帕拉的人文精神、積極向上的人生，以及其筆調抒情隱逸其中卻給人以美感享受，對世界詩壇的繁榮是有促進作用與卓越的貢獻的。

－2023.05.18 作
（此文的俄詩二首均由谷羽教授翻譯）

09・試析奧麗嘉・謝達科娃的詩　　　　　　◎林明理

一、傳略

　　一九四九年出生於莫斯科的學者詩人奧麗嘉・謝達科娃（Ольга Седакова），獲得語文文學博士，擔任莫斯科大學哲學系教授期間，榮獲羅馬歐洲詩歌獎、義大利但丁國際詩歌獎項等。她的詩廣泛地涉及人與社會、人與自然的禪思，對普遍人世及深藏於心的懷念，能表達出一種超然的悲憫，也有老子《道德經》裡饒富哲理的內涵；因而，詩意呈現了虛空、幽靜，不追求名利和恬淡靜謐的境界。

二、詩作選讀

　　初次閱讀奧麗嘉・謝達科娃這首著名的《蘭斯的微笑天使》可以發現，她既是純潔無私的追夢者，又是繆斯的女兒。她喜歡用全新的、探索的眼光啟程，去看世界，去看待人生。

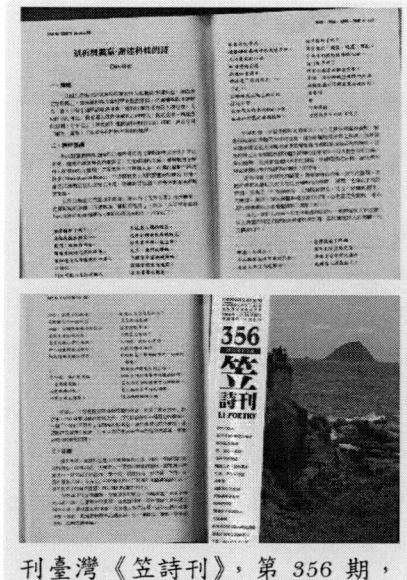

刊臺灣《笠詩刊》，第 356 期，2023.08，頁 160-162。

星野 —新詩、散文和評論—
The field under the stars
Poems and prose & Essays

詩裡的蘭斯主座大教堂（Notre-Dame de Reims），在法國歷史上與巴黎聖母院齊名；相傳，首任法國國王在此接受了洗禮，後續的每位國王也幾乎都在這座教堂加冕。

正因為教堂大門正面北側有一尊名為《微笑天使》的浮雕像，是蘭斯城的象徵，亦被稱為「蘭斯的微笑」。所以，谷羽把謝達科娃的這首詩的標題譯為《蘭斯的微笑天使》，內文如下：

> 你準備好了嗎？——
> 這位天使在微笑——
> 我問，誠然我明白，
> 毋庸置疑你已有所準備：
> 要知道我並非隨便問什麼人，
> 只問你，
> 問不可能心生叛逆的人，
> 你效忠人間的國王，
> 這裡全體臣民為他加冕，
> 你忠實於另一位主宰，
> 天主，我們的耶穌，
> 他懷著希望漸趨衰竭，
>
> 你還會聽見我追問；
> 反反覆覆地聽見，
> 就像每天傍晚
> 這裡鐘聲轟鳴呼喚我的名字，
> 大地優良的小麥
> 和閃亮的葡萄，
> 麥穗和葡萄串
> 都滲透了我的聲音——
> 可是，
> 這雕琢成玫瑰色的石頭，
> 揚起手臂，
> 在世界大戰中折斷的手臂，
> 無論如何還是讓我提醒：
> 你準備好了嗎？
> 應付瘟疫、饑荒、地震、戰亂、

二、詩評暨文學評論・Poetry review & Literary review ★

引起我們憤怒的外族入侵，
你可有準備？
所有這些當然都很重要，
不過，這些跟我想要問的無關。
我被派遣到這裡並非為此目的。
我要問：
你
可有準備
迎接意想不到的幸運？

　　細讀此詩，恍若穿越聖光的溪流，內心交織出層層的感動。謝達科娃藉這尊微笑天使的意象，超然細膩地道出與之相逢，卻見當年諸多國王在此加冕的尊貴榮耀被歲月或戰爭消蝕背後的無奈，以及地球上未來面臨各種問題與困境的生命況味。詩人對生存的形貌，發出噫歎，也渴望透過與天界的對話，突破現狀的危機，卻也樂天知命地接納神的安排與悲憫世人的旨意。

　　當她看著大地閃亮的葡萄，聞著麥穗的香味，教堂的鐘聲、天使的微笑與蘭斯主座大教堂相輝映的美景時，瞬間，也趕走了她的愁緒，換來了一片安靜幽美。全詩既有詩美，又含「悲憫與溫情」的態度。顯然，詩人對蘭斯城形象的兩面，心中真正欣賞的，還是那片與麥穗的土地相連結的「清靜之地」。

　　其次，在詩人的另一首亞洲旅遊的組詩中，超脫尋常人的思維。詩人希望在時空的想像與現實世界之間，藉以實現詩人的宿願。內文摘錄如下：

1.

那邊，山嶺上，
半山腰有座孤零零的茅舍，
沒有人再往高處攀登；
雲霧遮蔽了門楣，
說不出它是愁是喜，——
茅舍是否曾有人居住，此刻有人還是無人。
渺小，像燕子的眼睛，
　　　像幹麵包的一粒碎屑，

細微，如蝴蝶翅膀上的花紋，
　　　　像空中垂落的遊絲，
沒有人敢沿著它爬行；
　　　　渺小到蜜蜂難以發現，
　　　　　　細微到語言難以形容。

2.
你知道，我如此愛你，
　　　　當時刻來臨，
迫使我離開你，
但是它無法剝奪：
就像人怎麼能忘記火？
　　　　又怎麼能忘卻
渴望體驗幸福，
　　　　不願感受苦澀？
你知道，我如此愛你，
以致於難以分辨
風的歎息，樹枝的響聲，雨絲的淅瀝，
難以分辨燭光似的小路，
難以分辨別樣昏暗的竊竊私語，
看不清火柴似的理智已經點燃，
甚至聽不清乾枯的蝴蝶
懷著幽怨碰撞玻璃。

　　在這兒，主要表現在對景物周邊的眷戀，有著「意在言外」的意味，但在紛繁清麗的意象之外，仍可以感受到一種思念的情感，一種「可望而不可及」深刻雋永的寓意。她也審視自己的靈魂，期望將詩美發揮到極致，這也是我深受其中詩意的純粹與率真，屢屢被吸引的重要原因。

三、結語

　　綜上所述，謝達科娃是位才德兼備的才女，擁有一顆善感而柔美的詩心。閱讀其詩，彷彿走入一個栩栩如繪的畫境，跟著詩人神遊其中，就看到了詩裡的一景一物，都呈現出一種古樸、平靜、奇異的意象之美；而詩人心中所嚮往的，正是那片和諧與寧靜之地，似乎與老子的哲學思想，崇尚自然的理念相符。

二、詩評暨文學評論・Poetry review & Literary review ★

　　在她筆下的詩情畫意，無論是風的歎息、雨聲淅瀝，或者是燭光似的小路、沿著寒冷的星雲；這些詩句裡，都有著詩人夢與醒之間的思念、渴望幸福的情懷，也有哲人般的沉思。詩句生動，意義深遠。深夜，能這樣靜靜地品讀其詩，是一種愉悅；瞬間，就能感受到一絲暖意與幸福。

—2023.06.27 作

---

*2023 年 9 月 7 日 週四 於 下午 4:32
林明理老師，您好！
　　寄來的《笠詩刊》和詩評，漢英對照的詩集《愛的讚歌》160 首，收到了，謝謝！真誠地為您祝賀，不斷有新的收穫！
　　前幾天發表了一篇隨筆，《真誠可愛的契訶夫》，是一本小說集的序言，契訶夫小說選有望在年內或明春問世。
　　順祝平安！

2023，9，7

10・一隻勇毅的飛鷹──讀楊宗翰《隱於詩》

一、其人其詩

　　現任臺北教育大學教授、詩人學者楊宗翰（1976-　），在今年四月最新出版的詩集《隱於詩》的同時，也一直保留著寫詩的堅持與熱情，一如他曾說的：「寫詩就是在面對真實、書寫現實、曲筆誠實。」而這個強烈的意念，如同鷹在高空中翱翔於時間和速度裡，明亮的眸子迄今仍朝前方勇敢地戰鬥，也正是有這份勤奮的精神，才能把詩人引向其筆下具有詩性心靈的特質。書裡的內涵包括了愛以及對自我的誠實，或者說，這也是詩人內心世界的感悟，以及如何以詩實現「自我救贖」的過程。

　　生長於臺北市的楊宗翰，天秤座的他，為人謙遜、平易近人，有邏輯的分析力，一生追求寧靜和諧與堅強的個性鮮明。年輕時，他所經歷的社會挫折與心靈苦惱也不少，但也因而促使他苦學有成，並力圖在詩

星野 —新詩、散文和評論—
The field under the stars

歌創作中尋找一塊淨土。在學界，他專注於當代新詩史與教學；如今，四十六歲的他，教書之餘，不僅懂得享受安靜帶來的平和，還在《聯合文學》出版此詩集，勇登詩歌創作的巔峰。

《隱於詩》是菁英詩人出版的一部傑作；其表達的形式中，沒有晦澀難以理解的詞彙，沒有對想像力的限制，並在作品中保持「以象蘊情、情景交融」的抒情感，也是他血液裡流淌的詩行。

全書著力於對詩美理想的追求，沿著詩人感覺的經緯度伸向更廣闊的空間探索，以無數的意象從而組成了一部優美獨特的協奏曲；時而帶有較強的思辨色彩和厚重感，時而沉鬱抒情，如天空之鷹優雅旋舞，亦如夜星與青松吟詠般動人。

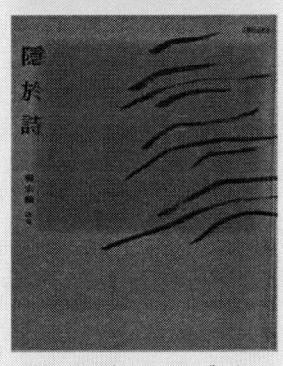

林明理畫作及《隱於詩》書封面

他把生命中最好的青春時光奉獻給文學，其詩歌的偉大在於融合韻律與大自然之音的和諧，它賦予詩歌崇高的重要性，又能維持各自的特色高度，讓我除了讚嘆，實在無法多加形容。

二、應時而變的抒情詩基調

在楊宗翰寫抒情題材的詩作中，〈夜有所思〉，是我喜愛的一首小詩。其感情的基調雖然是痛苦的，但詩人直面這種痛苦卻沒有任何粉飾，反而運用想像之花，結出愛情的形象之果，給讀者心靈的搖撼是持久的。詩人寫道：

　　有雷隱隱
　　響在醒與夢的邊緣
　　有小雨落下
　　落在行人闔上的雙眼

畫作（飛鷹）：林明理（此畫存藏於臺灣「國圖」（當代名人手稿典藏系統），台北市）

二、詩評暨文學評論・Poetry review & Literary review ★

> 有妳出現
> 只是距離好遠、好遠
>
> 有我無助
> 正像這首蹩腳的詩
> 毫無技巧可言

同一題材，詩人的〈贈妳以風景〉則體現了對愛情具有更深刻的體會：

> 電纜上的鳥卻是稀落底逗點
> 株株檳榔滴羅自天空
> 像細頸的驚嘆
> 三兩開苞的花朵句號一個冬季
> 湖畔以倒影默問山巒的硬度
>
> 羽毛雲朵搖拍思維
> 努力把自己寫成一封情書
> 待你細讀卻發現：
> 字字皆錯，句句是淚

刊臺灣《馬祖日報》副刊，2023.09.08，及畫作 2 幅，書封面。

這首詩不是為寫景而寫景，而是詩人靈魂的全部傾入，使人轉向對愛情的深思。雖然，面對悲傷的感情在掩卷之後，更教人覺得感傷，然而，詩人用全心靈的觀照，藉以懷念著那遠方的人，以獨具的藝術概括力，蘊聚著其深深的詩情。另一首〈夏蟬〉，詩的思想是重抒情的藝術，心境上卻有一種禪道意蘊，且具有詩人敏銳的穿透力：

> 蟬聲在咖啡上遊走
> 冷了的瓷杯燥熱泛紅
>
> 一些些禪也溢了出來
>
> 無法遏止
> 滾燙字跡沿嘴角滴落

從藝術講，這是詩人以心靈體驗所促成的獨特韻味的意境。更可貴的是他對愛情的那份癡情，已轉化為一種生活中的謐靜。看來詩人的悟性，無論是寫大自然，或在生活中揭示某些偶得的哲思，已將應時而變的抒情詩基調，達到了更高層次的境界，但仍不失詩人的純真。

三、結語

如果說，宗翰的詩只抒寫自己心底的一些感觸，那是不可能成為在臺灣學界備受矚目的詩人的。因為他在語言運用上的創新是明顯的，且為臺灣新詩史做出過積極的貢獻。記得法國象徵派詩歌先驅波特萊爾（Charles Pierre Baudelaire）有句名言：「英雄就是對任何事都全力以赴，自始至終，心無旁鶩的人」。正如波特萊爾所說，楊宗翰教授對詩歌的熱愛始終如一，他亦如一位勇於探索詩歌聖殿的英雄，而我深信，今後他必然會寫出更多優美感人的詩歌。

—2023.04.26 寫於臺東

---

*2023 年 9 月 8 日週五於上午 10:04
明理教授：
哇！週五收到大禮，圖文並茂，太特別了！得此評文，十分感謝。敬祝
平安健康

宗翰敬上

11・細讀喬登・馬克雷的詩（我怎能睡覺） ◎林明理

美國詩人 G.喬登・馬克雷（G. Jordan Maclay）教授是一位量子物理學家，長期從事量子能量和微傳感器方面與教學，也曾在阿岡國家研究所從事開創性的博士後科研工作，學能博古通今。在工作上，四十年如一日，是位難得的科學界才子；在創作上，他更展示驚人的感悟生活的能力，有詩人的大家氣度，能寫出戰火下真實而感人的場景，在描摹中凝聚成別具一格的思想火花，真誠地抒發其心中的感觸。

當美國詩人非馬（Dr. William Marr）於今年初次認識喬登・馬克雷，即被他的這首「我怎能睡覺」的詩作感動，並立即將這首具有特定審美魅力的長詩完成了翻譯。日前，在非馬與我分享此詩的電郵交流中，喬登獨具匠心地諷刺戰爭的自私與殘酷，給了我極大的啟迪。

二、詩評暨文學評論・Poetry review & Literary review ★

　　喬登的詩，能熱烈地謳歌生命，又含有他對戰爭的時代環境信息做出批判與沉思的態度。他一生除了對物理的專業領域充滿了求知與好奇，此外，也對心理學、哲學、精神學和藝術深入研究。他在退休前後，還專於詩畫創作及雕塑，更是空手道黑帶高手和神經語言程序大師。最值得稱道的是，他能高舉正義旗幟，對美國當局的戰爭行動提出反思，其思想深度不只是純粹基於科學家本身的成就或貢獻，無疑，他對不幸的人們的悲憫，其人文情懷及自我的真情實感，也可謂是詩苑奇葩。全詩如下：

我怎能睡覺　　　　　　　　　　（美）喬登・馬克雷作　非馬譯

一

我怎能睡覺當我們有這麼多人在挨餓？
當無助的母親們看著她們的嬰兒死去
在她們眼前消逝，或被炸成碎片
當絕望的人類在沉溺
希望逃離暴力和行刑隊
希望擺脫飢餓和乾旱
地震、水災和火災
希望逃離安全部隊
通常是不安全部隊

我怎能睡覺
當我們中有這麼多人在掙扎只為了活下去
只為了照顧我們珍惜的孩子
讓他們活下去

我怎能睡覺當無人機在天上
把瞄準器裡的人都殺光
在婚禮上或任何地方
不受懲處

我怎能睡覺當我的國家
擁有 800 個軍事基地
阿布格萊布監獄和關塔那摩灣拘留營
而百分之五的黑男人在監獄裡
佔囚犯人口的百分之四十

星野 —新詩、散文和評論—
The field under the stars

我怎能睡覺當我的國家
擁有超音速導彈、3000枚核彈
準備制裁並消滅敵人
讓俘虜受水刑
30萬伊拉克人死亡

我怎能睡覺知道
人類遭受如此多的痛苦
乃由世界的精英所引起
那些不公平的驅動者
貪婪的爭鬥者
剝削大師
充滿了禮拜日的道德
或謊言

我怎能睡覺當誠實有愛心的人，
被轟炸、毆打和剝削
我哀嘆
我無法改變世界的無奈

何處是我們改革所需要的愛？

二

我怎麼知道什麼是緊要的？
我該如何做緊要的事
當我在陽痿的水池裡游泳時
一池誤傳的信息
一池有針對性的謊言
關懷是一種奢侈

我有白人特權又能賺錢
我有醫療保險
我不必為破產受罪
我不必把我所有的都揹在背上
走一千英里去逃脫被殺害
或被轟炸被強姦被餓死

我因為我的長相或膚色而沒成為靶子
我生活在安全的繭中
我為那些因身份

二、詩評暨文學評論 · Poetry review & Literary review

而受迫害的少數民族哭泣，
社群、種族、階級、宗教、性別以及
其它

我為那些有憐憫心愛心的人哭泣
被撕成碎片的人
沒有食物給他們孩子的人
死在他們無淚的眼睛前的人
痛苦的深度
那些有特權的人是不會知道的

躲避導彈躲避軍隊
躲避幫派躲避無人機躲避災難
躲避心懷仇恨的人

幸運者
一輩子在田裡工作
住在茅屋裡
一切合法化
一切都由當局助成
一切都由煽動者助成
一切都由特權官員助成
他們寬恕毀滅和災難
站在別人的身上

哪裡是我們轉變所需要的愛？
哪裡是我們轉變所需要的勇氣？

三

我曾在街頭
抗議越南戰爭
一場由政客與軍人發動的殖民戰爭
受企業的的鼓動
它們出售炸彈及噴射機
或要去開採銅礦及煤炭
我在街頭抗議戰爭的機器
抗議我們被鼓勵扮演的角色
西部牛仔，依賴他人的女人，
以及俯首帖耳的老百姓

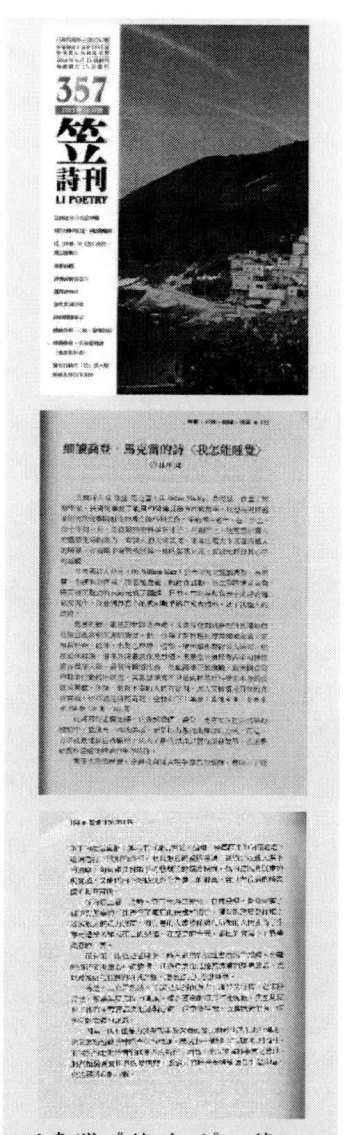

刊臺灣《笠詩刊》，第 357 期，2023.10，頁 153-154。

星野 —新詩、散文和評論—
The field under the stars

現在我知道我們取得了
什麼成就
更少的民主
更少為人民發聲
更多的控制
更多的立法使違法行為合法
讓它更安全牢靠
讓被稱為人民的資本家
為所欲為
奪走我們更多的金錢和生命
現在我們有了千萬富翁和億萬富翁
以及擁有政府的富裕公司

今天我捐款給環保協會
給媒體與民主中心
給經濟政策研究所
給非暴力和平力量
給國際特赦組織
給樂施會
給其它三十三個團體
而我懷疑
這樣做有什麼好處
送錢給某些人
會幫助沒有特權的群眾
結束無止無休的掙扎
過個好日子

我們改革所需要的愛在哪裡？
我們改革所需要的勇氣在哪裡？
我們改革所需要的行動在哪裡？

  此詩寫得悲憤憂傷。它告訴我們，喬登‧馬克雷在控訴戰爭的殘酷中，並沒有一味地傷感，而是極力想找出療救的方法，而這一方法就是他以自我觀照下注入了新的思維以獲得深刻啟示，也正是詩創作帶給他的活的生存精神。

  喬登也指證歷歷，非但沒有抹去戰爭原罪的痕跡，還昭示了戰爭下的生活真相；其心中的誠信與愛，猶如一座風雨中的明亮燈塔，給讀者打下深刻的烙印。他以強烈的愛國意識，通過那些催人淚下的描摹，句

二、詩評暨文學評論・Poetry review & Literary review ★

句都是對戰爭的悲劇性的深度挖掘。他的詩既有沉重的現實感，又能把內心的感受外化為優美的辭彙，實具有很高的詩思價值和教育性。

從內容上看，此詩大致可分為三部分，在首段裡，喬登揭露了戰爭對無辜的百姓進行了瘋狂的侵襲和迫害，獨裁的政府都採取了消滅敵人的武力政策，但受害的人或被俘虜和逃離的人民卻為了生存而遭受苦難或死亡的恐懼。在歷史的今天，都已如實寫下了戰爭殘忍的一頁。

而在第二段也是苦味多！詩人通過對受迫害者逃亡或親人分離的痛苦而抵達心中的憐憫，通過哲思而抵達其濃重的憂患意識，尤以最後兩句無言的吶喊之聲，讓全詩更具悲壯氣氛。

喬登・馬克雷的詩，可謂是孤獨而有力，激昂又抒情。在末段詩裡，敘事與反思間的嘲諷，或以憂鬱的沉思直吐胸懷，典型地反映了他的主觀意識與坦誠觀念的一個重要特徵，也讓我對他有一個多面的立體的認識。

因為，他不僅著力於對戰爭及武器的發展和對世界未來的關注，也反思種種戰爭弊端產生的根源，表現出一種別出心裁的批判精神。而我熱切地期待看到他更多的新作，因為，他以學者科學家之慧眼，洞察體驗真實世界的愛與悲，那強力的詩音能撞擊讀者引起共鳴，更能震撼我的心靈。

—2023.08.13 作

附錄 G.喬登・馬克雷的長詩：How Can I Sleep by G. Jordan Maclay

I.

How can I sleep when so many of us are starving?
When helpless mothers are watching their babies die
Emaciated before their eyes, or torn apart by explosions
When desperate humans are drowning
While hoping to escape from violence and death squads
Hoping to escape from starvation and drought
From earthquakes and floods and fires
Hoping to escape from security forces
Which are usually insecurity forces
How can I sleep
When so many of us are struggling just to live

星野 —新詩、散文和評論—
The field under the stars
Poems and prose & Essays

Just to care for our cherished children
And survive
How can I sleep with drones in the skies
Killing whoever is in the crosshairs
At a wedding or at random
With impunity
How can I sleep when my country
Has 800 military bases
The Abu Ghraib prison and Quantanamo
And 5 percent of all black men are in
Prison which is 40 percent of the prison population
How can I sleep when my country
Has hypersonic missiles, 3000 nuclear bombs and
Is ready to sanction and kill the bad guys
And waterboards the captives
300,000 Iraqis dead

How can I sleep filled with the knowledge of
So much human suffering
Caused by the world's elite
The drivers of inequity
The champions of greed
The masters of exploitation
Filled with Sunday morals
Or just lies
How can I sleep when honest caring beings
Are being bombed and beaten and brutalized
And I bleat about
My helplessness to change the world
Where is the love we need for transformation?

II.

How can I know what matters?
How can I do what matters
When I swim in a pool of impotence
A pool of misinformation
A pool of targeted lies
And caring is a luxury
I have white privilege and make money
I have health care
I do not suffer from bankruptcy

二、詩評暨文學評論 · *Poetry review & Literary review* ★

I do not have to put all I own on my back
And walk a thousand miles to escape being murdered
Or being bombed or raped or starved
I am not a target because of my looks or my skin color
I live in a cocoon of safety
I cry for those who were born
A persecuted minority,
Ethnic, racial, caste, religious, sexual and more

I cry for those caring loving beings
Who are torn to shreds
Who have no food for their children
Who die before their tearless eyes
A depth of suffering unknown
To those of privilege
Dodging missiles dodging armies
Dodging gangs dodging drones dodging disasters
Dodging those who hate
The lucky ones
Working their lives away in fields
Living in shacks and slums
All made legal
All made possible by the authorities
All made possible by the demagogues
All made possible by privileged officials
Who condone destruction and suffering
Who rise up by standing on others
Where is the love we need for transformation?
Where is the courage we need for transformation?

III.

Once I was in the streets
Protesting the war in Vietnam
A colonial war waged by the politicians and the military
Encouraged by corporations
Selling bombs and jets
Encouraged by corporations
Mining copper and coal
Encouraged by society
To be the John Wayne man, the dependent woman,
And the compliant citizen

Now I know what we achieved
By the reaction we got
Less democracy
Less voice for the people
More controls
More legislation making the illegal legal
Making it safer and more secure
For corporations called people
To do whatever they want
To take more of our money and our lives
Now we have multimillionaires and multibillionaires
And rich corporations who own government
Today I give to the Environmental Defense Fund
To the Center for Media and Democracy
To the Economic Policy Institute
To the Nonviolent Peaceforce
To Amnesty International
To Oxfam
To thirty—three other groups
And I wonder
Does it do any good
Does sending some dollars to someone
Help end the endless struggle
Of the unprivileged masses
To have a good life
Where is the love we need for transformation?
Where is the courage we need for transformation?
Where is the action we need for transformation?

12・一棵不凋的樹──試析穆旦的詩三首　　◎林明理

　　穆旦一生在教學與翻譯研究上成就斐然，但在逝世以前，很長的一段時間裡，也曾面對辛酸的命運與憂患艱難之苦。對一個自幼即滿懷愛國情操的穆旦而言，他以詩言志，凝聚文筆之力，滋養文學沃土之情，恰似一棵不凋的樹，為了守護尊嚴而獨立生存在陡峭的山頂；如今那棵

二、詩評暨文學評論・Poetry review & Literary review ★

樹已然蒼綠成蔭,而其血液裡流淌的詩句,也逐漸受到學界一致的肯定與尊崇。

一、其人其詩

穆旦(1918-1977),原名查良錚,著名的詩歌翻譯家,曾任南開大學副教授,出版詩集有《探險隊》、《旗》、《穆旦詩選》,翻譯普希金抒情詩五百首及詩體小說《葉甫蓋尼・奧涅金》、拜倫的長詩《唐璜》等多種。閱讀穆旦詩歌,能夠明顯感受到詩人一生耗竭心力,熬到最後一刻,仍孜孜不倦對於詩歌的翻譯與創作有一種獻身崇高的追求。在塵世漂泊裡,他一直與詩歌同行,與憂愁相遇;雖然有過金光燦爛或被頌揚誇耀的片段,但終其一生,他的詩歌的象徵意義是有價值的,這與其自幼年以來的滿腔愛國熱忱,應未曾改變。他就像一隻勇敢的飛鷹,展翼在烏雲的巨浪,但他只帶著堅強的心靈走向遠方⋯⋯而遠方永不漆暗,渴望光明與寧靜的心也永不消失。

《當代詩讀本(一)》,谷羽編選,天津大學出版社,2020.02 第 1 版。

穆旦在赴美留學歸回祖國,任南開大學外文系副教授期間,除了專於教學與翻譯的創作實踐和詩歌研究,他以無比勇毅的擔當,把他的詩魂根植於人民的心目中;而普希金(А. С. Пушкин,1799=1837)賦予俄羅斯文學特有的貢獻與詩裡最純真的感情都構成了穆旦的書籍以及晚年大規模的詩歌創作的基礎。雖然文革開始,他在四十歲左右,曾被指為歷史反革命,全家被迫到農場接受勞動改造;而穆旦惘然告別了教書崗位,告別知心的親友與他嚮往呼吸真正自由的天空,轉調到圖書館和洗澡堂工作,先後十多年,受到批判與勞改。但穆旦仍抓住每一個永恆的瞬間,日夜以最積極的態度勤於翻譯工作,以供學子及學者研究;五十九歲那年,他因心臟病突發去世,兩年後,雖然得以平反,但為時已晚。

對一個自幼即滿懷愛國情操的穆旦而言,他以詩言志,凝聚文筆之力,滋養文學沃土之情,恰似一棵不凋的樹,為了守護尊嚴而獨立生存

星野 —新詩、散文和評論—
The field under the stars
Poems and prose & Essays

在陡峭的山頂；如今那棵樹已然蒼綠成蔭，而其血液裡流淌的詩句，也逐漸受到學界一致的肯定與尊崇。

二、詩作賞讀

　　一本出自谷羽編選的《當代詩讀本（一）》，讓我有幸閱讀了穆旦的心靈詩影。就在詩人垂暮之年，除了更進一步研究翻譯詩文以外，猶完整地保有一顆飽經憂患卻毫無枯竭於詩歌創作的心。在他死前的一年期間，曾大量創作他最後的詩歌作品，最後因病溘然長逝，迨兩年後，始得以平反。後來在詩人所愛的南開大學文學院校園的「穆旦花園」內，校方為他立了一座雕像，花園圍牆上鑄有「詩魂」兩個大字。他在中國詩歌翻譯史上的豐碑，鼓舞著許多後人，也讓我深信，「苦難」成就更多的愛，「苦難」也使他學會包容與寬恕。在「穆旦花園」的周邊，恍惚中，我看到了樹木和花朵都具有茁壯的生長跡象，我的目光停駐在雕像的穆旦臉龐，那是我認得的天使，他並不孤單，因為他遵循上帝旨意，將他的愛及留下的詩篇繼續傳播在轉動的地球上。

　　他在1976年3月寫下的《智慧之歌》[2]，詩裡盡是他的回憶，每一字詞，都將他的一生追逐於所有的夢想與悲歡，或在黑暗裡看見自己眼眸的光芒，寫得十分真摯、坦誠，而回憶也是一種希望：

> 　　我已走到了幻想底盡頭，
> 　　這是一片落葉飄零的樹林，
> 　　每一片葉子標記著一種歡喜，
> 　　現在都枯黃地堆積在內心。
>
> 　　有一種歡喜是青春的愛情，
> 　　那時遙遠天邊的燦爛的流星，
> 　　有的不知去向，永遠消逝了，
> 　　有的落在腳前，冰冷而僵硬。
>
> 　　另一種歡喜是喧騰的友誼，
> 　　茂盛的花不知道還有秋季，

---

[2] 本文譯作出自谷羽編選的《當代詩讀本（一）》，漢俄對照中國詩歌系列，天津大學出版社，2020年2月，第1版，頁36-40。

二、詩評暨文學評論・Poetry review & Literary review ★

社會的格局代替了血的沸騰，
生活的冷風把熱情鑄為實際。

另一種歡喜是迷人的理想，
他使我在荊棘之途走得夠遠，
為理想而痛苦並不可怕，
可怕的是看它終於成笑談。

只有痛苦還在，它是日常生活
每天在懲罰自己過去的傲慢，
那絢爛的天空都受到譴責，
還有什麼彩色留在這片荒原？

但唯有一棵智慧之樹不凋，
我知道它以我的苦汁為營養，
它的碧綠是對我無情的嘲弄，
我咒詛它每一片葉的滋長。

眾所周知，穆旦晚年飽受病痛之苦，但他仍打起精神譜寫出具有審美表現力的詩句。這首詩的魅力在於韻律，文字往往是具象的，更具濃重的感情色彩。這正好說明，詩人的胸襟是開闊而善良的，且對美好的時代來

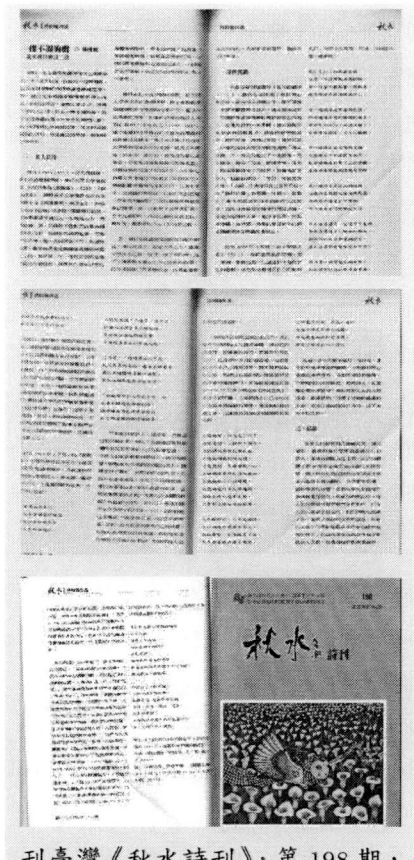

刊臺灣《秋水詩刊》，第 198 期，2024.01，頁 60-64。

臨，存有精神的嚮往與希望。可見，他的精神世界不但和高尚堅毅的品格相連，也和對祖國的希望及嚮往純文學的創作緊緊聯繫在一起；而詩裡的疊字也強化了詩歌本身所要凸顯的「歡喜」的純然的感受，它的反覆出現使此詩體現了對稱交錯的音韻，有如正在沉思的抒情旋律，莊嚴而美麗，直搗人心。

另一首在 1976 年 4 月寫下的《聽說我老了》，同樣巧妙地從生活中抒發真情和從美好的想像中醒來，但有別於許多強調寓意的象徵詩人，穆旦傾向擁有其獨特的形式，充滿其深邃的思想，也有甜蜜的夢幻色彩：

星野 —新詩、散文和評論—
The field under the stars

　　我穿著一件破衣衫出門，
　　這麼醜，我看著都覺得好笑，
　　因為我原有許多好的衣衫
　　都已讓它在歲月裡爛掉。

　　人們對我說：你老了，你老了，
　　但誰也沒有看見赤裸的我，
　　只有在我深心的曠野中
　　才高唱出真正的自我之歌。

　　它唱著：「時間愚弄不了我，
　　我沒有賣給青春，也不賣給老年，
　　我只不過隨時序換一換裝，
　　參加這場化裝舞會的表演。

　　「但我常常和大雁在碧空翱翔，
　　或者和蛟龍在海裡翻騰，
　　凝神的山巒也時常邀請我
　　到它那遼闊的靜穆裡做夢。」

　　早知穆旦是詩人、翻譯家，也知道他的詩歌必將一切交付想像靈感和其接觸的事物有所聯結，但我很難想像，一個詩人如何在艱難的環境下，仍固有榮譽，默默地為中國翻譯史獻出其力，猶冀望日子翻新，更熱忱於詩歌的愛。此詩也有許多意象，各有其不同的意涵，都代表著他尚未向別人敘說的故事，也顯見他孤單的步伐，依舊在許多關切的親友的血液中漫步。而往日，穆旦的譯作是許多學子的引導，今日，他的詩歌已逐漸在中國學界蔚成一股研究的風氣。詩裡，沒有直接表露其內心的世界，也沒有諷刺或哀怨的筆調，有的是表達從痛苦中淬鍊的新精神，對後學詩人也有重要的啟發性。

　　中國現代詩歌的發展告訴我們，真正堅持寫詩的詩人無論處在哪一個時代的洪流裡，從孤獨的行吟，直到對理想的追求，從青春年少到白髮蒼老，他們都能用赤子之心看待世界，對世間的紛紜與幻變，都能以心靈的愛之歌溫暖世界最深處的傷痛缺口。但當我看到穆旦在 1976 年 10 月寫下的這首《停電之後》，我便立即明瞭，它既是詩人自己在病

痛中用淚水澆灌詩的萌芽，也是他唱起命運之歌、心卻全部為光明所照耀的真實寫照：

> 太陽最好，但是它下沉了，
> 撐開電燈，工程照常進行。
> 我們還以為從此驅走夜，
> 暗暗感謝我們的文明。
> 可是突然，黑暗擊敗一切，
> 美好的世界從此消失無蹤。
> 但我點起小小的蠟燭，
> 把我的室內又照得通明：
> 繼續工作也毫不氣餒，
> 只是對太陽加倍地憧憬。
>
> 次日睜開眼，白日更輝煌，
> 小小的蠟台還擺在桌上。
> 我細看它，不但耗盡了油，
> 而且殘留的淚掛在兩旁：
> 這時我才想起，原來一夜間，
> 有許多陣風都要它抵擋。
> 於是我感激地把它拿開，
> 默念這可敬的小小墳場。

走過十多年的艱辛歲月，再回首，那是歷史無法抹滅的傷痛，但在穆旦的心靈卻乾淨得發亮，猶如不掉淚的蠟燭，不斷地嘗試燃燒自己，照亮別人，直至蠟炬成灰淚始乾。穆旦的艱忍與良善的溫柔，讓此詩除了張揚了詩歌的藝術的生命，更得以超越時空的界限，成了永恆不朽之作。

三、結語

當穆旦的詩歌向我緩緩走來，讓我看到，讓我仰慕打從開始尊敬於心的詩人。從他的創作方法上看，由於他翻譯了許多普希金俄文與拜倫的英語詩歌，譯文的技巧也促使其詩從浪漫主義走向象徵主義的轉化，且具節奏悠揚，韻律優美的特質。在其晚年大量湧現許多真實地抒發詩

星野 —新詩、散文和評論—
The field under the stars
Poems and prose & Essays

人的感情的作品中，詩人的現實環境畫面雖然是桎梏的，但詩人的心靈卻是自由的。他的詩歌也敘述了夢中獲得了美好的世界的遐思，折射出文革年代帶給知識分子的憂患感與堅強的意志。但這些不足以道出他的詩歌最感人之處，是他用他的快樂或痛苦，回憶或希望去歌唱的心靈，是崇高而樸素的。我有幸在其詩歌中看到了一個詩人不斷努力以赴的堅毅氣息以及他用眼淚和歡笑合成的生命中去創造出更廣闊的藝術氛圍的詩句；然而這也是他奔湧在他血液裡的詩句，並且是有啟發意義的。

記得穆旦在逝世前寫下一首《冥想》的詩裡說：「而如今突然面對墳墓，／我冷眼向過去稍稍四顧，／只見它曲折灌溉的悲喜，／都消失在一片亙古的荒漠。／這才知道我全部的努力不過完成了普通生活。」每一讀來，真讓人眼中隱隱有淚光閃動。他堅毅的骨子裡，其實仍充滿對大時代光明的渴望和為詩歌而努力以赴的精神。隨著中國經濟文化的崛起與飛速發展，我更有理由相信，穆旦不是時代的悲劇人物，人們看到的是畫面上處於艱忍環境下，為培育知識精英而堅守崗位的一個被下放的學者，但他在別人難以洞悉的心靈世界裡，其實是個像天使般純淨的氣質的詩人。德國詩人里爾克（Rainer Maria Rilke，1875—1926）曾寫下這樣豪邁而感性的句子：「只因我經歷過強大，／故我頌揚柔弱。」[3]我由衷地認為，那些加諸在穆旦身上無以名狀的痛苦，反而成就了他抵達繆斯的殿宇的真正力量，願以一詩《冥想》（Meditation）向我尊敬的他，致上最深的、最後為了表達對詩人穆旦的敬意：

> 直到你能步入繆斯的殿堂
> 我才相信
> 你已生氣勃勃
> 歌詠著神妙的詩句
> 才能預感
> 你如大熊星清晰浮現

---

[3] 里爾克著，唐際明譯，《慢讀里爾克》，臺北，商周出版，2015年9月初版，頁155。

二、詩評暨文學評論・Poetry review & Literary review ★

躺在海面細品島嶼四季的流轉
驅走我心中的激蕩

而你行了一個奇蹟——
恰似一棵不凋的樹
當我走近　想畫你微笑的
姿態，自信，謙虛，還有
堅定的眼神。
在我眼睛深處，你的微笑如歌
不可思議卻令人開懷

—2021.08.29 完稿

（作者林明理，雲林縣人，曾任「省立屏東師院」大學講師，專於詩歌研究。

An unfading tree: Analysis of Three Poems by Mu Dan

◎Taiwan Lin Mingli

　　Mu Dan made great achievements in teaching and translation research throughout his life. But for a long time before his death, he also faced bitter fate and hardships. Full of patriotic sentiments ever since his childhood, Mu Dan used poetry and aspirations to nourish the soil of literature. Like an unfading tree, standing independently atop a steep mountain in order to protect dignity; now that tree is green and shady, and the poems flowing in its blood have gradually been affirmed and respected by academic circles.

　　（The author is Lin Mingli, a native of Yunlin County, Taiwan. He was a lecturer at the "Provincial Pingtung Normal College", specializing in poetry research.）

13・淺析洛赫維茨卡婭情詩二首　　◎圖／文：林明理

一、詩人簡介

「詩如畫」一直被諸多詩學學者認定是詩人在藝術精神上有其相通之處，呂進在其書裡寫過：「塑造藝術形象以反映生活，這是一切藝術門類的共同品格。詩畫都不例外。」[4]「詩中有畫」是俄羅斯現代派詩歌的先驅之一的米拉・亞歷山大羅夫娜・洛赫維茨卡婭（1869-1905）對詩歌所作的普遍性評價，後代的詩評家也極少有人不認同這一評價。

米拉在兒時便開始了對詩歌的熱愛，她在 1896 年出版的第一本詩集，就榮獲俄羅斯科學院普希金獎。她的愛情詩，清純柔美，具有強烈的藝術感染力。那些富有詩意的語言，猶如美妙的音樂，更涵蓋了伴隨她一生渴望幸福的想像力和活潑、開朗的童心。若從她創作詩歌中那些被賦予了生命、情感、動植物和人物等，在她細膩地描摹其內心世界時，寫得可謂獨具一格，水到渠成；而著名的詩人阿赫瑪托娃也受到了她的影響。

米拉跟詩人巴爾蒙特相愛相戀的故事，最終都鐫刻在她的詩歌作品中。詩裡，有她的甜蜜和恐懼、喜悅和悲傷。遺憾的是，米拉以 36 歲，就早早地離開了人世；而流落在國外的巴爾蒙特，也為女兒起名為「米拉」，這顯然是對米拉・洛赫維茨卡婭的緬懷與思念。

二、詩作賞析

愛情是米拉詩歌的靈魂所在，她的愛情總是充滿苦澀與甜蜜參差其中，也有勇敢承擔愛情如履生命深淵的痛苦，充滿崇高精神卻勇於犧牲自我的愛情命運。她的愛情詩，寫得溫潤柔美，深刻地體現其內心常懷有美好愛情給她精神支撐的力量。而這種至深至厚的愛情，最終為大環境所迫，以致失去愛情後，米拉的生命最終走向枯萎。

比如她在 1897 年創作的這首（我的靈魂像清純的白蓮……），是一首淋漓盡致的偉大愛情詩，重在描寫其精神上的悲苦，但卻能體現出愛情的無悔與超越一切的崇高。詩句如下：

---

[4] 呂進著，《呂進詩學雋語》，臺北，秀威出版，2012 年 11 月，頁 28。

二、詩評暨文學評論・Poetry review & Literary review ★

> 我的靈魂像清純的白蓮，
> 困居在這幽靜的水塘，
> 綻放出閃爍銀輝的花瓣，
> 籠罩柔和神秘的月光。
>
> 你的愛情似光線朦朧，
> 施展著神奇悄然無聲。
> 我的白蓮釋放縷縷清香，
> 感受莫名其妙的愁情，
> 而一股寒氣浸透了心腸。

林明理畫作（神秘的月光）

　　米拉詩作不同於其他詩人的一個重要特點是，其詩歌著力於形象塑造和自我靈魂的開掘，在悲喜交織通往渴求幸福的路程中，儘管充滿孤獨、辛酸，但快樂與愛情的嚮往與獲得，也都帶著真實的情感與發自內心真情的吶喊的成分。而這種藝術氛圍與其愛人巴爾蒙特時代壓抑的詩質是不同的。

　　在本文的前首詩發表兩年後，米拉又寫下這首（我愛你……），更被視為與其愛人之間一首重要的連結橋樑，也明顯地看到了她的愛情已在歷史的洪流中留下深刻的藝術烙印。全詩如下：

林明理畫作
上：（星月）；下：（金色的月亮），此三幅油畫已存藏臺灣的「國圖」，臺北市。

> 我愛你像大海熱愛初升的太陽，
> 像水仙花鍾情於山泉水的閃光；
> 我愛你像星星依戀金色的月亮，
> 又像詩人鍾愛他幻想中的詩章；
> 我愛你像飛蛾甘心撲向火苗兒，
> 為愛情憂傷，為愛情苦苦煎熬，
> 我愛你像呼嘯的風愛河邊蘆葦，
> 愛得癡迷不改，愛得震盪心扉；

・129・

星野 —新詩、散文和評論—
The field under the stars

> 我愛你像人們癡迷難解的夢幻,
> 勝過愛太陽、愛生命、愛春天!

因為米拉對愛情理念的堅持與執著,在其人性中也有著勇於擔當的一面。這就意味著,她的愛人經過磨難之災後,她在詩作的創作中激發了詩歌崇高的美麗,也發現了自己內在潛藏的驚人能量。

三、結語

米拉愛情詩裡筆下的戀人,是出身於貴族家庭的俄羅斯象徵主義詩人康斯坦丁‧巴爾蒙特(1867—1942)。與米拉詩歌特質相反的是,他的詩歌意境清澄透明,詞彙華麗,兼有追尋自由與寬容的精神。雖然早年,巴爾蒙特因俄國發生十月革命的影響,被迫移民法國,與其愛人詩人米拉分離,且從此不歸。直到他在七十五歲在巴黎黯然地去世前,他仍是象徵主義領袖人物之一;其愛國之心,光明磊落,詩句不受世俗的禁錮,並被後世尊崇為「太陽的歌手」。

在所有的愛情詩的創作中,米拉長久以來以不同的方式更鮮明地呈現出對人類精神生活與愛情課題的關注,表現出更濃厚的現代意識中勇於愛的展現,也為她成為俄羅斯經典詩人奠定了基石,實值得讚譽。

《更生日報》副刊,2024.01.01,及畫作3幅(星月)、(金色的月亮)、(神秘的月光)。

—2023.09.12 作

14・淺析吳瀛濤詩二首

◎林明理

一、傳略

吳瀛濤（1916-1971）是一個思想深刻、不斷地追尋自由和精神力量的臺灣詩人，臺北商業學校畢業，終戰前，曾旅居香港，戰後持續創作；文類以詩為主，兼及散文、兒童文學與民俗研究等著述。他的詩，曾刻骨銘心地留在他撰寫的生命感悟，也將畢生所獲取的情感體驗，透過其獨特的感受方式及思維植入其有力的話語，因而能夠幫助讀者看到了他在創作中自由意識的實踐，也增強了其精神的內化蘊涵。

在抗戰時期暗潮洶湧的年代，吳瀛濤置身於各種救國思潮與現代詩崛起之中，他在工作之餘，常獨自到北海岸觀海，自主地觀察、想像與體驗，總

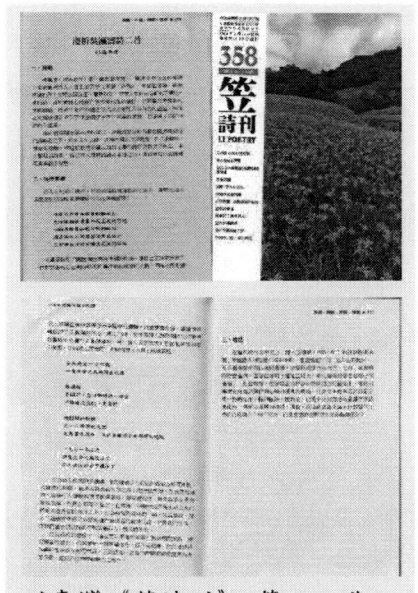

刊臺灣《笠詩刊》，第 356 期，2023.08，頁 160-162。

結而形成多篇以海為主題的詩作與散文等作品。本文擬以其詩作，論述詩人重視詩語言本身之美，進而表現出其精神氣質與敘事智慧。

二、詩作賞讀

詩人在他的〈峽谷〉詩作內涵具有蓬勃的生命力，同時也昭示其歷史反思深度與潛藏於內心的深層話語：

> 枯葉的手按在瞑目的額頭上
> 支持頭腦的重量以及生成的思想
> 心的奧處是幽暗沉默的峽谷

星野 —新詩、散文和評論—
The field under the stars

> 過去與未來的懸崖使現在孤立
> 生命卻在這裡閃爍火花掀開漩紋

　　吳瀛濤採用了跳脫傳統視角限制的作法，讓自己在詩中扮演了一位對過去的自己親身經歷的事件的敘述者的主體，同時在歷史線索上展開並延伸到現在的空間中的體驗，而這雙重身份，讓讀者能窺視到了吳瀛濤的內心，與此同時，他作為詩人的崇高性在他審美的體驗中也進行了直接呈現。另一首〈天空復活〉是在他罹患肺癌手術前，在病床上所寫的，折射出詩人本質上的純真性：

> 台大病室一〇六號
> 一隻生命之鳥被囚在這裡
>
> 肺腫瘤
> 要開刀，要切除肺的一部分
> 不論瘤是良性，是惡性
>
> 被割開的胸腔
> 是一片晴朗的天空
> 是鳥曾走過去，又將要飛過去的輝耀的境域
>
> 一九七一年三月
> 那隻生命之鳥復活了
> 那片永恆的青空復活了

　　作為詩人作家的吳瀛濤，他的描述具有很強的感染力和真實性。在此詩的起頭，敘述者對著詩人自己身上的所見所知，自然是傷感的。通過詩人想像的眼睛觀察環境，醫院裡的他，雖然籠罩在悲傷和夜色裡，外界全都看不見了，在末段，卻顯示出那隻生命之鳥已然屹立在外頭的亮光之上，化為永恆的青空的一隅。這就是說，詩人已通過詩歌形式的聚焦進行敘述者的敘述完成，也與我們交流，使我們感受到其詩能打動讀者的心，歷久而不衰。

　　在我最初的想像中，這位英年早逝的前輩，其思想的成熟、睿智與富有愛心，都與歷史上的評語吻合。但在我眼裡，他已透過詩作證明他

曾經存在的明證,且始終如一對自由的探索與重視美的本質不變,這正是他的詩歌魅力之所在。

三、結語

在瑞典現代文學史上,詩人隆德威(1906-1991)的批評原則承襲了英國詩人阿諾德(1822-1888),曾感嘆道:「詩,是人生的批評。」而吳瀛濤詩中的孤獨與憂傷,快樂與渴望自由寫作,也有一種獨特的抒情色調。儘管在時間上還是空間上,離吳瀛濤詩學思想都已很遙遠了,但他的詩,在解構意識形態和詩歌語言的關係上,都能引導讀者走進其創作的心境和現實的處境,任誰也不能否認其詩是別具一格的詩作。特別值得一提的是,他還十分努力地為臺灣早期詩壇找出一條新詩發展的途徑;那麼,從這個意義上講,他對當代文學的詩歌語言上功不可沒,而其思想的視野更加值得繼續探究了。

—2023.11.01 作

15・一代文豪:契訶夫

◎文／圖　林明理

安東・帕甫洛維奇・契訶夫(Anton Pavlovich Chekhov,1860-1904),是十九世紀末俄國最傑出的小說家、作家;其作品注重描寫俄國底層人民的生活與同情,藉此反映出當時社會統治階級的殘暴現況及對醜陋社會現象的嘲諷,也抨擊了沙皇的專制制度。他的祖父和父親都曾是農奴,嚴父慈母;因而他寫道:「我的天賦源自父親,但我的靈魂源自母親。」他在進入莫斯科帝國大學醫學系時,完成了處女作短篇小說《給博學

林明理畫作:(星夜)
(此幅油畫已存藏臺灣的「國圖」,臺北市。)

星野 —新詩、散文和評論—
The field under the stars

的鄰居的一封信》，這是一篇針砭時弊、諷刺社會的佳作，能發展成像音樂那樣的充滿吸引力，以致他的名聲遠播。

大學畢業後，他的創作轉向描寫勞動者的困苦，變得更清楚明晰。畢業時，他認為：「醫生是我的職業，寫作是我的業餘愛好。」更進一步，對黑暗的現實探索，繼續發表戲劇創作，與小說的創作相媲美。此階段的作品傾向樸實無華、文筆細緻，能製造出獨特與思想深刻的效果，作品更具有了強烈的社會性批判精神。

三十歲時，契訶夫隻身來到政治犯流放地庫頁島進行考察。就在他三十三歲那年，因照顧病人時感染了當時是不治之症的肺結核，健康出現狀況，因而轉往尼斯休養。四十七歲時，他發表了劇作《萬尼亞舅舅》，這是契訶夫一生的代表作之一，曾多次在莫斯科藝術學院上演。之後，他決定獨自前往烏克蘭東部旅行，歸來後，他完成中篇小說《草原》，被俄國科學院授予「普希金獎」。他的小說也在彼得堡皇家劇院演出。

刊臺灣《中華日報》副刊，2024.01.05，及畫作1幅（星月）。

當契訶夫四十八歲時認識了俄國現實主義文學奠基人高爾基（1868-1936），兩人很快就建立起深厚的友誼，他繼續發表了《短篇三部曲》，內容則體現了契訶夫除了注重作品中人物性格的塑造、反映社會現實外，他認為，一部作品「越是嚴密，越是緊湊，就越富有表現力，就越鮮明。」因而，高爾基曾說：「俄羅斯的短篇小說是契訶夫、普希金、屠格涅夫一道創立的。」

直到四十歲，契訶夫當選為俄國皇家科學院名譽院士，隔年他結婚後，健康就每況愈下，四十四歲那年，便英年早逝了。他的遺體被運回

二、詩評暨文學評論・*Poetry review & Literary review* ★

俄國，之後，葬於莫斯科。他的作品最引人注目的則是「善於透過對生活表層進行深思，將人物與物體的動作、現實與隱蔽的動機結合在一起，表現出自我風格的標誌與藝術象徵。」而他所有的作品有著「文短氣長」的簡潔之美。他就像一隻雄鷹，緩緩的穿越一片高山與原野、溪流，呈現出一種崇高的氣氛……因而被譽為「世界三大短篇小說之王」之一。迄今，在俄羅斯文學乃至世界文學史上，契訶夫，這名字，占有極為重要的地位。

—2023.9.13 作

16・淺析奧內拉・卡布奇尼的長詩　　◎林明理

　　愛情，是希臘古典詩人薩福（Sappho，約 612-約前 560）詩歌創作的核心主題，成就斐然。人們不會忘記她生於希臘萊斯博斯島（Lesbos）的一個貴族家庭，也不會遺忘其愛情生活中的精神世界，因為，詩歌是她不可或缺的生命元素，更不會忽略她對詩神的摯愛以及對後世所產生的影響。

林明理畫作：（靜夜）
Lin Mingli's painting:
Quiet Night (notte tranquilla)

　　為此，古今中外有許多評論家撰寫了一系列描寫薩福的詩篇，其中，義大利女詩人奧內拉・卡布奇尼(Ornella Cappuccini)為紀念「第十位繆斯薩福」，寫了一首約四十頁的長詩，這首長詩被翻譯成七種語言，由 Edizioni Universum 在義大利出版。

林明理畫作：（夜思）
Lin Mingli's painting:
Longing at Night (fantasticherie notturne)

　　夜讀奧內拉的詩，我發現，這是一個想像力豐富的世界。她是在用藝術之刀筆為薩福創作了一尊藝術雕像，就像前四世紀藝術

星野 —新詩、散文和評論—
The field under the stars

家西拉尼昂（Silanion）創作的古希臘詩人薩福的肖像一樣。奧內拉不僅想描述薩福和她的詩的深厚感情，而且在她的內心深處，她想用自己的想像力來延伸它，最終寫出這部獨特的傑作。

具體來說，她的長詩有以下突出的特點：首先奧內拉捕捉了薩福生活中許多生動的形象，進而描寫了她豐富多彩的生活。其次，她成功地塑造了薩福獨特的思想與形象，細緻地敘述了薩福在那個遙遠年代因最終結婚的學生被拋棄而產生無限悲傷的心情。第三，她透過向後人推薦薩福詩歌來凸顯薩福詩歌的傑出貢獻。奧內拉不倦地用藝術的筆觸探索她的傑作，拓展其思想和蘊含寓意的深度。

她的詩歌意象生動，韻律和諧，充滿了對薩福詩歌的熱愛和其生命價值的肯定。奧內拉也用詩歌頌揚了薩福輝煌的一生，堪稱是一首清新細膩的奇幻詩，也是一首優美的抒情詩。

我真誠地希望讀著能以更廣闊的視野來欣賞這首長詩。因為這是一首具有特殊意義的長詩，也是奧內拉·卡布奇尼的靈魂的投射，以及對詩人薩福由衷地致敬，所以我想它一定會在國際詩壇得到廣泛認可，並綻放出動人的光彩！

—2024.01.19 寫於台灣

〔英語〕A brief analysis of Ornella Cappuccini's long poem
by Lin Ming-Li

Love is the core theme of the poetry creation of the classical Greek poet Sappho (about 612-560 BC), which achieved great results. People will not forget that she was born in an aristocratic family in Lesbos, Greece, nor will she forget the spiritual world in her love life, because poetry is an indispensable element of her life, and her love for the god of poetry and for poetry didn't make her forget.

Writer: Dr. Lin Mingli (1961-), poetess and scholar.

For this reason, many critics at all times and all over the world have written a series of poems on Sappho. Among them, Ornella Cappuccini, an Italian poetess who wrote a long poem of about forty pages to commemorate "Sappho, the Tenth Muse", The long poem was translated into seven languages and published in Italy by Edizioni Universum.

二、詩評暨文學評論・*Poetry review & Literary review* ★

Reading the Ornella's long poem at night, I found that this is a world rich in imagination. Ornella, using chisel and art pen, created an artistic statue for Sappho, just like the portrait of the ancient Greek poet Sappho, created by the artist Silanion in the 4th century. Ornella not only wants to describe the deep feelings of Sappho and her poems, but in her heart, she thinks to extend it with her imagination, finally writing this unique masterpiece.

Specifically, her long poem has the following outstanding features: First, Ornella captures many vivid images of Sappho's life, and then describes her colorful life. Second, she successfully shapes Sappho's unique thoughts and images and carefully narrates Sappho's infinitely sad mood due to the abandonment of her pupils who finally get married in that distant era. Third, she highlights the outstanding contribution of Sappho's poetry by recommending it to subsequent generations. Ornella, tirelessly and with artistic brushstrokes, explores her masterpiece, expanding it in the depth of thought and meaning.

刊義大利 Edizioni Universum〈埃迪采恩尼大學〉《國際詩新聞》〈International Poetry News〉IPN，詩評（淺析奧內拉・卡布奇尼的長詩），中，英，義語翻譯，及作者林明理畫作 2 幅（靜夜）、（夜思）、作者照片 2 張。

In her poetry, she uses vivid imagery, harmonious rhyme, and is full of love for Sappho's poetry and for the affirmation of its life value. Ornella also chanted Sappho's brilliant life in poetry, which can be called a fresh and elaborate fantasy as well as a beautiful lyrical poem.

I earnestly hope that readers will appreciate this long poem looking at a broader perspective. Because this is a long poem with special significance, it is also a projection of Ornella Cappuccini's soul, and a sincere tribute to the poet Sappho, so I think it will be widely recognized in the international poetry circle, and let off a moving brilliance!

Taiwan on January 19, 2024
Written by Lin Mingli
林明理撰稿
Editing by Giovanni Campisi
編輯：喬凡尼・坎皮西

星野 —新詩、散文和評論—
The field under the stars
Poems and prose & Essays

〔義大利語〕Una breve analisi sul poema di Ornella Cappuccini
by Lin Ming-Li

L'amore è il tema centrale della creazione poetica della poetessa greca classica Saffo (circa 612-560 a. C.), che ha ottenuto grandi risultati. La gente non dimenticherà che è nata in una famiglia aristocratica a Lesbo, in Grecia, né dimenticherà il mondo spirituale nella sua vita amorosa, perché la poesia è un elemento indispensabile della sua vita, e il suo amore per il dio della poesia e per la poesia non l'hanno fatta dimenticare.

Per questo molti critici di ogni tempo e in tutto il mondo hanno scritto una serie di poesie su Saffo. Tra questi, Ornella Cappuccini, una poetessa italiana che ha scritto un poema di circa quaranta pagine per commemorare "Saffo, la decima musa". Il poema è stato tradotto in sette lingue e pubblicato in Italia da Edizioni Universum.

Leggendo di notte il poema di Ornella, ho scoperto che questo è un mondo ricco di immaginazione. Ornella, usando scalpello e penna d'arte, ha realizzato una statua artistica per Saffo, proprio come era nell'immaginario ritratto dell'antica poetessa greca Saffo, realizzato dall'artista Silanion nel IV secolo. Ornella non solo vuole descrivere i sentimenti profondi di Saffo e delle sue poesie, ma nel suo cuore pensa di estenderlo con l'immaginazione, realizzando finalmente questo capolavoro unico.

Nello specifico, il suo poema ha le seguenti eccezionali caratteristiche: in primo luogo, Ornella cattura molte immagini vivide della vita di Saffo, quindi descrive la sua variopinta vita. In secondo luogo, modella con successo i pensieri e le immagini uniche di Saffo e narra attentamente l'umore infinitamente mesto di Saffo a causa dell'abbandono delle sue pupille che finalmente convolano a giuste nozze in quell'epoca lontana. In terzo luogo, ne esalta l'eccezionale contributo della poesia di Saffo raccomandandola alle generazioni successive. Ornella, instancabilmente e con pennellate artistiche, esplora il proprio capolavoro ampliandolo nella profondità di pensiero e di significato.

Nella sua poetica, l'autrice utilizza immagini vivide, rime armoniose ed è piena di amore per la poesia di Saffo e per l'affermazione del suo valore di vita. Ornella ha anche cantato la brillante vita di Saffo in poesia, che può essere definita una fresca ed elaborata fantasia nonché un bellissimo poema lirico.

Spero sinceramente che i lettori apprezzino questo poema, guardando ad una prospettiva più ampia. Perché questa è un poema dal significato speciale, è un

二、詩評暨文學評論・Poetry review & Literary review ★

riflesso dell'anima di Ornella Cappuccini e del suo sincero elogio alla poetessa Saffo e brillerà nel mondo della poesia internazionale!

Taiwan, 19 gennaio 2024
Elaborato da Lin Mingli
林明理撰稿
Curato da Giovanni Campisi
編輯：喬凡尼・坎皮西

17. 試析雅庫布・柯拉斯詩二首　　◎林明理

一、傳略

　　雅庫布・柯拉斯（Jakub Kołas，1882-1956），白俄羅斯著名詩人，原名康斯坦丁・米哈伊洛維奇・米茨凱維奇，四十六歲時，為白俄羅斯科學院院士，翌年為副院長。他出身於農民家庭，曾任教師，年輕時，因同情農民艱辛命運，反對沙皇專制政權，從事革命活動而被監禁三年。主要詩集有《奴役的歌》《悲哀的歌》。其長詩《新的土地》，描述白俄羅斯鄉村革命前的生活。《音樂師西蒙》則以音韻和諧聞名。此外，《五月的日子》、《漁夫的茅屋》於六十四歲及六十七歲時，先後獲得史達林獎；四十七歲那年，榮獲「民族詩人」稱號。白俄羅斯首都明斯克的雅克布・科拉斯廣場，以他的名字命名，享年七十四歲。

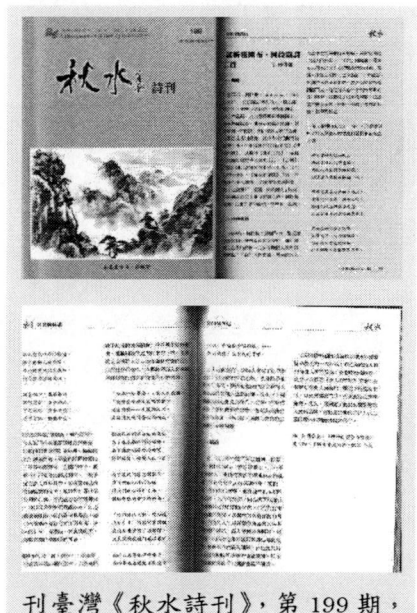

刊臺灣《秋水詩刊》，第 199 期，2024.04，頁 73-75。

二、詩作賞析

　　雅庫布・柯拉斯在其創作中，最受讀者喜愛和研究者關注的是帶有一種沉鬱感人之風的詩作。正如希臘詩人埃利蒂斯曾說：「我們所指的美，甚至在光明大放中也能只保持其神祕，只有它有這種惑人的光彩。」[5]同樣地，雅庫布以追求光明的心描摩出熱愛祖國、家鄉，抒發其真情。比如他在二十六歲時，曾創作兩首著名的詩，最近由谷羽教授翻譯而成。這是詩人心目中渴盼家鄉的真切體現，也體現了他不僅思鄉，也渴望與親友團聚，因此，引起了讀者的共鳴，試舉例析之。

　　在〈家鄉的風光〉一詩中，形象地傾吐了詩人思鄉時的懷念和悵惘兼而有之之情：

　　　　親愛家鄉的這些風光，
　　　　我的喜悅和我的憂傷。
　　　　我的心為你們激動燃燒！
　　　　迢迢遠方像披戴枷鎖一樣，

　　　　牢牢固定在祖傳的土地上，
　　　　連接河流之歌，森林之歌，
　　　　險峻的峽谷回蕩著憂愁，
　　　　到處是優美而悲傷的景色！

　　　　只要在瞬間合上眼睛，
　　　　無須觀望，我向你飄浮。
　　　　你在我面前緩緩移動，
　　　　彩色鮮明，看得清清楚楚。

　　　　我聽見金色田野的歌唱，
　　　　連續不停動人的聲響，
　　　　莽莽的闊葉林跟它應和，
　　　　如同高空滾滾的波浪。

---

[5] 吳開晉著，《新詩的裂變與聚變》，頁370，中國文學出版社，2003年版。

二、詩評暨文學評論・Poetry review & Literary review ★

> 我的幸福呀，我的折磨，
> 故鄉的村莊，故鄉的人，
> 希望之歌呀，痛苦之歌！……
> 我遙望家鄉、聆聽鄉音。

　　此詩敘事與抒情結合，頗有韻致。不管詩人筆下的美麗家鄉是否依舊存在，但眼前的情景卻如電影裡一幅幅田野風光的鏡頭閃過。那金色阡陌縱橫的田野、莽莽的闊葉林，古樸的村舍，森林、峽谷和河流依依鋪展開來，一派恬靜，恍若讓人置身其中。更重要的是詩人經受過監禁的痛苦，那顆對外界世界渴望光明的心靈，寄託在思念的精神家園上，他以深重的憂患意識書寫，以心靈的遠遊傾吐出不管前路何其漫長，總有自己的家鄉的聲音在前面召喚著。這樣感人的詩句，凝聚成一種真樸的美，也是詩歌敘事的精神價值所在。

　　雅庫布的另一首〈歌手〉，意境深遠。他通過自我心靈的剖析，以對比的敘事結構使讀者體驗其監禁裡生活的憂傷、孤獨與渴望光明到來的心緒。主要的是表現詩人為自由而勇於燃燒自己，照亮世界的意念，也標誌著詩人對未來美好理想的追求和煥發內心的善美：

> 「你為什麼憂傷？」有人對我講。
> 「為什麼你總是歌唱苦難？
> 這樣的歌——是風的淚水，
> 是廣闊天地間傷心的吶喊。
>
> 你該給我們唱自由的歌曲，
> 為了能激勵我們的精神，
> 為了讓遼闊原野的曲調
> 得到回應，撥響人的心弦。
>
> 為了讓我們感受到春天，
> 讓我們的心得到溫暖
> 讓我們的心得到愛撫，
> 體驗平靜的希望與和善。」
>
> 「你們這些人啊！該知道：
> 沒有自由，思想帶著鎖鏈，

星野 —新詩、散文和評論—
The field under the stars

在沒有果實的空曠原野，
風暴兇殘在我們頭頂飛旋。

我的心怎麼能不疼痛？
我的靈魂怎麼能不厭倦？
不過，我唱我會唱的歌，——
歌唱歡樂，並非我的習慣。」

　　以上這兩首詩，是詩人寄寓了自己失去自由與思鄉的生命悲歡，也伴隨著他的人生起伏，更因而促使他以民族詩人的崇高特質融入世界詩壇。其生平、同情農民的心態及其作品，均在中年時獲得到了當地政府的尊崇，也有助於後世對其詩歌進一步研究，或對其書寫的意涵進行深層闡發。

三、結語

　　從上述分析中我們可以看到，雅庫布・柯拉斯實是一位珍惜鄉土，壯心不已的詩人。他既有澎湃的渴求自由的激情，又有勇士不屈的英雄形象。縱觀其一生的創作歷程，他在晚年和早期的作品中，均有保持在不同心態下以臻於多種藝術境界的創作特色。以往對雅庫布詩歌的研究，多集中於初老作品的考證，而他的人生浮沉點與被監禁三年期間的創作關係，尚未得到許多關注。我認為，他的仕途雖然因反對沙皇專制政權，參與革命而陷入困境，但也因為詩人在這段期間所演繹的情感激盪，反而在詩壇嶄露風采，讓讀者莫不稱美。

　　音韻和諧的創作技法也是雅庫布詩歌聞名於世的一大特色，亦是民族詩人的他為他人所不及處。初老時的雅庫布，更以一首長詩《漁夫的茅屋》描繪出白俄羅斯勞動人民在地主壓迫下的底層生活，以及其解放鬥爭，再次獲得史達林金獎。凡此，都顯露了他具有關懷勞動人民的品格，這也正是他的詩給人以心靈的啟示和閱讀愉悅之所在。

—2023.8.15 作

二、詩評暨文學評論・Poetry review & Literary review ★

18・試析倫扎・阿涅利的《但丁・阿利吉耶里》 ◎林明理

義大利女詩人倫扎・阿涅利（Renza Agnelli）長期從事詩歌創作與教學。她曾出版了一部翻譯為五種語言的專著《但丁・阿利吉耶里 Dante Alighieri》。整個著作的內涵是對但丁（Dante Alighieri，1265-1321）生前事蹟與情感世界、神學觀念的接受，以及對《神曲》的描述。書裡也有對但丁詩裡的崇高與熱情，多次加以推崇。

據我所知，但丁是義大利語之父，是具有深邃思想以及基督教信仰的人，其思想傾向熱愛詩學以及熱烈主張獨立自由。《神曲》是一部以詩歌描述他心中種種非物質世界的景象，分別從《地獄篇 Inferno》、《煉獄篇 Purgatorio》和《天堂篇 Paradiso》的遊歷經過，梳理了基督教信仰裡的罪與罰。這的確是一部流傳於世的偉大史詩。

而倫扎・阿涅利在該書的主要研究與《神曲》的學術價值體現方面，提出了若干重要的、具有前瞻性的思想命題。文中包括三個方面，一是對於但丁的認知中，上帝是人類的拯救者，點出了富有宗教信仰的層次。二是對《神曲》於後世的幾世紀，沒有引起文界重視而進行了沉痛的省思。三是該書對一些評論家作了詳細的討論，從而豐富了對但丁作品與思想的研究。

具體來說，這本書應該是倫扎・阿涅利把對《神曲》的讚頌從其原始的情感中，轉向提供大量充滿細節的文獻，藉以瞭解但丁詩歌裡的道德與觀點。頗引人深思。

星野 —新詩、散文和評論—
The field under the stars

正如 TS 艾略特對但丁的作品所言:「但丁所展示的,是人類感情的至高和至深。」我們不妨沿著倫扎・阿涅利(Renza Agnelli)的研究路徑,從無限的空間到跨越地域的維度,來研讀這本書所提供全新的視域,進而提昇心靈的高維空間。

—2024.02.28 寫於臺灣

An analysis on the essay "Dante Alighieri, the herald of truth" by Renza Agnelli
◎Lin Ming-Li

The Italian poet and writer Renza Agnelli has long been involeded in the creation and teaching of poetry and writing in general. She has published an essay "DANTE ALIGHIERI, the herald of truth" translated into five languages by Giovanni Campisi. The connotation of the entire work is the acceptance of Dante's (Dante Alighieri, 1265-1321) life story, emotional world, and theological concepts, as well as the description of the Divine Comedy. The connotation of the entire work is the acceptance of Dante's (Dante Slighieri,1265-1321) life story, emotional world, and theological concepts, as well as the description of the Divine Comedy. The book also contains many praises for the sublimity and passion in Dante's poetry.

刊臺灣《中華日報》China Daily News,2024.04.07,及林明理畫作 1 幅。

As far as I know, Dante is the father of the Italian language, a man with profound thoughts and Christian beliefs. His thoughts tend to love poetry and passionately advocate independence and freedom. "The Divine Comedy" is allegorical-didactic long poem composed in triplet chains of hendecasyllables that describes various scenes of the non-material world in his heart. It sorts out the sin and punishment in the Christian faiththrough his travels in "Inferno", "Purgatorio" and "Paradiso". This is indeed a great epic that has been passed down to the world.

二、詩評暨文學評論・*Poetry review & Literary review* ★

Renza Agnelli put forward a number of important and forward-looking ideological propositions in terms of the main research of the book and the reflection of the academic value of "The Divine Comedy". The article includes three aspects. First, in Dante's understanding, God is the savior of mankind, which highlights the level of religious belief. The second is a painful reflection on the fact that the "Divine Comedy" did not attract the attention of the literary world in later centuries. Third, the book provides detailed discussions on some critics, thereby enriching the study of Dante's works and thoughts.

Specifically, this book should be a way for Renza Agnelli to shift his praise of the Divine Comedy from its original emotions to providing a large number of documents full of details to understand the morals and perspectives in Dante's poems. Quite thought-provoking.

As TS Eliot said about Dante's works: "What Dante shows is the highest and deepest human emotion." We might as well follow the research path of Renza Agnelli and start from the infinite From the space to the dimension across regions, study this book to provide a new perspective, thereby enhancing the high-dimensional space of the soul.

—Written in Taiwan on February 28, 2024

刊義大利《國際詩新聞》IPN，2024.02.28，及林明理照片1張，英義翻譯由喬凡尼・坎皮西修正。

Un'analisi sul saggio "Dante Alighieri, l'araldo della verità" di Renza Agnelli
©Lin Ming-Li

La poetessa e scrittrice italiana Renza Agnelli è stata a lungo coinvolta nella creazione e nell'insegnamento della poesia e della scrittura in generale. Ha pubblicato il saggio "DANTE ALIGHIERI, l'araldo della verità" tradotto in cinque lingue da Giovanni Campisi. La connotazione dell'intera opera è l'accettazione della storia della vita, del mondo emotivo e dei concetti teologici di Dante (Dante Alighieri, 1265-1321), nonché la descrizione della Divina Commedia. La connotazione dell'intera opera è l'accettazione della storia della vita, del mondo emotivo e dei concetti teologici di Dante (Dante Slighieri,1265-1321), nonché della descrizione della Divina Commedia. Il libro contiene anche molti elogi per la sublimità e la passione della poesia di Dante.

Per quanto ne so, Dante è il padre della lingua italiana, un uomo dai pensieri profondi e dalle credenze cristiane. I suoi pensieri tendono ad amare la poesia e sostengono appassionatamente l'indipendenza e la libertà. "La Divina Commedia" è un lungo poema allegorico—didattico composto in catene di terzine di endecasillabi che descrive varie scene del mondo immateriale del suo cuore. Risolve il peccato e la punizione nella fede cristiana attraverso i suoi viaggi nell'"Inferno", nel "Purgatorio" e nel "Paradiso". Questa è davvero una grande epopea che è stata tramandata al mondo.

Renza Agnelli ha avanzato una serie di proposte ideologiche importanti e lungimiranti in termini di ricerca principale del libro e di riflessione sul valore accademico della "Divina Commedia". L'articolo comprende tre aspetti. In primo luogo, nell'interpretazione di Dante, Dio è il salvatore dell'umanità, il che evidenzia il livello della fede religiosa. La seconda è una sofferta riflessione sul fatto che la "Divina Commedia" non attirò l'attenzione del mondo letterario nei secoli successivi. In terzo luogo, il libro fornisce discussioni dettagliate su alcuni critici, arricchendo così lo studio delle opere e del pensiero di Dante.

Nello specifico, questo libro dovrebbe essere un modo per Renza Agnelli di spostare il suo elogio della Divina Commedia dalle sue emozioni originali al fornire un gran numero di documenti ricchi di dettagli per comprendere la morale e le prospettive dei poemi di Dante. Abbastanza stimolante.

Come disse TS Eliot a proposito dell'opera di Dante: "Ciò che Dante mostra è l'emozione umana più alta e profonda." Potremmo anche seguire il percorso di ricerca di Renza Agnelli, dallo spazio infinito alle dimensioni transregionali, vieni a studiare la nuova prospettiva fornita da questo libro, e quindi migliorare lo spazio ad alta dimensione dell'anima.

—Scritto a Taiwan il 28 febbraio 2024
(Translated by Giovanni Campisi 英義翻譯修正)

*2024 年 2 月 29 日週四於上午 12：20 Giovanni Campisi mail 留存
Ciao Mingli,
　　hai scritto una recensione da 10 e lode che è il massimo dei voti che i miei professori davano quando andavo a scuola.
　　Sei stata bravissima.
　　Si vede che ti sei impegnata moltissimo.
　　Domani la pubblicherò sul mio IPN e nei prossimi giorni potrai vederlo su internet nel sito web della mia casa editrice.
　　Mia moglie ti ringrazia di cuore.
　　Vorrebbe farlo personalmente, ma parla solo italiano o tedesco. L'inglese lo parla poco, perché quando lei andava a scuola, si studiava il francese o il tedesco. Però è molto brava con il latino. Lei parla latino, molto meglio dell'italiano. Ai miei tempi che sono anche gli stessi di mia moglie, studiare il latino e il greco antico era molto importante per comprendere tutte le lingue neolatine, germaniche e slave d'Europa.
　　L'Impero Romano aveva portato la sua cultura in tutta Europa e anche nelle zone limitrofe come il Nordafrica e parte del Medio Oriente.
　　Grazie, amica mia, per questo tuo nuovo preziosissimo dono.
　　Un caro saluto anche a nome di mia Moglie Renza Agnelli che già ti adora.
　　　　　　　　　　　　　　　　　　　　　　　　　Renza e Giovanni

嗨，明理
　　妳寫了一篇 10 分優等的評論，這是我上學時老師給的最高分。
　　妳非常好。
　　看來妳已經付出很大的努力了。
　　明天我將在我的 IPN 上發布它，在接下來的幾天裡，您將能夠在我的出版社的網站上看到它。
　　我的妻子非常感謝妳。
　　她想親自做，但只會說義大利語或德語。她幾乎不會說英語，因為她上學時學的是法語或德語。 但她拉丁語非常好。她會說拉丁語，比義大利語好得多。 在我的時代，也和我妻子的時代一樣，學習拉丁語和古希臘語對於理解歐洲所有的羅曼語、日耳曼語和斯拉夫語非常重要。
　　羅馬帝國將其文化帶到了整個歐洲以及北非和中東部分地區等鄰近地區。
　　謝謝妳，我的朋友，送給你這份珍貴的新禮物。
　　我也代表我的妻子倫扎·阿涅利（Renza Agnelli）向您致以熱烈的問候，她已經很喜歡您了。
　　　　　　　　　　　　　　　　　　　　　　　　　倫扎和喬瓦尼

19・淺析雅克布・科拉斯的詩 ◎林明理

一、傳略

二十世紀初二〇年代，白俄羅斯詩壇上有位以思想深刻見長的民族詩人雅克布・科拉斯（Jakub Kołas，1882-1956）；和許多偉大的詩人一樣，他從來沒有停止過對自由、理想社會的追尋。詩人出身於農民家庭、曾任教師，有很多傑作；其詩抒情抑鬱，多以坦誠的藝術筆墨來表達對黑暗社會的不滿及充沛的詩情。

在科拉斯詩歌藝術的表層意象背後，大多隱藏著對祖國深層的情感與慨嘆，思想境界極為宏闊。儘管他身在最艱難的時刻，仍將切身感受生動地道出了詩人的崇高職責、以召喚出一個民族的集體追求自由意志的呈現。世間唯有這樣深邃的思想內涵和憂患意識的昇華，才能深深地使人反復思索，堪為楷模。之後，詩人才華卓越，獲得頒授白俄羅斯科學院院士，首都明斯克（Minsk）有座「雅克布・科拉斯廣場」，更以其名做為命名；至今，其詩作仍被翻譯家研究，對俄羅斯現代文學產生重要的影響。

二、詩作賞讀

科拉斯誕生於俄國十月革命發生前三十五年，因而在他的歌詠中，不時出現有關政治願景的描繪，祈求向民眾直接發出呼喚。他以詩的號角，震撼了無數讀者的心靈；直到他七十四歲逝世，又過了三十五年，蘇聯解體後，白俄羅斯才獲得獨立。

早在十九世紀初，白俄羅斯文學就曾出現表達對被壓迫農民、對奴隸地位的勞苦大眾的同情，以及對貴族和地主統治的憎恨。其中有首詩（塔拉斯在帕爾納索斯山上），雖然作者不詳，但形象生動。而科拉斯也是一位積極的民族詩人；他在二十二歲時，感受到勞苦大眾被壓迫的歷史關頭，以詩（別指望，也別請求……）寫道：

> 別指望，也別請求我
> 譜寫出音調明亮的歌，
> 我只願創作出的歌曲──

二、詩評暨文學評論・*Poetry review & Literary review* ★

憂傷燒灼勝似於烈火。
偶爾說笑話面帶笑容，
只不過為讓你們快樂，
看看我們周圍的生活——
一顆心就一陣陣疼痛。
我們的命運十分不幸：
一無所有，非常可憐。
不要在原野尋找花朵，
因為我們等不來春天。

　　詩中點明詩人的傷感和暗含對奴隸社會的思考和激憤之情，可以帶領讀者進入貴族統治時代的悲哀和悵惘兼而有之的心緒，也自然而然體會到，只有對理想社會的渴望與追尋，不管前路有多漫長、崎嶇，他們心中的春天，才會翩然而至。正如二十七歲的科拉斯在獄中所寫的〈召喚〉最末一段：「年輕人，你們迷失在哪裡？道路何在？我在監獄裡歌唱，祝你們能長久安泰。」詩裡，暗合著詩人感慨－反諷－警世的心理結構，也顯示了他的民族意識強烈，跨越了一世紀，仍具有其影響與魅力。

　　在詩人遠離家鄉，身陷囹圄，亦以滿腔的熱血痛斥和控訴統治者對勞苦大眾的欺壓行徑時，在三十歲寫下了〈雷雨將來臨〉：

　　　　夜晚來臨，烏雲開始翻捲，
　　　　藤條與藤條交談忐忑不安，

　　　　樹葉之間悄悄說話很膽怯，
　　　　一勾金色彎月急於去藏躲。

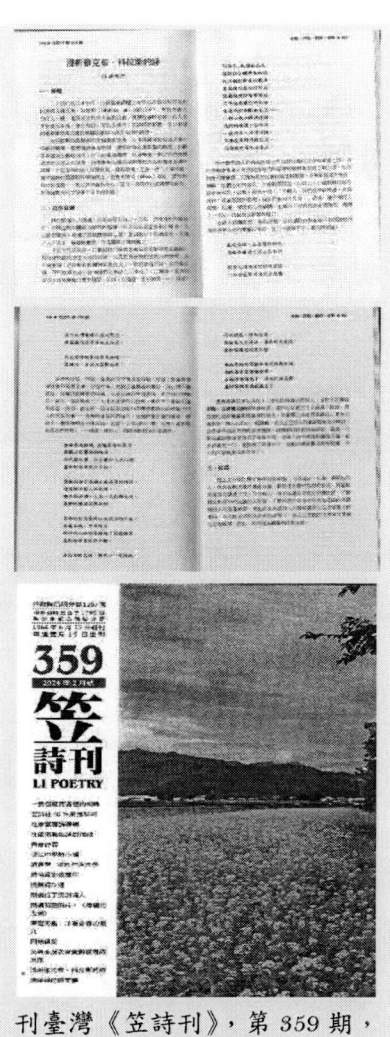

刊臺灣《笠詩刊》，第 359 期，2024.02，頁 164-167。

・149・

星野 —新詩、散文和評論—
The field under the stars

夜空的閃電讓人感到驚恐，
霹靂轟鳴像軍隊施暴逞兇。

夜色變得越來越昏黑幽暗……
暴風雨，有威力盡情施展！

　　詩中的烏雲、閃電、暴風雨等作為意象符號，抒發了對當時黑暗社會的憂思泉湧，希望呼喚人民關注施暴者的暴行，其心情不難窺知。這種深銘肺腑的吶喊，正是民族的勇者表現，也是時代的強音。再次，詩歌風格上，大凡涉及傑作的詩歌，都少不了歌詠英雄的內容。例如，他在有一篇介紹高加索地區歷史最悠久的格魯吉亞人的民族英雄——魯斯塔維里的描繪中，通過形象思維的創造，就給人一種抑揚頓挫的節奏感，也留下了深刻的印象。且看〈盧斯塔維里依然年輕〉，一開頭，就給人一種崇高的樸素的象徵美：

無論暴雨狂風，無論黑暗的歲月
都難以剝奪他的性命，
在民間故事、壯士歌和人民心裡
盧斯塔維里依然年輕。

靈感的語言像鑽石般晶瑩的溪流，
譜寫鮮活動人的歌聲，
嘹亮的曲調一次又一次彰顯永恆，
盧斯塔維里依然年輕

青春的壯志豪情以及歌唱的才能，
無處不曉，世界聞名
鮮明的人物形象超越了蔚藍晴空，
盧斯塔維里依然年輕。

有高尚的志向，與民心一起跳動，
時而燃燒，時而悲痛，
無論是太平時刻，還是戰火熊熊，
盧斯塔維里依然年輕

無比奇妙的琴弦在古代的歲月裡
為格魯吉亞彈撥發聲，

二、詩評暨文學評論・Poetry review & Literary review ★

在蘇維埃陽光下，讓各民族高興，
盧斯塔維里威武揚名！

　　盧斯塔維里是生活於十二世紀的格魯吉亞詩人，曾在宮廷擔任要職，因遭權貴嫉恨而被放逐。當科拉斯在五十五歲寫下此詩，表面寫的是彰顯盧斯塔維里的威名，但實際上卻是在象徵自己也曾走過黑暗，與人民的心一起跳動。這也正是詩人對盧斯塔維里的尊崇，並表達其追求光明的澎湃熱情。詩裡前四段的每個詩節，最後一行都以盧斯塔維里的名字重複吟唱，渲染了詩中英雄的靈魂不滅，而全詩最末一句，更採用了英雄名字，並配以威武揚名的呼號聲，給人的印象就更深刻得多了。

三、結語

　　從上文介紹的雅克布·科拉斯的詩，可以看出，作為一個民族詩人，他具有較沉重的憂患意識，特別是對農村奴隸的疾苦、對盧斯塔維里的摯愛之情，分外感人。有幸夜讀谷羽教授俄譯的詩，了解科拉斯詩中的民族詩人形象，不僅有助於往後的研究者認識白俄羅斯詩人的真實風骨，更能由此洞悉詩人的隱祕感悟以及渴望春天到來時，為其壯志烘托出在他的詩筆下，詩人沉思性的抒情與其昂揚的思想感情；因而，取得極為顯著的詩歌成就。

　　　　　　　　　　　　　　　　　　—2023.12.19 作

20・喬伊・雷尼・金的早期詩歌研究

一、喬伊和她的詩

　　對於美國伊利諾州詩人喬伊·雷尼·金（Joy Rainey King），國際詩壇應不陌生。她是曾經多次獲得諾貝爾獎提名的詩人，也是被義大利特倫托埃迪佐尼大學評為年度作家中極為傑出的一位。她被視為當代美國詩人可以與艾蜜利·狄金森相媲美的後繼者。尤其難得的是，她的詩作

星野 —新詩、散文和評論—
The field under the stars
Poems and prose & Essays

《我們的憲法》被翻譯成多國語言，而且她對醫院患病兒童的真摯關懷，深受讚譽，因而獲得了國際圖書金獎、聯合文化公約國際和平獎等等殊榮，在國際詩壇上放出光彩。

二、詩作賞讀

在她長期創作的生涯中，我發現她早期有許多詩篇十分引人入勝。比如在一本由喬凡尼·坎皮西（Giovanni Campisi）出版與合著的詩集中，有一首《燦爛的夕陽》，寫得很美，也有生活中愉悅的感思：

> 當夕陽的餘輝是紅色和金色，
> 粉紅色雲朵幫襯展開的時候，
> 呈現出難以言喻的狂喜之美。
> 金銀花的香氣鬱濃
> 在這個美好的時刻，
> 同時散發香馥飽滿的力量。
> 這些田園風光蘊藏著豐富的價值，
> 這是奇妙的大自然誕生之地。
> 這一切都是上帝難以理解的計劃的一部分，
>
> 即使是最低賤的人也能享受。
> 伴隨著這美麗帶來的所有歡樂，
> 它讓我的心閃閃發光，
> 就像一千枚美鑽。

此詩不僅以對大自然的描摹極具魅力，而且從中可以窺見這位詩人心靈與信仰上帝之間有互相契合的喜悅。就像英國美學家克萊夫·貝爾（Clive Bell，1881-1966）所述的那樣：「詩美，就是一切視覺藝術的共同形式。」顯然，喬伊也有一顆聖潔的心靈，也有自己的獨特感受，才能寫得那樣真切感人！

除了歌吟大自然以外，喬伊還關懷戰爭對現實生活一些令人心酸的故事，因而她以這首詩《牆》，來做出深刻的反思和評判：

二、詩評暨文學評論・Poetry review & Literary review ★

現在他的名字被刻在牆上，
只因為他承擔了責任。
空氣中瀰漫著寂靜，
有人在那裡放置了紀念品。
我流著淚試圖把注意力集中在牆上，
而我試著回憶起他充滿愛意的臉。
母親撫養她們的小男孩，
卻像士兵玩具一樣被擊落。
你看，這不是一個遊戲，
就像男孩們過去常常跪著玩一樣。
這些人心都碎了、流血了，
因為國家有太多的貪婪。
那些被留下來的男孩們，
沒有任何心思。
國家為何打仗？我不明白，
男孩的生命只不過是一粒沙。
我想知道我們是否
從這些男孩無言的痛苦中學到了什麼！

林明理畫作3幅：皆存藏於臺灣的「國圖」，「當代名人手稿典藏系統」，臺北市。

　　這首詩字裡行間無不透露出喬伊對戰爭的感受與對罹難者的深度關懷。她對孩童的愛，是無私的，並傾盡許多心血為和平而努力，其身影更令人動容。看來，大自然不僅給了喬伊她充沛豐實的生命，戰爭的無情與對和平的訴求，也給了她詩藝人生的創作靈思。再如她早期的這首《季節變化》，也是使人喜愛的詩：

窗外，季節更迭。上帝
以祂大能的手，確實重新安排了顏色，以適合
祂的每一種心境，都帶著一些溫柔而柔和。
其他的則更生動更明亮，這些讓我
特別欣喜。對上帝來說，樹木就像

花瓶裡的花。他用一隻手就可以改變或取代。
當它們變得灰白、死氣沉沉時，祂就把它們的
枝條塗成綠色，惹人憐愛。年復一年，我
仍感到驚訝，因為年復一年，我凝視著
上帝重新安排的偉大工作，讓季節
永遠在變化。

我在閱讀與翻譯其詩中，能深深感受到喬伊詩裡描繪的大自然，都染上了迷人的鄉土色彩，而且她的詩，也能通過對上帝信仰而啟發了讀者該走的正途。這恐怕是我在閱讀其詩篇中，最感到極具有研究價值之處了。因為，它讓讀者自己深思，也是喬伊的詩歌中真摯之情的藝術概括。它是教育的，抒情的，神聖的。

三、結語

總之，閱讀喬伊的詩，我們會感覺到用大量的言辭也不足以表達出她的確具有以詩歌教育與溫暖人心的貢獻和能力。她的詩美可分三個層面：一是情感面，二是哲思面，三是大自然。她在詩裡的思辨是屬於意念、意向的那種感覺，是一種多元的智行，也有其悲憫的心態。其詩所顯示的內在，是高遠而有力，卻又剛柔並濟。尤以對和平的渴望與重視憲法的精神，均顯露於其詩歌的意象之中。所以，喬伊能榮獲許多國際獎項，也就不足為奇；也因此，繼續研究其詩的價值便不言而喻了。

刊臺灣《馬祖日報》副刊，
2024.04.02，及林明理畫作3幅。

—2024.03.04 深夜 寫於臺灣

二、詩評暨文學評論・Poetry review & Literary review ★

A study of the early poetry of Joey Rennie King ◎Dr. Lin Mingli

1. Joey and her poems

The American Illinois poet Joy Rainey King should be familiar to the international poetry community. She is a poet who has been nominated for the Nobel Prize many times and is also one of the most outstanding writers of the year named by the Edizzoni University of Trento, Italy. She is regarded as a contemporary American poet comparable to Emily Dickinson's successor. What is particularly rare is that her poem "Our Constitution" has been translated into many languages, and her sincere care for sick children in hospitals has been highly praised. As a result, she has won the International Book Gold Medal, the United Cultural Convention International Peace Prize and other honors, shine in the international poetry circle.

2. Appreciation and Reading of Poems

Over the course of her long creating, I found many of her early poems fascinating. For example, in a collection of poems published and co-authored with her by Giovanni Campisi, there is a poem "Sunset glorious", which is beautifully written and contains pleasant reflections on life:

> Then sunset glorious is red and Gold,
> As pink cloud's lining does unfold,
> Bring forth rapturous beauty untold.
> Honeysuckle's fragrance enricges
> This fine hour,
> While distilling perfume's princely power.
> These rustic scenes are rich in worth,
> This marvelous place of Nature's birth.
> All this is part of God's intricate plan,
>
> To be enjoyed by even the lowliest man.
> With all the joy this beauty brings,
> It makes my heart sparkle,
> Like a thousand diamond rings.

This poem is not only very charming with its description of nature, but also gives a glimpse of the joy of mutual agreement between the poet's soul and his belief in God. As the British esthetician Clive Bell (1881-1966) said: "Poetic beauty

星野 —新詩、散文和評論—
The field under the stars
Poems and prose & Essays

is the common form of all visual arts." Obviously, Joey also has a holy heart and his own Only with unique feelings can the writing be so real and touching!

In addition to singing about nature, Joy is also concerned about some poignant stories about the impact of war on real life, so she uses this poem "The Wall" to make a profound reflection and judgment:

> Now his name is on the Wall,
> Just because he took the fall.
> Stillness permeates the air,
> As someone places a memento there.
> Through tears I try to focus on the Wall,
> While his loving face, I attempt to recall.
> Mothers raise their little boys,
> Only to be shot down, like soldier toys.
> This is not a game, you see,
> Like boys used to play on bended knee.
> These are hearts that break and bleed,
> Because countries have so much greed.
> The boys who were left behind,
> Do not have any piece of mind.
> Why countries fight, I don't understand,
> The boy's lives are no more than a grain of sand.
> I wonder if we have learned anything,
> From all these boy's unspoken pain!

Every line in this poem reveals Joey's feelings about the war and his deep concern for the victims. Her love for children is selfless, and she devotes a lot of effort to working for peace. Her figure is even more touching. It seems that nature not only gave Joy a rich life, the ruthlessness of war and the pursuit of peace, but also gave her the creative inspiration for a poetic life. Another example is her early poem "Changing Seasons", which is also a favorite poem:

> Outside my window, the seasons change. With God's
> mighty hand, he does re-arrange, the colors to suit
> His every mood, with some colors softly subdued.
> Others are more vivid and bright, these, I find to my
> special delight. To God, the trees are like flowers in
> a vase. With one hand, He can change or replace.
> When they are gray and dead appearing , he tips their

branches with green, so endearing. Year after year, I
stay amazed, because year after year I have gazed, at
God's great work of re-arranging, to keep the seasons
forever changing.

When I read and translated her poems, I can deeply feel that the nature described in Joy's poems is dyed with charming local colors, and her poems can also inspire readers to go forward through their faith in God right path. This is probably the part of her poems that I find most valuable for research. Because it allows readers to think deeply for themselves, and it is also an artistic summary of the sincere feelings in Joy's poems. It is educational, lyrical, and sacred.

3. Conclusion

In short, after reading Joy's poems, we will feel that even a large number of words are not enough to express her contribution and ability to educate and warm people's hearts through poetry. The beauty of her poetry can be divided into three levels: one is the emotional level, the other is the philosophical level, and the third is nature. Her speculation in the poem is a kind of feeling that belongs to thoughts and willpower. It is a kind of diverse wisdom and behavior, and it also has its own compassionate mentality. The inner meaning shown in her poems is lofty and powerful, but also strong and soft at the same time. Especially the desire for peace and the spirit of attaching importance to the constitution are revealed in the imagery of her poetry. Therefore, it is not surprising that Joy has won many international awards; therefore, the value of continued study of her poetry is self-evident.

—Written in Taiwan late at night on March 4, 2024

Studia poetica veterum Joey Rennie King ◎Dr. Lin Mingli

1. Joey et she poetica

Americanus Illinois poeta Joy Rainey rex poeticae communitati internationali familiare debet esse. Ea poeta est qui pluries ad Praemium Nobelianum nominatus est et etiam unus ex praestantissimis scriptoribus anni ab Edizzoni Universitate Tridento, Italia nominatus est. Illa pro hodierno poeta Americano Emily Dickinson successori comparabilis habetur. Quod imprimis rarum est, quod she carmina eius "Constitutio Nostra" in multas linguas translatum est, she et sincera cura filiorum infirmorum in valetudinariis summopere laudata est. She Quam ob rem, conciliavit

星野 —新詩、散文和評論—
The field under the stars —Poems and prose & Essays—

Liber Internationalis Aurum Numisma, Convention Cultural Internationalis Pacis Praemium Civitatum Foederatarum et aliorum honorum, in circulo poetico internationali lucere.

2. Appreciation and Reading of Poems

In cursu she diuturnae creationis, multa inveni carmina eius veterum attrahenti. Exempli gratia, in collectione poematum a Giovanni Campisi edito et co—auctore suo, exstat carmen "Occasus gloriosus", qui pulchre scriptus est et iucundas de vita continet cogitationes:

> Cum solis occasu rubet et aurora reluxit;
> Cum roseos nubila pandere;
> Inenarrabilem exstaticam pulchritudinem praebens.
> Dives odor CISSANTHEMOS
> In hoc pulcherrimo momento;
> Eodem tempore exit odorifera et plena potestas.
> Hae scenae pastorales magni pretii continent;
> Hoc est, ubi mira natura nascitur.
> Tota pars consilii Dei incomprehensibilis est;
>
> Etiam humillima ea frui licet.
> Cum omni gaudio haec pulchritudo affert;
> Scintillat cor meum,
> Sicut mille adamantes.

Hoc carmen non solum venustum est naturae descriptione, sed etiam prospicienti laetitiam mutuae concordiae inter animam poetae et fidem in Deum. Sicut Britannicus esthetician Clive Bell (1881-1966) dixit: "Poetica pulchritudo communis forma omnium artium visualium est". Patet etiam, Joey cor sanctum habet et proprium solum singulari affectu, scriptura tam vera et tactus esse potest!

Praeter cantum de natura, Gaudium etiam sollicitat fabulis de belli in reali, sic hoc carmine utitur "murus" ad altam meditationem et iudicium;

> Nunc est nomen eius sculptum in pariete;
> Iusto quia suscepit officium.
> Est etiam silentium in aere;
> Quidam commemorativum ibi ponunt.

二、詩評暨文學評論・*Poetry review & Literary review* ★

> Ego lacrimas effundi et in pariete versari conatus sum;
> Et conor piae vultum meminisse sui.
> Elevavit illa mater puerum suum parvulum;
> Iaculatus est sicut miles ludibrio.
> Vides, lusus non est.
> Erat sicut puer, qui flexis genibus ludere solebat.
> Cor eorum contritum et sanguinem;
> Quia nimis avaritia in hac terra est.
> Pueri qui remanserant;
> Nemo enim ullam cogitationem earum.
> Sed quid bella eunt nationes? Non intellego,
> Horum puerorum vita granum arenae sunt.
> Miror si
> Quid ab his discere tacitis angoribus puerorum!

Omnis linea in hoc carmine affectus de bello ostendit Joey et altam curam victimarum. Amor liberorum gratuitus est, et she multum laboris ad pacem operandam impendit, cuius figura multo magis tangitur. Videtur quod natura non vitam opulentam, clementiam belli ac pacis, sed etiam ad vitam poeticam creatrix ei afflatu dedisse videatur. Alterum exemplum est she eius carminis primi "Tempora mutabilia", quod est she etiam carmen gratissimum:

> Extra fenestram tempora mutantur. Deus
> In manu forti disponit colores
> Omnis animi status teneritudine et calore impletur.
> Alii vividiores et splendidiores sunt, et hi me faciunt
> Valde beatum. Deo arbores similes sunt
> Flores in vase. Mutare vel reponere potest una manu.
> Cum cani et exanimes facti sunt, sumpsit eorum
> Depinguntur rami virides, quod est amabile. Anno post annum,
> Hoc me adhuc stupet quod quotannis adhuc conspicio Deum;
> Deus semper magnum opus temporum ordinat,
> Tempora semper mutantur in annum.

In legendis et she transferendis eius poematibus, penitus percipere possum naturam in carminibus laetitiae descriptam venustis loci coloribus tingi, et she carmina eius etiam lectores movere per fidem in Deum. Probabiliter haec est pars poematis, quod invenio pretiosissimum ad inquisitionem. Quia permittit lectores penitus sibi cogitare, et est etiam summarium artis sincerae affectionis in carminibus laetitiae. Est paedagogicum, lyricum, et sacrum.

3. Conclusio

In summa, post poemata laetitiae legentes, sentiemus etiam multa verba non satis esse ad exprimendam collationem et facultatem erudiendi et fovendi animos hominum per carmina. Pulchritudo poesis eius in tres gradus dividi potest: unus motus est, alter philosophicus, tertius naturalis. Eius in carmine speculatio quaedam sensus est cogitationum et she intentionum, diversa quaedam est sapientia et she mores, item suam misericordem mentem. Sensus interior in carminibus suis sublimis et she potens est, sed fortis simul et she mollis. Peculiare desiderium pacis et she spiritus magni momenti ad constitutionem internationalem manifestantur in imagine poetica eius. Unde mirum non est gaudium multa praemia internationalia conciliasse, valor igitur poeticae continuandae per se patet.

—Scriptum in Taiwan multa nocte die 4 Martii anno 2024

21・《祈禱與工作》讀後札記　　◎圖／文：林明理

今年初夏，義大利出版家喬凡尼・坎皮西對《祈禱與工作》這部義大利語、中文、英語合著的詩集進行校理、翻譯，並在其宇宙出版社出版，再度博得了詩界的關注。更讓我欣喜的是，我也是著者之一，而其他二位，都是國際知名詩人和作家。

出生於羅馬的奧內拉・卡布奇尼（Ornella Cappuccini），曾獲義大利共和國功勳騎士、博洛尼亞大學（University of Bologna）塞利努斯歐洲科學與文學分校榮譽文學博士學位。九十多歲的奧內拉，又一部用她的心血孕育的詩稿以饗讀者，著實令人敬佩。她的詩，純潔樸實，富有神性的光芒和哲理，也充滿獨特的藝術境界和美麗的想像。比如〈羅馬，永恆之城！〉一詩：

二、詩評暨文學評論・Poetry review & Literary review ★

> 從星星的錨
> 到天使之巢
> 從特拉斯提弗列
> 到泰斯塔喬的音樂會
> 從　卡拉卡拉
> 到聖天使城堡，
> 藝術、音樂和詩歌
> 你把歌曲鍍上了銀，
> 永恆之城，親愛的，
> 我可愛而虔誠的土地！

　　詩裡不僅有著奧內拉對生養的土地懷著真摯純潔的愛，在她眼中的羅馬，無論是山丘、名城，教會、城堡，或是神殿、音樂會，一草一木都染上了迷人的藝術色彩，筆下的意象也就非凡地呈現出具有生命力的情調。尤以最後一句作者讚道：「我可愛而虔誠的土地！」描繪出了詩裡的溫柔與她對上主虔誠的形象。

　　另一位作者是美國詩人非馬（William Marr，1936-　），生於臺灣，威斯康辛大學核工博士學位，在美國芝加哥定居，曾任伊利諾伊州詩人協會會長。他的詩題材很廣，具有思想性和繁複的迷人意象。如〈蚱蜢世界〉，就從詩人純真的心靈中折射出獨特的藝術魅力，也給讀者帶來無比的歡樂：

> 奮力一躍
> 發現頭頂上
> 還有一大截自由的空間
>
> 頓時　鬱綠的世界
> 明亮開闊
> 壓抑不住的
> 　　　生之歡愉
> 此起彼落
> 　　彈性十足

星野 —新詩、散文和評論—
The field under the stars

讀到這兒,可以看出,詩人大多是運用象徵、比喻等藝術手法,熱烈地謳歌美好的事物,使詩句更具可感性。再看我寫的這首(春雪－致吾友張智中教授):

1.

在遠方,那雪景我窺視激越,
它遮蔽彩虹和天梯的距離,恰似
白羽的孔雀,二月的春雪。

2.

昨夜,當大地睡熟了。
雪原就飛入你詩意的眼睛,還是
那樣使人目不轉睛,一切未變。

3.

噢,春雪,你是夢幻的雲朵,
任誰也譜不出你的清音和笑意,
如同為你祝福的星辰。

任教於南開大學外語系博士班導師的友人張智中教授是位博學多聞又熱愛詩歌的學者,有幸與他合著《詩林明理——古今抒情詩 160 首》,從而完成了此詩的創作。

記得日本作家村上春樹曾說:「每個人都有屬於自己的一片森林,迷失的人迷失了,相逢的人會再相逢。」正是這樣,我從閱讀中看到其他兩位詩人表現獨特的人生智慧,可以說,它是激發我繼續創造詩的因素,更期待這部詩集在詩壇上放出光彩。

－2024.04.29 作

二、詩評暨文學評論・Poetry review & Literary review ★

刊義大利《國際詩新聞》IPN，2024.04.29，喬凡尼 Giovanni Campisi 英義譯，共 3 頁；書封面底刊林明理畫作 1 幅及照片。

22・《勞動者之歌》評賞

◎林明理

　　七十歲的李昌憲是臺灣南部最具鄉土文化的悲憫詩人，當年的他，還是貧苦農村出生的孩童，但從小便癡迷於文學閱讀與寫作。後來他在電子公司任職經理、擔任詩刊主編，直到退休；迄今各類創作、攝影與寫詩，仍不懈怠。最近在高雄文化局的贊助下，把幾十年的回憶，連同歷史背景，鑲入其詩句，撰寫成一本《勞動者之歌》出版，成為讀者關注的一本詩集。這是他畢生生活的縮影，不但有走過時代滄桑與快樂的痕跡，也具有前瞻性的思維，是對臺灣高雄的發展與回顧的一份可貴又感人的獻禮。

星野 —新詩、散文和評論—
The field under the stars
Poems and prose & Essays

英國詩人約翰・濟慈（1795-1821）曾說：「詩句的誕生，應像樹葉生長般自然。」筆者以為，昌憲的詩句，無論是寫其勤奮的少年、感情的湧動，寫當兵的故事、時代的變遷、勞動者的背影，寫災變、生態的破壞，寫高雄人民的生活面等等，一切都在他筆下自然地流出。他對故鄉的愛、對電子業的盛衰與未來趨勢的預測更自覺。故而這本書，可說是他真實心聲的流露。如這樣一首（緣起）末段的詩句：

> 人生從緣起開始／必然會結束人生／緣滅

刊臺灣《笠詩刊》，第 360 期，2024.04，頁 143-145。

從句中，不難看到了一個詩人的修行與成長。（921 大地震）末段，則把一段臺灣人民共同的痛，加以概括提煉，使讀者看到了大自然的震撼力和詩人的感傷。他哀悼地說：

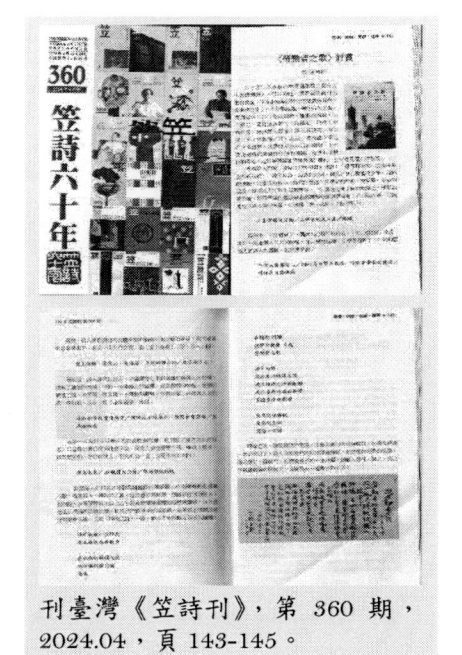

> 台灣人發揮愛心／同心協力緊急救助／讓強震帶來的傷痛／獲得溫暖與撫慰

顯然，詩人是對昔日的具體景像的描寫中加以藝術昇華；他用逼真的意象唱出了一曲又一曲生命之歌。而（愛上高雄）一詩，有一小段：

> 愛上高雄，有高山、有海港，多族群融合的／熱情與活力。

在這裡，詩人詠物以抒志，以盛讚他心中的高雄地景與人民相喻，便有了感性的表達。他的一些職場上的感觸，或是親情的情趣、地景的關懷之情，多呈現一種真樸、不矯情的風格。他對於關心科技與人文的詩，亦如此。其中，如（全球競爭）末段：

> 技術合的與資源共享／演變成全球競爭／強國爭奪霸權／充滿煙硝味

· 164 ·

二、詩評暨文學評論・Poetry review & Literary review ★

這是一首寫科技日新月異的發展與現實,也開啟了讀者深刻的反思。昌憲是位勇於揭示社會不公,向世人發出警策之語,能融入歷史,成為歷史的一部分的詩人。而他的另一首〈預見未來〉末段:

> 預見未來
> AI 機器人企圖
> 舉起整個地球

似是詩人在初老之後對當前國際列強爭霸,AI 市場崛起的感覺片斷,確實給人一種啟示之感。但昌憲並非只是一個即景抒情的詩人,他的詩大多是要釋放出自己心中對高雄環境變遷的感嘆或讚頌,以及從他生活環境的狀態出發,以自己的感悟來抒寫詩篇。這種鄉土情懷正是他的創作主題。又如〈時間之詩〉一節,傾吐著他對時光易逝的感觸:

> 時間縱放一匹野馬
> 在工廠成為勞動者
>
> 在永恆的時間之流
> 抓住偶然躍出的
> 意象
> 在腦際　閃爍
> 我努力攫獲　寫成
> 勞動者之歌
>
> 諸多面貌
> 是此生的時間之詩
>
> 是工作與生活的齟齬
> 是社會與時局的衝擊
> 掌握多樣與劇變
>
> 我只能把握住
> 有限的生命
> 寫每一首詩

星野 —新詩、散文和評論—
The field under the stars

時間之流，總是無奈的重復，也是向新的未來伸展的。在過去超過一甲子的日子，詩人向其歲月的記憶深處蜿蜒，把穿梭於時間的記事，織成歷史，織歲月，也織成自己的一生回顧，頗耐人尋味。總之，他已在高雄鄉情的照射下，又綻放出一道奪目的光彩！

—2024.03.12 作

23・星夜裡的心曲——讀珍・斯圖爾特《天空大篷車》
◎林明理

珍・斯圖爾特是美國詩人，其作品過去常在美國和外國文學雜誌發表，此次她的新詩集《天空大篷車》，讓人耳目一新。特別是她以一種詩人特有的憂鬱氣質和自己的情感歷程，並把深刻的愛情融入其中，因而使讀者的靈魂受到震撼，更增添了感人力量。

如這樣的詩句：

天空大篷車（一些很短的詩）

　　點點滴滴的愛
　　貼到星空
　　與我們遺忘的話語相媲美

　　即使在夏天
　　冰雪覆蓋的蕨類植物
　　填滿森林的地面

這是詩人心靈的回聲，也是其強烈激動的情感，但具有濃重的悲傷色彩。在世俗者眼裡，愛情，絕不可能憑著記憶把自己的生命體驗全默寫下來，但從詩人的角度看，一個女子做出勇於愛的選擇，不亞於一個戰士英勇發起的攻擊。由於珍・斯圖爾特擁有一顆純真的、高尚的心靈，才能以其感情注入物象，展示了她在詩歌藝術上的創造精神。

二、詩評暨文學評論・*Poetry review & Literary review* ★

　　珍・斯圖爾特的詩情，還表現在她從沉思歲月中顯見的深刻思考。在〈結束一個開始〉一詩中，又形象地傾吐了自己的思念之情：

> 這並不容易
> 別說
> 「我想你，」
>
> 但是，我的愛人，
> 時間流逝
> 生活並沒有改變。
> 我再次經歷這一切
> 在記憶中
> 當你睡覺的時候，
> 我的血液自由流動
> 在你的血管裡——
> 你的嘴唇封印了我的吻。
> 什麼是愛情，
> 我們知道，
> 它並沒有結束。
> 但是，即使在夏天
> 冰雪覆蓋的蕨類植物
> 在森林的地面。
> 晚霜來了，
> 在四月。

書封面：林明理畫作
Lin Mingli's Paint
(Endless Thoughts)無盡的思念，及林明理照片

　　我深信，憑著她對繆斯女神的一顆真摯的愛，她以愛情所牽出的詩篇，以心靈去創造的詩美，讓我想起德國詩人歌德（Johann Wolfgang von Goethe）曾說：「在每個藝術家身上都有一顆勇敢的種子。」是的，我已然看到了珍・斯圖爾特，這勇敢的種子，正努力地開出詩藝之花，也必然會使我們的世界更加美好。

一寫於 2024 年五月 12 日深夜。

Heart song in starry night: Read Jane Stewart's "Sky Caravan"

◎Lin Mingli

Jane Stewart is an American poet whose works have been frequently published in American and foreign literary magazines. Her new poetry collection "Sky Caravan" is refreshing. In particular, she uses a poet's unique melancholy temperament and her own emotional journey, and integrates deep love into it, which shocks the readers' souls and adds to the touching power.

Such as this poem:

Sky Caravan (some very short poems)

> Little bits of love
> pasted to a starry sky
> rival our forgotten words

> Even in summer
> snow-covered fern
> fills the forest's floor

This is the echo of the poet's great soul and his strong and exciting emotions, but it has a strong color of sadness. In the eyes of secular people, it is impossible to write down all one's life experience based on memory, but from the perspective of a poet, a woman's courageous choice to love is no less than a warrior's heroic attack. Because Jane Stewart has a pure and noble heart, she can inject her emotions into objects, demonstrating her creative spirit in the art of poetry.

Jane Stewart's poetry is also reflected in her profound thinking evident from her years of contemplation. In the poem (Ending a Beginning), she expresses her longing vividly:

刊義大利《國際詩新聞》IPN，書評（星夜裡的心曲──讀簡・斯圖爾特 Jane Stuart《天空大篷車 Sky Caravan》），及書封面採用林明理畫作（無盡的思念），中、英、義 譯，喬凡尼義大利語譯。

二、詩評暨文學評論・*Poetry review & Literary review* ★

  It isn't easy
  not to say
  "I miss you,"
  but, my love,
  time passes
  and life does not change.
  I live it all again
  in memory
  and, while you are sleeping,
  my blood runs freely
  in your veins—
  your lips seal my kisses
  and what was,
  we know,
  did not end.
  But, even in summer
  snow-covered fern fills
  the forest's floor
  and late frost comes
  in April.

 I firmly believe that with her sincere love for the Muse, the poems she draws out of love and the poetic beauty she creates with her heart remind me of the German poet Johann Wolfgang von Goethe who once said: " There is a brave seed in every artist. "Yes, I seen Jane Stewart. This brave seed is working hard to bloom the flower of poetry, and it will definitely make our world a better place.

—Written late at night on May 12, 2024.

24・評《黑夜蜂蜜》——談劉曉頤　　　　◎林明理

  劉曉頤是一個摯愛詩歌藝術的詩人，生命因感性而趨向純淨真如的境界。從她在撰寫《黑夜蜂蜜》裡說過：「詩是我醒著的夢，靈感是詩與物之間的田園牧歌。」不難看出，她擅於運用富有暗喻的語言藝術，以濃郁的詩學氣息營構了獨創一格的美學意趣。

星野 —新詩、散文和評論—
The field under the stars
Poems and prose & Essays

　　法國詩人波特萊爾（1821-1867）的詩是一種抒情與美的訴求，這是將詩歌的反思性推向積極追求真理的詩學藝術；其經典語錄中提及：「我的心思不為誰而停留，而心總要為誰而跳動。」在這段文字裡，無論是心靈的審美感受與天性的自由表現都體現了詩人心中的渴求。而曉頤為什麼需要詩歌呢？我認為，詩，正是她渴望知遇，解剖自己的心靈，使人深受感動的體現。她說：「詩只有一種愛意：詩意。」正因為如此，她把《黑夜蜂蜜》獻給渴望幸福的人，並期盼它能為讀者帶來療癒與幸福感。

　　因為曉頤曾經歷過病痛與長期調適的疾患，所以她時時刻刻都感覺得到生命的脆弱與堅強，時間的流逝與時不我待。她的著作抒發了想要超越非理性思維中時間與空間的囚牢，讓心的方向找到自己藝術想像中的知音。就像她在（遠方的你）這首詩裡所寫的：

> 只要朝天空仰臉，眼睛閉得夠緊
> 我能回到抒情的史前
>
> 把兩三灑黃昏雨擱在
> 菊石的螺紋裡
> 能占卜，記事：將在哪一個世紀遇到你
>
> 搭乘時光的火車駛往你
> 一次又一次，我已學會順利找到月臺
> 不因遲到而錯過班車
> 且學會在顛簸中
> 把安眠曲唱得更催折動聽
>
> 途經黑隧道時花火一瞬
> 聞到另一個時代的特殊氣味：
> 多麼線香，多麼紫色，多麼夕暮多安謐
>
> 為了把這抹紫色走私給你
> 藏在睫毛下，我讓一滴紫羅蘭花精嗆痛眼睛
> 未曾發現自己已細如線香
> 如瀏海的縫隙

二、詩評暨文學評論・Poetry review & Literary review ★

> 為了給予得夠多
> 我專心餵哺兩千個春天──
>
> 也許正因如此，我錯過了你兩千次
> 萊雅琴把落日撥到兩千年之後
> 等到我驚覺而跳車
> 恍惚中閃過一幅沙質的畫面：
> 你笑我是光的啞巴
> 我說你是最明亮的黑菱紋毛衫
> 彌撒，銀柳，茨維塔耶娃的山
> ──你從史前就被望穿
> 所有能存在的我，都變成了遠方的你

刊臺灣《秋水詩刊》，第 200 期，2024.07，頁 65──67。

　　對於曉頤來說，她的飛翔是藉由詩歌與宗教的力量而指向光明的。儘管無力避開無名的病痛，但靈魂仍倔強地渴望飛入湛藍無垢的天空。詩中除了書寫感性的美，也泛著神性的光芒。她把感情植入特定時空之中，哪怕歲月稍縱即逝，那份深深的眷戀與崇敬卻永駐於心。或許，在雲端上萬能的主聽到她的期許，也會來到詩人身邊打一個照面。因為，曉頤無疑是個才女，她是那麼渴望飛翔，而借助詩歌的想像，她已持續不斷地飛，因而她勇敢飛翔的姿態，給了我很深的印象。

　　比如她的一首近作〈緩緩─給我尚未死去的部分〉，詩中這樣寫給未來的自己，也體現了作者對信仰抱持的單純的心：

> 緩緩，每當我又想
> 找尋一座白色樓梯
> 臥下死去──
>
> 你會來，牽我到彩虹升起的甜墓園
> 告訴我，水氣遇到陽光之前

星野 —新詩、散文和評論—
The field under the stars

世界只是一口呵氣,像我嗜抽的薄荷菸
煙圈漫漶深情款款的厭倦
轉瞬即散

但這裡依然很美
數十隻金色蝴蝶起飛
化身成千上萬紛落的金合歡葉片
鋸開樹木的肋骨
是你的香氣

你會來你會蹲下來
破開松香綠的胸膛,摁住我的頭一如
按入永恆。那窟窿彷彿無盡
緩緩,告訴我
許是夜深

而我從微側的視角看見
整具肉體般崇高的世界
都是蹲伏的姿態
只是昂然向上,吐出美麗的白煙圈
在黑夜的襯底之下
被自己迷惑

緩緩,顏色從我的衣裙紛落
容我再抽一支薄荷菸
離開墓園之前,把菸蒂託給你,如託孤一般
在我入睡之後,請帶著回到這裡
葬在星光塚之下

站好了,我從身軀外面
吻自己的死

可不,無論曉頤有過多麼憂鬱的時刻,只要凝視遠方,沉浸在永恆的遐想中,總是在她最需要主的時候,她便可以尋找到了自我。她的詩,把外部世界與心靈的歸依緊緊結合在一起,既沒有感覺有刻意描寫的

二、詩評暨文學評論・Poetry review & Literary review ★

語言,也沒有表達出沉鬱的蒼涼,反而好像可以透過她的詩句進入一片山谷林泉,看到她靜靜地守候在那裡,雙手合十,輕輕地在吟唱中尋找到心靈解脫的自白。我的心便莫名地靜下來了。

她的詩思飛越時空,恰似冬季裡的歌者,已經將其思考直抵生死的探索與反思,讓人體會了更多的感悟與生命的痛楚。此外,我也喜歡曉頤具有一種直率的性情。例如她曾興奮而不加絲毫掩飾地寫了一小段話:「哇,明理老師產量如此豐富,太棒了!我的新詩集《黑夜蜂蜜》也出版,首頁印寫本書獻給天父。感謝愛我們的主!曉頤」讀來讓人心疼又歡喜。這是我對年輕詩人曉頤詩作的真切感悟。

—2024.01.11 作

25・淺析梅爾的詩二首　　　　　◎林明理

多年前曾同詩人梅爾(原名高尚梅)在其詩歌研討會上晤面,交談不多,卻印象深刻,後來才知她已是《秋水詩刊》的社長和知名企業家了。熱愛江蘇家鄉與癡迷於詩歌創作的她,最近在海內外工作之餘,仍不改初衷,為海峽兩岸詩壇耕耘,且作出了令人稱許的貢獻;無論是寫景敘事,或滿懷思戀,都以真摯之情,吟詠愛情和生活中的悲歡喜樂。

梅爾的詩,志趣高雅,力求純真的藝術氣息、結合音韻,宛若有一雙穿越時空的眼睛,能抒發其思想情感,變幻成多彩多姿的意象。她還善於在景物之間逆向聯想,同古今歷史匯合起來,去創造一種獨特的藝術境地和詩學價值。且看梅爾這首《蒼涼的相遇—馬丘比丘》組詩的一節:

　　現在我可以平靜地面對一場雪
　　雪紛飛而下
　　掩藏起亡國之劍

星野 —新詩、散文和評論—
The field under the stars
—Poems and prose & Essays—

  天空長滿了荒草
  庫斯科在一個更接近太陽的地方
  被大雪封住了喉嚨
  安第斯山脈
  黑色的火車黑色的臉
  黑色的熱帶雨林包圍的潔白的光芒
  潔白的心臟
  安第斯
  你嵌入一個峽谷一支奔湧的山溪
  你垂直地立著一面粗糲的鏡子
  然後　整整四百年
  你藏匿起熱鬧的雨聲
  讓群山遺忘

  你不能決定時間
  時間成全了一切
  又毀掉了所有

  此詩看似抒情浪漫，實則蘊聚著詩人的不捨與心酸。詩中融合了數千年老城的古代文化的精華與形象，也抒發自我心靈的直接感悟加以詩的藝術聯想。馬丘比丘（Machu Picchu）位於秘魯，是印加帝國的遺蹟。這座古城坐落於安地斯山脈海拔兩千四百三十公尺的山脊上，地勢險峻，有著「天空之城」及「失落的印加城市」之稱，也是世界新七大奇蹟之一，已被列為世界遺產保護區。詩人的想像力是豐富的，只要稍稍閉上一會兒眼睛，恍惚中，馬丘比丘，正高聳著，也靜靜地望著我。它俯瞰著整個秘魯東南部的城市、河谷。雪紛紛落下了，寒風也發出了悲鳴，恰似它在眼角凝成一粒閃光的淚，無言地注視這個世界。忽然，我看見一隻鷹徜徉於雲霧之間，這神廟即使是廢墟，也還是美的。加上那印第安酋長的山巔之像，正聆聽來自宇宙的信號。它永不遺忘來自星宿的各種訊息，從輝煌的印加古城，到現在的太陽塔日升之處。

  再看一首《中秋》：

  我只能以這種方式問候你
  你照亮我頭上的青天

二、詩評暨文學評論・Poetry review & Literary review ★

和風衣裡襯的激情
月圓的時候
我躲在蘆葦裡
蘆花像你搖晃的鬍鬚
我藏著一壺老酒
在如鏡的清溪湖上
也許你抵不過這些思念
那些清秀的日子
撒落在我失眠的夜裡
像晶亮的群星
從端午到中秋
伴著月亮的一世情緣

你永遠不會被淹沒
日月輪迴
你坐在輝煌的山頂
用清澈的光芒
默示春秋

刊臺灣《秋水詩刊》，第 200 期，2024.07，頁 67-69。

　　此詩的象徵和隱喻性明顯增強。梅爾的詩，多是側面地展示其內心世界的情愫。值得再三咀嚼的是，這首詩並非簡單地描寫中秋月圓，而是一首詩境優美的愛情詩，藉以寄托其深情。它把佳節與思戀的癡心結合起來，升華詩情，頗耐人尋味。

　　是啊，時光如濤。恍惚中，我也能感受到那片蘆花像一隻隻飛禽出沒。詩人以孤獨、祝福的氛圍映入眼中，彷彿也能看見故鄉的槳聲和蟲鳴在黃昏的湖中迴轉，耳邊響起的，仍是自己思念的那支歌。只有風和盤旋不去的身影留駐心中，如夢依依。詩人在圓月下呼喚著，思戀徐徐而來，而徘徊在空中的愁緒也輕輕劃過……在輕揚的湖面上。

　　義大利美學家克羅齊曾說：「美就是直覺，直覺就是表現，表現就是藝術。」而閱讀梅爾的詩，或者談談自己的一孔之見，就會發現，其詩沒有奇特的誇張，或諷刺的描摹；她總能實地考察了不同國境文化與詩學話語之間的關係，因而構成詩美旨趣。這也恰恰證明了對其詩歌的藝術探索，是有意義的。

—2023.11.22 作

26・但丁《神曲》中的罪與惡——與夏爾・波特萊爾詩歌之比較研究

◎林明理

　　但丁（Dante Alighieri，1265-1321）出生於義大利一個沒落的貴族家庭，是世上難得的至高詩人、作家。他思想深邃，作品與堅強的信念和當時大時代的風雨飄搖相互激盪，並且擦撞出耀眼而動人的火花。

　　繼但丁之後，出生的夏爾・皮耶・波特萊爾（法語：Charles Pierre Baudelaire，1821-1867），是法國象徵派詩歌的先驅，自幼就受良好的藝術薰陶。但波特萊爾年輕時，因不節制的揮霍，亦曾企圖自殺過；在他著名的詩集《惡之花》（*Les fleurs du mal*）出版時，曾受到法院的起訴、指控；幾經波折，最後得以無罪了結。

刊臺灣《笠詩刊》Li Poetry，第361期，2024.06，頁150-152。

　　直到波特萊爾的文學評論出現，他變得十分積極，並與朋友一起創辦一份革命刊物，勇敢地參與了「六月起義」的巷戰。在他四十六歲短暫的生命中，曾被大文豪維克多・雨果（法語：Victor Marie Hugo，1802-1885）寫信讚揚；也曾被提名為法蘭西院士的候選人；但直到他病危去世，才被稱譽為十九世紀最偉大的法國詩人。

　　對於波特萊爾而言，影響他最深的人，是埃德加・愛倫・坡（Edgar Allan Poe，1809-1849）。他是位美國詩人、作家，也只活了四十歲。他被稱譽為象徵主義的鼻祖之一、偵探小說和幻想小說的開拓者，尤以詩歌倍受推崇。

二、詩評暨文學評論・Poetry review & Literary review ★

從波特萊爾翻譯許多愛倫・坡的作品中，無疑地，也啟發了他豐富的想像力。但由於他曾經放蕩不羈，所以我認為，在他的作品《人造天堂》（*Les paradis artificiels*）中，或其詩集裡所呈現的思想應該是，美，是不應該受到束縛的，而「善」並不等於美；美同樣存在於「惡」與「醜」之中。

我記得愛倫・坡說過，深深地埋藏在人類靈魂深處的永恒的本能，就是對「美」的感受力。他透過書寫時間來直面死亡，以獲得形而上學的美和自我反思，這是他在美學表述中以審美救贖人生的積極探索。他有一首《致一位在天堂者》，詩的前段如下：

> 獻上我所有的愛，／我的心靈之所望，／你如那蒼茫大海中一綠洲，／似那清澈的噴泉與聖堂，／用碩果鮮花將你覆蓋，／我奉上所有的芳香。／啊！迷夢太美好而消逝！

這首詩十分感人。據說是愛倫・坡為他的戀人羅絲小姐而寫的。他將自己喜愛的這首輓歌，發表在六種不同的版本中。在他的心中也有著永恆的理想，不願在命運面前低頭。他深知，一首好詩，得承擔著某種救贖功能，它必須是神聖的。

又如波特萊爾的散文詩的巔峰之作《巴黎的憂鬱》，在這本書裡的一篇（世界之外的任何地方），他描寫過這樣一段引人深思的畫面：

> 在那裡，太陽斜斜掠過大地，／日夜交替，──半片虛無。／在那裡，我們可以長久浸沐在黯黑之中，／⋯如同地獄煙火的迴光！

我以為，在這段截句，與相距達五百多年之久的但丁在《神曲》中曾寫下這樣一段截句：

> 我離開正道，走入岐途的時候，／已經充滿睡意，精神恍惚，／⋯置身於幽谷的盡頭仰往，／發覺山肩已經燦然 披上光輝。／光源是一顆行星，／一直帶領眾人依正道往返。

星野 —新詩、散文和評論—
The field under the stars

但丁栩栩如繪地道出：「在裡面，太古之夜和混沌——／宇宙的始祖——／在無盡無止的傾軋巨響中／掌持永恆的渚蕩，／且在泊亂中　赫然屹立。」

這兩位詩人之間寫下詩句的時間雖然發生在不同的國度，但似乎又有著某種共同的理念，以及宗教道德規範的思維。也正因有這種難以解釋的關聯性，才能夠讓我從詩歌研究的角度去探索他們對於人類的罪與惡的觀念，進而從浪漫主義對詩美的追求轉向了回歸這兩位詩人對人性惡的理解。儘管他們詩歌的流光溢彩以及後世對其研究，都能感受到他們詩裡所傳達的重要思想主題是，詩歌不在於形象之美，也要體現了對社會虛偽和罪惡的反思。

綜上所述，我認為，所有的詩美，都是有神聖、寧靜與感性的。我在研究中找到了自己藝術想像中的感觸，那就是，我發現，人類由心靈造成的美與醜、罪與惡之間，其實都是存在於人對觀照事物的心有所不同。或者說，所有偉大的詩人他們都能把關懷的真情昇華為詩美的創造，這是一種至上的藝術表現。

而但丁與波特萊爾的作品中，無獨有偶，他們都沒有太過度強調所有正統的道德觀念，但他們詩歌裡都已呈現真實的自我人性、奇特的想像和神聖的美感。這無疑也將在詩歌比較文學上，形成了一座跨越時空的、傑出的經典詩歌的特殊橋樑。

—2024.03.02 寫於臺灣

27・伊戈爾・布林東諾夫的詩畫人生　　◎圖／文：林明理

有位莫斯科的數學家、現為俄羅斯科學院系統程式設計研究所首席研究員，卻愛上中國古詩文、擅於創作詩畫，不管他創作的風格是什麼，你大概和我一樣好奇吧！與之交往多年的天津市南開大學谷羽教

二、詩評暨文學評論・Poetry review & Literary review ★

授,極為欣賞地說:「他是位了不起的俄羅斯人!」在他的介紹下,真的讓我刮目相看。

通過對伊戈爾(Игорь Бурдонов,1948-)作品的分析發現,在他筆下描寫的作品有兩大特點:具有象徵性和道家思想的特色。詩裡大多營造了一種祥和、或契合禪學原理、或崇尚自然的氛圍,凸顯了他獨特的思維方式與融合東方文化的審美觀照。

恰如英國詩人雪萊(Percy Bysshe Shelley)所說:「一切崇高都是無限的。」而伊戈爾的詩藝也多有特殊的意義,他就像是一棵深山的老樹,潛藏著大自然的奧秘,從老莊和道家美學的頓悟中尋求生命的永恆。比如,他在〈不一樣的詩〉中的描述:

> 有些詩,像早晨的花朵,
> 絢麗又柔美
> 臨近傍晚就凋謝。
> 另外有些詩,像千年樹
> 生長十個世紀,
> 只有到那時
> 樹枝上才綻放
> 凌晨的花朵。

林明理新書書影

伊戈爾的畫

林明理攝影:(湖上的蓮),畫作(蓮),此畫存藏於臺灣的「國圖」,當代名人手稿典藏系統

詩中主體形象是揭示詩人與大自然的融合,從具有美好的象徵意義,到體現詩人的修為與周遭的環境那種天人相感的關係,又通過千年樹之影的暗喻來側面烘托其心中對詩人的界定,是一個「貴性靈、尚自然」的概念。相對而言,他也細微真切地體味對詩學修養與厚實精深的文學家,也必須注重情感的直抒,實令我感佩!比如,他在五年前以生動的比喻寫出獻給好友谷羽教授的詩句,可說是直面生活的心境;看

星野 —新詩、散文和評論—
The field under the stars

似風骨嶙峋，實則蘊藉著兩位學者彼此惺惺相惜卻甘於兩袖清風的心酸。

文中寫道：

獻給我的朋友

　　　　　　　　　　谷羽教授

他把自己的房子
　　留在人煙稠密的峽谷
而在我的村子裡
　　木板釘住了門與窗戶。
他的一頭白髮——
　　像飛鳥的白色翅膀。
我的灰色頭髮——
　　像荒山野林的灰狼。
你們大概想知道，
　　我們倆如何相互溝通？
彷彿穿過飛機轟鳴
　　穿過腳步雜踏的喧囂
語言能夠飛行……
最好能抬頭遠望
望那高高的山巔，
兩人對望交織的視線。
此時此地無需說話，
　　正可謂「欲辨已忘言」。

刊 2024.07.02 MA Tsu Daily News（馬祖日報）副刊，林明理詩評〈伊戈爾·布林東諾夫的詩畫人生〉，及新書〈祈禱與工作〉封面書影，及報紙網路 林明理攝影〈湖上的蓮〉，林明理畫作〈蓮〉，報紙網路 伊戈爾·布林東諾夫的畫。

在當代新詩史上，也不乏有一些詩作感人的詩，但如谷羽教授所說，伊戈爾和他多才的夫人伉儷情深，就住在一棟面積不大卻書香四溢的舊樓之中，卻能在學術領域之外，兼具藝術創作，唯有這樣，才會寫出無愧於詩人風骨，無愧於心中所愛的好詩來。

當我看到伊戈爾遊歷中國大陸諸多秀麗山水，並以獨具的藝術概括力，畫下他心中的杭州西湖，頓時，我感受到他已創造出更廣闊的藝術境界。那是一幅能喚起感官神經可以延伸到外部世界的水墨畫，也是詩人徜徉在西湖邊的感覺片段。他在詩畫中帶有超現實的手法，正是其

二、詩評暨文學評論・Poetry review & Literary review ★

詩藝探索的過程中給人一種不可名狀的精神力量，也是他富有生命力的才華表現。

最後，為了表達對兩位學者的知遇之恩，即興賦詩（西湖，你的名字在我的聲音裡），以表謝忱：

  西湖，你的名字在我聲音裡
  來得多麼可喜，轉得多麼光潔
  就像秋月與星辰，不為逝去的陽光哭泣
  只跟雨說話，為大地而歌
  我在風中，呼喚你，像新月一樣
  升到山巔同白晝擦肩而過
  四周是鳥語與花香的喜悅
  而你宛若夢境，湖光把我推向極遠處

  西湖，你的名字在我聲音裡
  來得多麼輕快，轉得多麼遼闊
  就像飛鳥與狂雪，不為逝去的陽光哭泣
  只跟風說話，為山谷而歌
  我在風中，凝望你，像雲彩一樣
  升到深邃的繁星世界，輕輕搖曳
  開始唱歌，而你在夢境邊緣
  ——我是追逐白堤岸柳的風

—2024年4月30日

---

*2024年7月2日 週二 於 上午10:36 MAIL
  林明理老師，您好！
  來信和附件2024年7月2日馬祖日報收到了，文章已拜讀，寫得非常好！我今天就給伊戈爾寫信，把這些告訴他，相信他會很開心。
  前不久，《世界文學》2024年第3期發表了我翻譯的伊戈爾詩11首，還有他寫給中國讀者的一封信，我把電子文本寄給您過目保存。
  再過兩個月，今年9月初和他的老伴第四次來中國旅遊，我們能再次見面。
  我把您的電子郵箱寄給伊戈爾，他會給您寫信致謝。
  順祝安康如意！

谷羽 2024，7，2

28・聞一多《玄思》的意象解讀　　　　◎林明理

一、其人其詩

聞一多（1899—1946）是個思想深邃、具有批判精神的愛國詩人；詩裡的知性、浪漫、渴望自由與反諷，以及新詩格律理論，是中西詩學思想與其神秘思想之間的相互砥礪與融合，也是他在短暫的四十七歲生命中，最能彰顯出其作品引起後世巨大的輿論與研發之因，而聯繫這些詩作的背景和內涵，也就不難理解其詩所反映的思想內容。

儘管當年「五四」之後軍閥政府鎮壓學生運動時期，聞一多所關注的，根深柢固的便是對軍閥的居於統治地位表明其憎惡之情。但他不是個獨立而偏執的詩人，在他心中想要實現的，只是展現出詩人的良知和清醒，並通過詩文的創作加入其所依托的，能賦予生命價值的哲思之中。

時至今日，我們看到最多的是其作品在國際上的地位和作用，卻鮮少看到評論的論述；因而筆者通過深入探討其詩的動機，藉以找出聞一多詩歌被讀者廣泛認知的原因。

二、《玄思》的象徵藝術傾向與解讀

《雨夜》是聞一多最早期創作的詩歌，特別受到讀者的青睞，且由於他耿介不群與其批判精神的形象，以致最終引發被暗殺之因；也由於他一生致力於對古文、詩詞的研究，並以西方近代社會科學、詩學加以詮釋，流傳後世的學術著作有《神話與詩》、《唐詩雜論》、《古典新義》、《楚辭校補》等。

聞一多詩歌以坦蕩真誠、浪漫抒情聞名，能表達出自己的一腔熱血，又能傳神地表現出生命的低沉和悲絕。其次，他更專注於新詩格律化的理論闡釋，字句極為淳勁生動，而語加蘊藉。在一篇論文中，他曾

二、詩評暨文學評論・Poetry review & Literary review

言及,要求新詩必須具有音樂美、繪畫美,還有建築美。綜上所述,他的詩歌不僅對後人產生了深遠的影響,也有現實性內涵;他是個苦吟的愛國詩人,而其詩格律理論更是一生為文學奉獻的結晶。因而,他的詩是最講究詩的音樂美,對韻的要求也極為嚴格。比如他的這首詩《玄思》:

>在黃昏的沉默裡,
>從我這荒涼的腦子裡,
>常迸出些古怪的思想,
>不倫不類的思想;
>
>彷彿從一座古寺前的
>塵封雨漬的鐘樓裡,
>飛出一陣猜怯的蝙蝠,
>非禽非獸的小怪物。
>
>同野心的蝙蝠一樣,
>我的思想不肯只爬在地上,
>卻老在天空裡兜圈子,
>圓的,扁的,種種的圈子。
>
>我這荒涼的腦子
>在黃昏底沉默裡,
>常迸出些古怪的思想,
>彷彿同些蝙蝠一樣。

刊臺灣《秋水詩刊》,第201期,2024.10,頁72-74。

　　此詩真像聆聽詩人吹奏的一曲唐詩裡的短笛,能將其滿腔的情懷與壯志完美融合其中。其中用的偶韻,維妙維肖的描寫出詩人心中錯落有緻的節與靜中有動,動中孕靜的畫面,從而表達了詩人對以詩表達情感的頓宕停蓄、穿透延伸或回旋蕩漾等各種心緒,使讀者也在冥思中受到了啟示。詩裡有些句子重疊復沓又隱藏著對社會底層的赤誠與關注的愛,而屬於愛國意識的,還有另一首詩《口供》:

>我不騙你,我不是什麼詩人,/縱然我愛的是白石的堅貞,/青松和大海,鴉背馱著夕陽,/黃昏裡織滿了蝙蝠的翅膀。/你知

道我愛英雄，還愛高山，／我愛一幅國旗在風中招展，／自從鵝黃到古銅色的菊花。／記著我的糧食是一壺苦茶！／／可是還有一個我，你怕不怕——／蒼蠅似的思想，垃圾桶裡爬。

詩中帶有暗喻、嘲諷的特色，讀來卻十分流暢、生動。詩人的筆調並非沉溺於失望，或癡迷於夢想，而是著力寫出他的生命內部已儲蓄了這麼多才思。因而，我寫此評文寓含著對一位傑出的文學家的悼念；因為，其思想中，對於社會的不平，是不會畏懼的，他對社會是有價值的。

三、結語

透過這些從聞一多生前的心靈深處所聯想的奇異意象，無疑也對當前詩界提供了一些有詩韻的藝術圖景。這是另類的藝術形式，從而達到了聞一多詩歌的魅力所在，以及其追求一種「清麗、音律動感和諧」的藝術境界。

在海峽兩岸的詩歌文論中，我以為，聞一多身後的留影，不僅是學者詩人，也應是有深度的思想家。他在艱困中仍不斷探尋人生的光明、歌頌生命的尊嚴，也想挽救社會醜惡的一面。他是精神家園的追求者，也表現出對大時代環境的悲憫及五四時期追求光明與新生的精神。

其一生勇敢跋涉，卻死於非命，在昔日，應是孤寂感傷的。但也因此，聞一多詩句或其情詩，寫得超凡脫俗，這就更令人回味了。他的詩句，有時像樂曲的低音般激蕩，使我體味到了音韻的壯美與靜穆的力量。

總之，聞一多在詩美的探索與研究上已取得了可觀的成績，但今後要研究其融具中西詩詞的美學文獻或詩歌，仍有待後人的繼續探索與研究。我認為，對於這樣有著一種沉重的使命感的詩人的進一步研究，有助於當前詩歌評論的進一步思考與提昇。

—2024.04.02 作

29.《隱匿的黃昏》的讀後餘響　　◎林明理

　　一首詩能否與人的心靈律動產生了溝通，與它能否進入讀者的視野並不斷得到審美的快感有關。而閱讀綠蒂的《隱匿的黃昏》時，能夠在他最真摯的詩情、凝思之中，感受到其創作的藝術力量，那麼，它帶著詩意的神采就光耀起來了。英國浪漫主義詩人華茲渥斯（1770-1850）曾指出：「詩起源於在平靜中回憶起來的情感。」在綠蒂的詩篇裡就是如此。

　　這是一部綠蒂晚年創作中最為動人的詩集。有關它的主旨，大概有如下幾類觀點：第一，以抒情為主的情感基調，第二，完成自我反思實現的主旨，第三，堅持詩歌書寫呈現出多元化的意象特徵。

　　這些觀點各有道理，但是仍無法理解其情感基調浪漫之因。為此，不妨先舉一個例子。在〈顏色〉一詩的末段：

　　雪白　鴿子白　野百合也白
　　天藍　貓眼藍　我的星也藍

　　此處詩人試著以自己的方式，絕去描摹，反而增加了詩裡的「想像」，便覺餘韻無窮。其次，他在〈老〉詩中寫道：「故里母親的倚閭與叮嚀／和黃昏的北港溪都老舊成古董」，然後

刊臺灣《秋水詩刊》，第 201 期，2024.10，秋季號，頁 75-77。

刊臺灣《秋水詩刊》，第 202 期，2025.01，冬季號，頁 90-92。

星野 —新詩、散文和評論—
The field under the stars

說：「未老的是　迤邐飄蕩在風中的愛」詩人回憶之路篤至，緬懷母德，使為人子者戚戚然感動於中，恰如秋日的陽光溫暖地流淌進來。

與其他詩作相比，（告別）這首詩雖未明言與思念親友及其事略有關，想必是有感而發之作。我十分讚賞其情景俱佳的此段文字：

> 記憶與思念拼湊成生命的風景
> 所有的遺憾與愛都成熟為祝福

當一首詩成為經典之後，它就進入了詩歌情景融合具體的文獻之中，也將被推崇。此詩情溢於中，其回聲是感人的，文中出現了很多追憶與描寫心中悼念的故人身影，是表現詩人的思想感情的，精要而真摯，讀之令人讚嘆。類似佳作的題材還有這首（寂寞），他在詩裡是這樣寫的：

綠蒂《隱匿的黃昏》詩歌研討會論文集，孟樊等著，收錄林明理書評〈《隱匿的黃昏》的讀後餘響〉，頁 55-59，臺北，文史哲出版，2024.12。

> 寂寞
> 是路過一個陌生的地方
> 感覺似曾識的熟稔

詩中滲透著綠蒂對自己的期望，也飽含著在清醒的思索中的感念。正如其（八十過後）詩中提及：「清晰的是古早漂游的浮標／模糊的是昨日的驚濤駭浪」，因此，也就不難理解詩人在回顧人生中而得到的情感上的依托，但細處益見其性情的醇厚與對詩歌的深情。儘管追憶往昔彷彿如昨，也是詩人孤獨意識的體現，其類似的寫法有如（我的詩）首段：

> 是一朵雲
> 隨風浪遊
> 藍天總留給他
> 一個最自由的居留位置

詩人總能以細緻感人的描摹與純真的基調取勝，也恰當地表達了他擁有精神上的獨立自由。綠蒂在詩界中的貢獻與推展任務決定了其

二、詩評暨文學評論・Poetry review & Literary review ★

文學書寫必然要面對其「世界詩人」的身份,但他也不回避自己的孤獨,對大自然形象更予以別開生面的書寫。比如在〈大海之歌〉首段寫的:

　　海景有春夏秋冬輪迴的演出
　　我總只扮演一個孤寂的角色

　　在某種意義上,詩人力求在創作詩藝的道路上走得更遠,而其一生的智慧與貢獻,便成了兩岸詩歌與世界交流的推展與生命力展現的特殊價值。此書在附錄裡最生動之處便是詩人寫出他的文學啟蒙老師是其父親的漢文私塾的教化,使其生活更充實而有意義的緣故。而這一段親情相處間愉悅的回憶造就詩綠蒂文字能力的一次意味深長的呈現,也讓其自我抒發的充沛靈思,生動地呈現出一篇令人更能理解綠蒂的詩作為何沒有誇飾或晦澀難解的文字,而是一種深深的鄉土情懷的烙印。

　　誠如〈以詩印記〉裡詩人所說:

　　夜闌　眼瞳散發神秘的
　　波斯貓　躡足無聲地在方格紙上
　　拓印如春梅淒冷的足痕
　　以文　探索我愛
　　以詩　印記我心

　　此詩以強烈的藝術效果,把詩美體現出來,也頗富浪漫主義的色彩,再次印證了綠蒂情感中所暗藏的孤獨作為一種情結,成為他一生將「詩歌」作為思索和創作的延伸和動力。就像英國藝術評論家克萊夫・貝爾(1881-1966)所說:「有意味的形式,就是一切視覺藝術的共同形式。」[6]此詩也是由大自然之中而得到的情感上的依托,詩中引出的具有新意的詩句、人生感慨與文人情懷,也讓讀者心生一種愉悅和逆向的聯想,這就更值得稱道。

　　在我的記憶中,綠蒂如同其詩一般真實,他的才能和人生充滿著夢想和努力以赴的光輝過程,其真誠的語調就像某種來自記憶深處的聲音,有著一種堅持的力量和不可屈服的意志,更能將詩意發揮到極致。

---

[6] 《藝術》,克萊夫・貝爾(Arthur Clive Heward Bell),中國文聯出版,1984年版。

星野 —新詩、散文和評論—
The field under the stars

因而,也表明此書在他卓越社會作用的著作之中,應該又是一大力作;它載著自己的故事與往事,以及他對詩歌的熱愛和超越,渡向八十多歲後的今天,也成為推動詩歌進步的重要力量。

總之,《隱匿的黃昏》整部詩集所顯示的深層意圖,不僅超越了以前著作形成一部完整的結構,還很用心地書寫了自幼喜愛詩歌的原因,表達其豐富的一生經歷之後對未來日子將「淌亮、安心而靜活」的美好期盼,自然悲喜交集。而其別具一格的詩風,給人以恬淡和雅緻的審美感受,也是毋庸置疑的。所以我在閱讀當中,在此夏蟬嘶鳴的暮色之前,新添的一聲就是我對尊敬的詩人綠蒂期待未來更騰達、更健康的呼喊。這就是我喜歡此書的原因所在。

—2024.07.06 作

---

30. 走進秀實、余境熹主編的《當代臺灣詩選》

◎文／圖:林明理

對於香港詩歌協會會長、詩人學者秀實(原名梁新榮),臺灣詩界或讀者並不感陌生。他是一個對詩學能深入透視,善於點化現代詩詩句,使之成為其教學中有意義的成分,幾至深愛境界。尤為難得的是,他在嶺南大學退休後,仍繼續創作,因為對愛情幻化與大自然獨有的旋律的深刻描寫和其幽深的情懷而深受兩岸三地讀者喜愛,亦常在詩句裡表現出始終不忘母校臺灣大學的思慕之情。

在秀實與另一位主編余境熹博士的編選中,其詩篇有許多是出類拔萃的。書裡不僅對收錄的六十一位臺灣詩人詩作的生動描摹作了審慎的篩選,而且從中可以理解這兩位香港詩人主編均以思想深刻見長,讓此新書一上市便成為現代詩歌的名家集萃。

這是一部能讓人靜下來閱讀時,把詩人對筆下細緻的詩音記在心裡的優秀讀本。比如,書中多幅的彩色插圖採用的是當代水彩家廖學聰先生親手繪圖的。編者秀實在後記中稱:

二、詩評暨文學評論・Poetry review & Literary review ★

一本詩選，只要歸屬於詩藝，而非以話語權來取捨，均應予以尊重。

於是，我沿著這部別具一格的詩集走進這兩位主編的《當代臺灣詩選》的這片天地。在我看來，此書最可取之處，是主編通過向詩美的「走近」而對每篇詩作的多元思考後，帶給讀者對審美語言有了更深刻的感悟，而書的誕生是需要很大的勇氣和才氣的。這也成為推動現代詩研究的方向，讓這兩位主編在臺灣詩人的研究成果中，寄寓了他們對現代詩的熱忱，從而在一定程度上拉近了兩岸之間的距離，更能發現書中內容深厚。

林明理畫作（山居月夜）

有幸收到此贈書，驚喜的是，書內竟收錄了我的一首（蝴蝶谷的晨歌），末段詩云：

> 有山脊懸在雲端，紅藜懸在田野，
> 更遠處，還有一座老橋墩，
> 它靜靜地佇立，重複著……
> 重複著……思戀故鄉的音調。

此刻，已近中秋，遂而想起了前些年與秀實相見時同遊臺東的前事，恍如昨日。是啊，茫茫宇宙，知音難求；但每次閱讀一本好書，總能讓我心靈有所觸動。就像今夜，在月色迷濛的夜窗下，我便想起了秀實在《雪豹》詩集裡寫的（黃昏），其中有這麼兩句是我喜愛的：

刊臺灣《金門日報》副刊，2024.10.15，及畫作1幅。

> 蒼涼的天空飄揚起蒼涼的雨滴／而我收藏著整個宇宙的溫暖

詩人的孤獨與才氣的確豐富了現代詩閱讀的視域，令人激賞。我想，這本小詩集確實為新詩研究者提供了良好的交流平台。它就像此刻

星野 —新詩、散文和評論—
The field under the stars

擺放在我桌前的一束美麗的小菊花，也是秋風瑟瑟之中最動人的一處美景。

—2024.09.08 作

31．《愛之書》詩集述評

◎林明理

二〇二四年七月，谷羽教授寄來的《愛之書》拉蘇爾・伽姆扎托夫詩選的俄語讀本。最感到驚訝的是他曾親自拜訪這位俄羅斯阿瓦爾族詩人的家庭和記錄其創作過程中感人的詩情，同時並以友情為線，去翻譯其詩歌獨特的意象。

拉蘇爾・伽姆扎托夫（1923-2003）對生養他的山村始終懷著一份深摯的愛，在他生前出版的詩集《我的大地》和《我們的群山》中多有著墨；故鄉的一草一木、親情與愛情，在他筆下都有著溫馨又浪漫的色彩，韻律上也流暢順口。

拉蘇爾曾當過教師、演員和記者，獲達吉斯坦自治共和國人民藝術家、蘇聯社會主義勞動英雄等稱號；又以一部《高空的星辰》，獲列寧獎；他也是個愛情歌手，其詩作已被譜成歌曲，在俄羅斯頗具盛名。

如（自從我和妳相遇）詩中的一節：

　　蘋果花兒向我們肩頭灑落，
　　雪白的春天四季延續。
　　我知道：自從我和妳相遇，
　　大地上再也沒有冬季。

林明理畫作：〈日出〉

照片提供：谷羽教授

二、詩評暨文學評論・Poetry review & Literary review ★

　　詩句純美，輕盈心田，有真情的吶喊，也能感受愛情詩的美學旨趣。拉蘇爾・伽姆扎托夫的詩在形象中也孕含哲理，這就使其愛情詩的內涵更有深度。如另一首（博大的愛情）：

　　　博大的愛情遺產當中，
　　　有一份在我血液裡流動。

　　　莫不是因此我才覺得：
　　　每個白天都歡快而光明？

　　　莫不是因此我的掌心，
　　　夜晚才燃燒銀河的繁星？

　　　博大的愛情財富當中，
　　　有一份在我血液裡流動。

　　　只因有了它我才富裕，
　　　儘管我的事業一無所成。

　　　神奇的財富，人類的愛情，
　　　它奉獻自身，卻始終充盈！

　　　我十分珍惜這份財富，
　　　這財富回報我一往深情。

刊臺灣《更生日報》副刊，2024.10.17，及林明理畫作（日出），谷羽教授照片。

　　詩人把「愛情」比喻成神奇的財富，它充盈人間的歡快，從銀河的繁星中莊嚴升起，向歲月的深處奉獻自身……因為它能編織歲月，編織人間的溫飽和恩愛，也就非同一般地呈現愛情的博大與奧妙。

　　詩人拉蘇爾在答覆谷羽的訪談時曾說：「我的第一個老師，是大自然。大自然是萬世長存的見證人。什麼人能把大自然的語言翻譯成人類的語言，他就是個詩人，出色的詩人。」我認為，他擅長以小見大的藝術概括力，展現其對大自然的崇尚與傾慕，這是因為他具有一顆充滿著純正而博大的心靈。

星野 ─新詩、散文和評論─
The field under the stars ─ Poems and prose & Essays ─

而這首〈獻給母親〉,也是令我喜愛的詩;從題目看,就能清晰呈現其深情。在詩裡的末段,更教我發現其情感的敏銳:

> 天空中一顆閃亮的星,
> 步履匆匆正作最後的飛行。
> 你的孩子把花白的頭顱
> 深埋在您的懷抱之中。

詩中不僅浸透了拉蘇爾對其慈母的由衷尊崇,對她生前的慈愛,更寄予了無限的遙思。再如〈在獻給媽媽的書上親筆題詞〉一詩,也有這樣感情濃烈的句子:

> 為報答你給我唱的搖籃曲,
> 我至今寫成的全部作品,
> 所有的詩行今天都獻給你,
> 你曾在高山上吟唱呀,母親。
>
> 光榮的高加索值得依戀,
> 崇山峻嶺連接著藍天白雲,
> 我知道我的一切詩句與詩篇,
> 無一不從你的搖籃曲汲取底蘊!

讀到這兒,不禁使人想起唐代詩人孟郊,他也唱述一首歌頌偉大母愛的〈遊子吟〉,而拉蘇爾的母親,無疑,也給了詩人許多藝術的啟蒙與愛,這從〈時時刻刻把母親懷念……〉詩裡也可窺見一斑:

> 世界上所有的麵包
> 就數母親為兒子烤的最香甜……
> 世界上最溫暖最明亮的火焰
> 是母親在昏暗中把壁爐點燃。
>
> 世界上的歌母親唱得最好聽,
> 優美、和諧、撥動我的心弦。
> 世間萬物籠罩著母愛的光輝:
> 我時時刻刻都把母親懷念……

二、詩評暨文學評論・*Poetry review & Literary review* ★

　　正是這樣，高雅而不晦澀、而且熱烈地譜寫謳歌愛情、親情與對鄉土的愛戀，讓拉蘇爾・伽姆扎托夫成為一位光明的歌者，而其追求詩歌藝術的澎湃熱情，更顯而易見的表現在其創作上，使人感受到一種質樸的美感。相信谷羽教授在翻譯中對其豐富的思想、形象的描繪，也能體驗到其詩歌具有獨特創造性的意象展現，也正由於此，其詩才能流傳而不衰。

　　另一項值得祝賀的是，谷羽教授剛才告訴我，他在今年四月間獲得中國「翻譯文化終身成就獎」，我便借此機會向他說幾句話，也是對曾任中國文化大學、天津南開大學的谷羽教授翻譯俄羅斯詩歌成就的有益補充。

附錄：二〇二四年七月三日週三下午谷羽教授給我的電郵

> 林老師您好！
> 　　最近幾年，除了伊戈爾，還有一位俄羅斯的女詩人葉列娜・洛克也很喜歡中國文化和詩歌。我特選出三十首，寄給您過目流覽。
> 　　另外，有件高興的事，願與林老師分享。今年四月初，中國翻譯協會把翻譯文化終身成就獎授給了我，多年的翻譯得到了學界的肯定，確實很開心。我把一些資料寄給您過目保存。感謝您多年來的理解與支持。
> 　　順祝平安！
> 　　　　　　　　　　　　　　　　　　　　　　谷羽 2024 年 7 月 3 日

32・開啟詩歌的美學視窗　　　　◎林明理（1961-）

　　詩美學是什麼？

　　詩美意識是形而上的藝術直覺，是以人的靈性去體驗到的一種本原的、悠遠的意境之美；從而展現出詩人獨特的審美理念和藝術開拓。

　　在中國大陸數千年來的歷代都有偉大的詩人誕生。我舉例如下：

星野 —新詩、散文和評論—
The field under the stars
Poems and prose & Essays

1. 東周時期（西元前 770-256 年）：屈原，他是中國浪漫主義詩人之一。他的代表作品有《離騷》、《九歌》。他的作品，文字華麗，想像力獨特，比喻新奇。

2. 漢朝（西元前 206 年-西元 220 年）：卓文君，她是中国古代四大才女之一。她精通音律，善彈琴。她和著名文人 司馬相如有一段愛情佳話，至今被人津津樂道。她也有不少佳作。

3. 唐朝（西元 618-906 年）：李白，被稱為「詩仙」。他的詩作意境獨特，清新俊逸。

4. 明朝（1368-1644）：劉基，又名「劉伯溫」。他是明朝三大詩家之一。

5. 清朝（1644-1911）：袁枚，是詩人，文學家、散文家。

　　詩人追求的心靈自由，並非脫淨一切的束縛，而是要揚棄高雅華麗的語言，透過創新的手法，以真樸純粹的語言呈現。

　　我從中可歸納出一個重要的共通點：即詩人都想開創更寬廣的藝術境界。然而，藝術須要欣賞者，也必須要有形式美〈art of form〉。

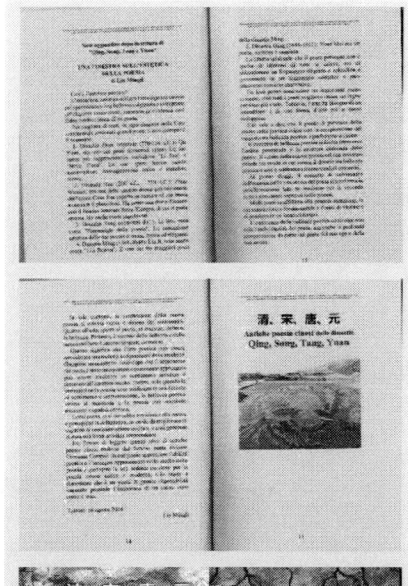

此文刊 Giovanni Campisi 喬凡尼·坎皮西著，《清、宋、唐、元》意大利語書，收錄林明理序文《開啟詩歌的美學視窗》，喬凡尼·坎皮西意語翻譯，頁 12-14。林明理插畫於書封面前後，書內林明理插畫共 80 幅、攝影作 1 張及收錄林明理詩作（義大利聖母大殿）1 首，頁 95，林明理簡介及照片，頁 96，意大利，宇宙出版社，2024.10，ISBN：9791282016018。

　　詩美的觀念，是由詩的潛在次序或詩的深層結構的發現。詩人多信賴直覺，直觀與思維在瞬間的統一，是直覺的基本特徵。

二、詩評暨文學評論・Poetry review & Literary review ★

　　無可否認，真、善、美從來都是詩人追求藝術的最高價值。詩美的體驗不僅具有詩人的個性化特徵，而且，它也是詩人對自我本體的深切體驗。因之，詩藝是一門獨立的現代人文學。

　　從美學角度的解釋來看，以單純的鑒賞態度去體味詩人的心境，才能從中轉換為可供愉悅的藝術情感。

　　當詩的意象昇華為情景交融的意境時，就是詩美的極致，才能追尋到一種蘊藉動人的藝術境界。

　　詩人也必須貼近自然、精微地體察自然，這將使我們的審美體驗大大地加強，而具有驚人的藝術力量。

—2024 年 3 月 24 日寫於台灣

33・別具一格的《銀河之蛙》　　　　◎林明理

　　陳銘堯（1947- ）是作家，也是詩人、藝術鑑賞家，今年十月他出版的《銀河之蛙》，實令人耳目一新。特別是他在詩集中穿插多幅自己的畫與名家呂佛庭先生的墨寶、莊明景的攝影之作，並以一種特有的哲思去觀照現實生活和自己的情感抒發。從表面看，他是個語言質感十分特別的詩人，假如用一句話來概括其人生種種：「獨愛孤獨詮釋人間冷暖而不習於墨守成規。」或許，這就是此書讓我更深入讀懂其深刻的哲理思考，給人一種驚嘆與新鮮感吧。

　　陳銘堯是藝術研究所畢業，自然接觸東西方當代藝術的作品較多，從此詩集不難看出他在藝術上的研究與探索，同時，也具備了堅實的藝術學養。美國詩人沃爾特・惠特曼（Walt Whitman，1819-1892）說過：「藝術之藝術，詞藻之神采，以及文學之光華皆寓於純樸之中。」這樣的話語在詩人陳銘堯的身上發生了令人難以置信的稀奇效應，如此書裡有一首〈於今何如〉：

星 野 —新詩、散文和評論—
The field under the stars

　　我從某處來
　　異鄉人般站立
　　微微底茫然
　　環顧這陌生的天地
　　其實更陌生的是自己

　　空掉了腦袋瓜子
　　被抽掉了筋骨肉
　　感到輕輕的搖晃
　　生出漂泊的悲涼意

　　想起去年江邊小立
　　那時還可憐一株老瘦樹
　　稀疏的枝條
　　沒剩幾片殘敗的葉

　　這時節，秋風中
　　它可還咧咧地搧響不？

　　詩歌使用的是一種帶有悲憫的詩人氣息的口吻，並帶有具象的嘲諷，調侃式的詞滙也道出了自己步入年邁的的悲壯氣氛與其生命潛能。從晚年期寫作風格來看，銘堯可說是一位勇於突破自己的詩人，或如其自喻：「作家如何從生命的痛苦和憂疑中掙扎、思考進而昇華，本來就不是簡單輕鬆的事情。」[7]這多半不是為了展示詩人永不衰竭的熱情，而是很概括，很凝煉地展示了詩人在詩歌上的精益求精，並嘗試讓散文詩與應有的意象營造的有機結合，因而寫出其獨具藝術特色的詩歌。

　　先看看出現在〈銀河之蛙〉首段的詩句：

　　　人性的複雜糾結，如一窪泥淖深陷。而銀河星系本就是個大漩渦。

　　這首裡面也出現了一連串詩人的聯想詞滙，「在比微塵還小的地球上，我這銀河之蛙，還敢遐想著跳躍嗎？」整首散文詩要傳達的，無非是詩人的一種孤獨的情緒，但這種情緒是通過歲月的更迭、宇宙的變遷與景物的移換，在恆大的空間與詩人內心的圖景之間，遂成了詩人有意

---

[7] 陳銘堯著，《銀河之蛙》，臺北，秀威出版，2024年10月，頁173。

二、詩評暨文學評論・Poetry review & Literary review ★

進行一項語言的創制,讓散文詩更有哲思的力度,也令讀者的心靈為之震撼。

　　事實上,在銘堯早期的詩作,往往也會使用不同於其他詩人常使用的詞滙,只不過這本詩集的整體寫作表現,乃是結合其藝術的美學策略使然。這其中要達到一種空前的力量與詩歌強度,是不易的。然而銘堯在〈夜臥松下雲,朝食石中髓〉文中的後記,就很輕易地借助了莊明景黑白攝影展中的一幅特別醒目的作品,並親題這幅畫題是出自李白的〈白毫子歌〉,並為此作的評述中流逸出這樣感人的語滙:「既有古詩人襟抱,又有現代太空遙望的詩情。」他為這幅攝影之作建立攝影與古典詩歌的關聯,也將藝術的聯想給予了讀者,因而加深了此攝影作品的莊嚴感,與某種孤獨的慨歎。

　　不妨再以〈舞哲〉一詩為例:

　　　　那麼肅穆的一張臉
　　　　一個沒有表情的表情
　　　　有如一個絕對純粹的哲學概
　　　　念
　　　　一幅不妥協的樣子
　　　　看起來也似乎絕決而純粹
　　　　一個那麼俐落的轉身
　　　　卻如毫不含糊的音階
　　　　在優美的旋律中
　　　　那麼順暢滑溜
　　　　滑動著……
　　　　迴轉著……
　　　　跳躍著……

　　　　她心中這樣唱著
　　　　唱著……
　　　　在她的人生中這樣轉著
　　　　轉著……
　　　　飛躍著……

刊臺灣《笠詩刊》,第 364 期,2024.12,頁 178-180。

　　這是這本詩集中最具有禪味的一首,雖然書裡有許多篇直接取用了散文詩的形式,但這首詩的每一次舞者的動作都深深打動了我。她跳

· 197 ·

星野 —新詩、散文和評論—
The field under the stars —Poems and prose & Essays—

躍的孤獨畫面彷彿嵌入了我的心靈，或者說，她不知轉了多少圈，跳躍了幾次，一個舞者的精神所強化的其實也是「無聲的孤獨」，而詩人的詩歌形式也結合了這種孤獨的強音。

　　初識銘堯，是在一場詩會上，自此，我有幸收到他寄贈的詩集，並感受到他對詩歌形式表現的大躍進。此部詩集更可凝結詩人對於散文詩這一命題本身的思考，換言之。這本《銀河之蛙》，成就了不同以往的陳銘堯，成為詩壇上的一個奇蹟，隔著數十多年的世間塵埃，仍不減其過人的風采。在我眼中，孤獨是其本質，詩歌是他在現世的漂泊中看透生命的一種獨特表現，也是他與現代美學、哲學確實存在著某種暗合。而如何使散文詩更加能夠彰顯銘堯兄孤獨的天性，這樣的藝術追求與衝動，在臺灣詩壇上的確別具一格；且他的浪漫情懷與對詩作的藝術張力也顯然持續增加中，值得稱許、祝賀。

—2024.10.21 作

▌34・細讀張智中的一本書　　　　◎文／圖：林明理

　　長年以來致力於中國詩詞的翻譯與教學的張智中教授，已出版編、譯、著一百二十餘部，並獲翻譯與科研獎項等多種，是廣受海峽兩岸好評的翻譯家。智中是土生土長的河南博愛人，是農民的兒子，因而熱愛詩詞的他始終懷有鄉土情懷；目前是天津市南開大學外國語學院教授、博士研究生導師，已將漢詩英譯提高到英詩的高度，也保有一顆赤子之心的審美情懷。

　　日前閱讀了智中寄來的一本早期的著作《毛澤東詩詞英譯比較研究》。全書

刊臺灣《更生日報》副刊，第364期，2024.12.21，及畫作3幅。

二、詩評暨文學評論・Poetry review & Literary review ★

體現的主要特點有：一是詩歌形式和翻譯策略的創新性，既有不拘其形，散文筆法，也有詩意內容，讀者盡可以遐想。二是將修辭格與意象、文化因素結合，並採取多樣的詩詞翻譯版本進行比較研究，大量考據，是他在更廣泛翻譯研究上的一種嚴謹的學習態度與其力圖通過史料勾勒出翻譯詩詞美學的情感概括。三是詩詞翻譯傳神的體悟與為詩作添增了思想深度。在大量的翻譯詩中，也包孕智中對詩詞創作的追求，確是此書的一大特色。

　　印象中，在近年來中國大陸的英譯詩詞發展上，鮮少有人像張智中一樣，時刻努力以赴，在英譯古詩的審美心理結構上產生如此傳神的翻譯風格；並能夠超脫世俗，靜觀自在。我還記得有首《五古・詠指甲花》詩云：「百花皆競春，指甲獨靜眠。／春季葉始生，炎夏花正鮮。／葉小枝又弱，種類多且妍。／萬草被日出，惟婢傲火天。／淵明獨愛菊，敦頤好青蓮。／我獨愛指甲，取其志更堅。」揭示了毛澤東偏愛枝葉弱小，卻能頑強生長的鳳仙花（亦稱：指甲花），顯見他在少年時代就含有深邃的思想及藝術表現。

林明理畫作：（蓮）、（帆影）、（晨曦）

　　但最令我感動的是，文本的最後一頁，張智中為此書寫了一首詩：

　　　晴川一片逍遙游，
　　　芳草常青伴左右。
　　　日出學海何處帆，
　　　烟波江上我不愁。

　　詩情濃郁，能彰顯張智中熱切求知、奮進的精神，也把持著與師長、同學在校園裡相守互勉的感懷，並多了點詩人為教育獻身的崇高感。

・199・

在我所認識的教師之中，智中是位對漢詩英譯與教學深深關注的學者。就像俄國大作家陀思妥耶夫斯基認為，意志力可以帶給我們能力、機智和知識。智中也是帶有堅強意志的詩人，他已通過生命的淬鍊，又以謙遜、博學的面貌呈現於廣大讀者面前。對我來說，他是一位可敬的友人，而其詩作也有一種自然之美，恰如日出的晨光，有著一種清新內斂的沉穩度，遂成為全書之中最獨特的音響。

―2024.9.8 寫於清晨

35・海涅的《新春集》評賞　　　　◎林明理

一、傳略

　　十九世紀最重要的德國詩人海涅（Harry Heine，1797-1856），是浪漫主義詩人，著有《詩歌集》、《德國宗教和哲學史概觀》等多部作品。他成長於猶太家庭，上中學時，便寫下了詩歌，而後輾轉到柏林學習，二十八歲獲得法學博士學位。他在二十四歲首次出版詩集，但三十歲出版的詩集《歌集》奠定了海涅的聲譽，自十九世紀 30 年代起，海涅的名聲開始在德國和歐洲傳開。

林明理畫作（此畫存藏於臺灣的「國圖」，「當代名人手稿典藏系統」。）

　　海涅在三十七歲時與一名鞋類售貨員米拉結婚，五十一歲時，不幸罹患多發性硬化症，幾乎癱瘓。但臥床不起的他，並沒有失去創作能力以及其幽默與激情，55 歲出版的最後一部作品，包括《盧苔齊婭》的兩部分；直到 59 歲卒於巴黎，葬在蒙馬特墓地，並立有海涅半身塑像。

在他生命的最後幾個月，有位來自布拉格的女崇拜者克里尼茲，曾多次拜訪，減輕了他的痛苦，但這種愛慕只存在海涅的精神層面。

二、詩作賞讀

海涅最廣為人知的一首詩《乘著歌聲的翅膀》，此詩大約寫於 25 歲，表達了他對愛情的渴望與嚮往；由音樂家孟德爾頌（1809-1847）為之作曲並通過音樂廣為人知。詩云：

　　乘著歌聲的翅膀
　　親愛的，請隨我前往
　　去那恆河的岸畔
　　世界最美麗的地方

　　那綻放著紅花的庭院
　　被安詳的月光渲染
　　玉蓮花在那兒等待
　　等待他心愛的姑娘

　　紫羅蘭微笑地耳語
　　仰望著滿天星辰
　　玫瑰花悄悄地傾訴
　　她芬芳的童話

　　那輕柔而愉悅的羚羊
　　停下來細心傾聽
　　遠方那聖河不變的
　　聖潔的波濤湧動

　　我要和妳雙雙
　　在那邊椰林中躺下來
　　品嘗著愛情和寧靜，
　　做著甜蜜幸福的夢

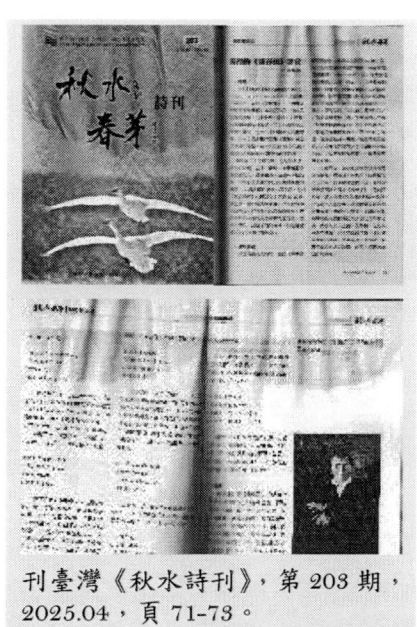

刊臺灣《秋水詩刊》，第 203 期，2025.04，頁 71-73。

由此可見，海涅的詩歌要求審美意象有餘韻，或者說，他的詩，行於優美詞彙之中，而具深遠無窮之味。而梁景峯教授譯注的這本《新春

星野 —新詩、散文和評論—
The field under the stars

集》，是海涅的第二部大詩集《新詩集》的第一系列，出版於一八四四年，深受德語文評界和讀者喜愛；詩創作的背景，是海涅在北海黑格蘭島渡假時獲知法國七月革命之後，內容有其人生觀、美學觀，包括大自然的變遷，個人的浪漫情感，也有愛情苦澀的喜樂；文字精煉、不晦澀，有著德國式的思想深邃，卻又伴隨著浪漫自由的風格。

如第一節末段：

> 好個駭人甜蜜的魔力！
> 冬天化作了五月，
> 雪變成繁花，
> 你的心又愛將起來。

將海涅在四十七歲出版的這本《新春集》的一系列詩歌與年輕時的詩進行比較，可以發現，中年以後的詩歌更能融情景於一家，此詩既有細膩深婉，又有純真自然，比以前更為「奇秀清逸」了。海涅的詩，也表現在「意在言外」的趣味。比如在第二節的末段中寫道：

> 夜鶯！我也聽見你了，
> 你吹笛吹簫喜怨交融，
> 長長的抽泣聲，
> 歌曲盡是愛意！

此詩看來詩人似乎表達自己渴望愛情的心境，帶有喜樂參半中的那種愁悵的意味，但把其思想感情融入所詠的愛意，全寫在結句，甚是絕妙。其次，海涅在語法上，善於將詩歌意象描摹、堆疊，或用修辭手法，讓其主觀感情帶有更浪漫、寂寞的抒情形象在詩句間時而隱匿、時而出現。如第三節首段：

> 春夜美麗的眼睛，
> 它們的俯視如此宜人：
> 如果愛情使你小氣，
> 愛情又會將你提昇。

雖然海涅生前才華橫溢，但因他人生的理想和對愛情的追求被現實的人生擊碎，所幸他並沒有自憐自哀，反而以詩抒發其孤獨，在他詩

二、詩評暨文學評論・*Poetry review & Literary review* ★

歌裡的悲觀與期望的情緒是顯而易見的。他始終在詩歌創作中期盼著將愛情昇華騰空，傳揚愛的禮讚的那一刻。如他在第十二節末段裡寫的：

> 唉，愛情甜蜜的困窘，
> 愛情苦澀的喜樂，
> 又含著天堂般的折磨
> 溜進我才復癒的心。

這是海涅為自己的浪漫情懷所作的詩歌，並反覆思辨愛情的真義。值得矚目的是這第十八節末段的一段文字：

> 我一直思念
> 妳的藍色眼睛；——
> 一片藍色思緒的海洋
> 傾注到我的心上。

因為它是海涅用自己的眼睛來審視自己的愛情，亦透露出其心中微妙的感情起伏與浪漫的個性。最後介紹的這首在第三十九節末段：

> 天上繁星飛馳而去，
> 好似在逃離我的苦痛——
> 珍重再見，愛人，在遠方，
> 任何地方，我的心都向你開花。

這段文字可以說是道出了詩人由愛引發出自己對愛情變幻的感慨與不悔的執著中的一種自我傾訴的對照。與其說，這是一本寫給讀者的，不如說這是海涅寫給自己最浪漫一面的詩集。

三、結語

《新春集》整體表現的是「愛情的幻變與渴望的喜悅」的深層意圖，海涅不僅利用其聽、觸、視的多種感覺，描繪了他憂傷、欣喜、渴望，又有點憂鬱的內心世界，使整部詩集呈現一個富有特色的浪漫抒情方式，其情感基調自然是欣喜多於憂愁的。所以在他逝世後迄今，讀來仍

很有滋味。這就是海涅的《新春集》在歷史上達到的藝術成就，也是他的詩篇為當代詩壇留下了精美的一頁的魅力所在。

―2024.10.26 作

36・從梵文轉移到研究東西方的經文比較文學觀念——以拉丁語、古希臘語、上古漢語為基礎的討論

◎林明理

如果將東西方的梵文看作宇宙中的天神在創造地球村時，所賦予人類最優美、最接近與創造者的語言表達能力，那麼，無論在地球的任何一角落，則可視為族群彼此不再孤立，甚或視作最終能在梵文學習的基礎上，產生出那種「語言交流」、「激起文化交融的火花」可能的關鍵所在，從而衍變出在人類性靈與信仰之間能風靡全球的一種另類的比較文學。

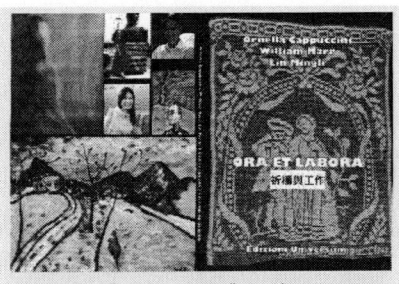

刊臺灣《秋水詩刊》，第 203 期，2025.04，頁 71-73。

在國際宗教、科學與人文學界，從研究梵文教義，進行梵文專門研發者，不乏其人。在諸多研究者中，有的從拉丁語和古希臘語的梵文開始，然後轉向古漢語（Shànggǔ Hànyǔ）方面的文獻著手，也大多發表了一些研究所得。

林明理畫作（此畫存藏於臺灣的「國圖」「當代名人手稿典藏系統」。）

而我是基督徒，卻偶得星雲大師生前相贈經書，基於研究的精神使然，得以深入貼近整部《金剛經》的本然面貌，卻也獲得不可思議的感

二、詩評暨文學評論・*Poetry review & Literary review* ★

動。因為,《金剛經》是初期大乘佛教的代表行經典之一,也是般若類佛經的綱要書;此書的各種注疏問世後,在世界上已成為可貴的妙典之一。

　　當我乍看之下,實不易索解;但我悉心研讀,明白其經文裡索解後,方知道,這是一部能明澈身心的寶典。此書有許多菩提和世尊問答的故事,出神入化,是一部開啟智慧的語錄。此外,我也讀過梵文的《摩訶般若波羅蜜多心經》,也是一本教誨人心向善、累積功德的讀本。

　　相較於西方比較語言學者們所研究梵語的文獻中,他們普遍認為,梵文和拉丁語一樣,都是一種學術與宗教性質的專門語言;在古代,是高僧、貴族、國王等與天神的交流語言。而在東方學者大多強調,梵文字,是天上的神仙所用的文字,內容極為神奇,也是人類共有的寶藏。

　　筆者認為,如果能夠拋開東西方文化和宗教信仰的差異,我們可以專門討論帶有梵文的古代經文以及拉丁語、古希臘語等現代西方文獻中的詩意特徵,然後再進一步深入研究中國古代梵文的脈絡。

　　如此,應可以逐漸理解,近四千多年以來隨之崛起於國際間的語言發展史與梵文之間的聯繫關係。而我已理解到,從梵文與古老語言的連結關係與研究,是非常之重要的。

刊臺灣《金門日報》副刊,2024.07.28.及畫作1幅。

——2024年3月1日寫於台灣

星野 —新詩、散文和評論—
The field under the stars

▍37. 真情與哲思的交融——讀《祈禱與工作》

◎圖／文：林明理

今年初夏，義大利出版家喬凡尼·坎皮西對《祈禱與工作》這部義大利語、中文、英語合著的詩集進行校理、翻譯，並在其宇宙出版社出版，再度博得了詩界的關注。更讓我欣喜的是，我也是著者之一，而其他二位，都是國際知名詩人和作家。

出生於羅馬的奧內拉·卡布奇尼（Ornella Cappuccini），曾獲義大利共和國功勳騎士、博洛尼亞大學（University of Bologna）塞利努斯歐洲科學與文學分校榮譽文學博士學位。九十多歲的奧內拉，又一部用她的心血孕育的詩稿以饗讀者，著實令人敬佩。她的詩，純潔樸實，富有神性的光芒和哲理，也充滿獨特的藝術境界和美麗的想像。比如（羅馬，永恆之城！）一詩：

　　從星星的錨
　　到天使之巢
　　從特拉斯提弗列
　　到泰斯塔喬的音樂會
　　從 卡拉卡拉
　　到聖天使城堡，
　　藝術、音樂和詩歌
　　你把歌曲鍍上了銀，
　　永恆之城，親愛的，
　　我可愛而虔誠的土地！

詩裡不僅有著奧內拉對生養的土地懷著真摯純潔的愛，在她眼中的羅馬，無論是山丘、名城，教會、城堡，或是神殿、音樂會，一草一木都染上了迷人的藝術色彩，筆下的意象也就非凡地呈現出具有生命力的情調。尤

刊臺灣《更生日報》副刊，2024.09.07，及書介，林明理畫作1幅。

二、詩評暨文學評論・Poetry review & Literary review ★

以最後一句作者讚道:「我可愛而虔誠的土地!」描繪出了詩裡的溫柔與她對上主虔誠的形象。

另一位作者是美國詩人非馬(William Marr,1936-),生於臺灣,威斯康辛大學核工博士學位,在美國芝加哥定居,曾任伊利諾伊州詩人協會會長。他的詩題材很廣,具有思想性和繁複的迷人意象。如〈蚱蜢世界〉,就從詩人純真的心靈中折射出獨特的藝術魅力,也給讀者帶來無比的歡樂:

奮力一躍
發現頭頂上
還有一大截自由的空間

頓時 鬱綠的世界
明亮開闊
壓抑不住的
　　　生之歡愉

此起彼落
　　　彈性十足

讀到這兒,可以看出,詩人大多是運用象徵、比喻等藝術手法,熱烈地謳歌美好的事物,使詩句更具可感性。再看我寫的這首〈春雪－致吾友張智中教授〉:

1.

在遠方,那雪景我窺視激越,
它遮蔽彩虹和天梯的距離,恰似
白羽的孔雀,二月的春雪。

2.

昨夜,當大地睡熟了。
雪原就飛入你詩意的眼睛,還是
那樣使人目不轉睛,一切未變。

3.

噢，春雪，你是夢幻的雲朵，
任誰也譜不出你的清音和笑意，
如同為你祝福的星辰。

任教於南開大學外語系博士班導師的友人張智中教授是位博學多聞又熱愛詩歌的學者，有幸與他合著《詩林明理——古今抒情詩 160 首》，從而完成了此詩的創作。

記得日本作家村上春樹曾說：「每個人都有屬於自己的一片森林，迷失的人迷失了，相逢的人會再相逢。」正是這樣，我從閱讀中看到其他兩位詩人表現獨特的人生智慧，可以說，它是激發我繼續創造詩的因素，更期待這部詩集在詩壇上放出光彩。

—2024.04.30.

三、
新詩近作
Recent works of new poetry

星野 —新詩、散文和評論—
The field under the stars

01・悼土耳其強震[1]

◎林明理

1.
金色古堡
　　在霜冷的大地上
　　　轟然傾倒，

風　為變色的山河
　　消逝的萬物
　　　　瘖啞……

哀鬱的天空
　　和神父們
　　　　保持靜默。

2.
我遠遠地聽到
一個土耳其男人說：
「我女兒的小手
——還在瓦礫裡」

夜寂寂
　　死亡的腳步
　　無聲無息

3.
主啊，請祢垂憐
　　受難者在角隅
　　　慄鳥在廢墟

地鳴震撼百里，
　　天使的歌聲
　　讓月亮裹足不前

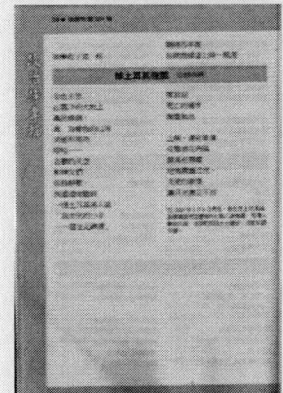

刊臺灣《笠詩刊》，第354期，2023.04，頁24。

－2023.02.22 作

---

[1] 2023年2月6日清晨，發生在土耳其南部接壤敘利亞邊境的七點八級強震，死傷人數逾五萬、建築物倒塌十分嚴重；因而以詩祈禱。

三、新詩近作・Recent works of new poetry

02・寒夜的奇想

◎林明理

1.
當午夜狂雪遠逸,
覆蓋楓樹的光澤
與甜夢,風不再咆嘯,
只有回憶帶著我繼續飄翔,
引我期待些什麼。

當愛輕叩窗櫺的時候,
它就像上天的賜福,
崇高而美好,
像突如其來的吻,
驚喜卻豪不做作。

2.
我根本不想理解,
它為什麼總是來去無蹤?
因為,當愛歸來的時候,
它就像涓涓不息的小河,
你可以選擇追隨,——

卻無法改變它原有的渠道,
而我很清楚,
愛,有時像鴿子,
那咕咕聲,來自喜悅,
來自遠方迢遙的窗口。

—2023.01.08.

刊臺灣《笠詩刊》,第354期,2023.04,頁55。收錄義大利宇宙出版社出版的三人合集詩集《埃內斯托・卡漢,薩拉・錢皮,林明理和平詩選》(義英對照)(Italian-English),《Carmina Selecta"("Selected Poems") by Ernesto Kahan, Sara Ciampi, Lin Mingli Peace-Pace》,2023.11出版,頁80,張智中教授英譯。

Cold Night Fantasy

◎Lin Mingli

1.
When the midnight snow flies far away,
Covered is the sheen of the maple trees
And the sweet dream; the wind howls no more,

星野 —新詩、散文和評論—
The field under the stars

And only memories take me in the continuous flight,
Leading me into some expectation.

When love taps on the window sills,
It is like a blessing from heaven,
Sublime and beautiful,
Like a sudden kiss,
Surprising and unpretentious.

2.
I don't want to understand it,
Why does it always come and go without a trace?
For, when love returns,
It is like a babbling river.
You can choose to follow it ——

But its original channel cannot be changed,
And I know it very well.
Love, sometimes like a dove,
The cooing, out of joy,
From a dim and distant window.

(Translator:南開大學 張智中教授 Professor Zhang Zhizhong, Nankai University)

03・永懷星雲大師[2]

◎林明理

今夜，繁星中的您
像白鷺飛向湖邊
在皎潔的殿宇裡
超凡而欣喜——

您的話語
有禪悅中的慈悲

林明理／繪（此畫存藏於臺灣的「國圖」特藏組，臺北）

---

[2] 星雲大師（1927-2023），出生於江蘇省江都一個純樸的農家，出家後，信奉佛祖，決志弘法，不遺餘力，其願力堪與日月爭輝。他奉獻一生，無悔無私，享年九十七歲。僅以此詩對大師表達最深切的追思與敬意。

三、新詩近作・Recent works of new poetry

落在喜樂國亮閃的
花朵和朝露上，
都如此自然

仰望您——心懷眾生
為弘法所付出的慷慨
在十萬億土之外
必有您崇高的光芒

刊臺灣《秋水詩刊》，第 196 期，2023.07，頁 35。

林明理詩畫刊臺灣《人間佛教》學報藝文雙月刊，第 49 期，2024.01，頁 321。

—2023.02.07 作

04・在匆匆一瞥間

◎林明理

黃昏的海鳥拍動著寒意…
我們的腳步聲
恍若越過潮汐和許多山峰，
從紅牆的迴廊樹蔭，
到落日睩著銀藍的眼瞳。

我好想停在山的高處，
像馬兒豎起耳朵——
聽聽朝向彼端海岸的天空，
然後一派輕鬆地…
…親近了你，這就是我。

—2022.05.27.

星野 —新詩、散文和評論—
The field under the stars

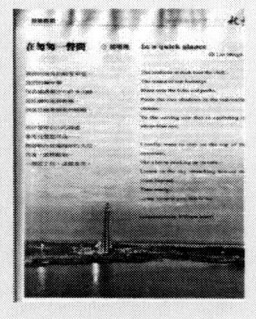

刊臺灣《秋水詩刊》，第 196 期，2023.07，原譯：非馬，頁 83。收錄義大利宇宙出版社出版的三人合集詩集《埃內斯托・卡漢，薩拉・錢皮，林明理和平詩選》（義英對照）(Italian-English)，《 Carmina Selecta" ("Selected Poems") by Ernesto Kahan, Sara Ciampi, Lin Mingli Peace-Pace》，2023.11 出版，頁 78。

In a quick glance   ©Lin Mingli

The seabirds at dusk beat the chill...
The sound of our footsteps
Rises over the tides and peaks,
From the tree shadows in the red-walled cloister,
To the setting sun that is squinting its silver-blue eye.

I really want to stay on the top of the mountain,
like a horse pricking up its ears—
Listen to the sky stretching toward the coast beyond,
Then easily...
...stay close to you, this is me.

—2022.05.27.

原譯：非馬（Translator: Dr. William Marr）

---

*以色列醫師詩人 Prof.Ernesto Kahan 2023 年 9 月 24 日週日於下午 5：32 Mail to Mingli：

This is the translation of your suggestive a beautiful poem（這是妳的一首美麗詩的翻譯）

此詩的西班牙文翻譯：

Las aves marinas al atardecer vencen al frío...
El sonido de nuestros pasos
se eleva sobre las mareas y los picos,
desde las sombras de los árboles, en el claustro de paredes rojas,
al sol poniente que entrecierra los ojos azul plateado.
Tengo muchas ganas de quedarme en la cima de la montaña,
como si fuera un caballo que aguza las orejas,
escucha al cielo que se extiende hacia la costa y más allá,
y entonces fácilmente...
Se mantiene cerca de ti, ese soy yo.

—2022.05.27.

05・星夜

◎林明理

這麼多
流星雨

掠過古老山脈
雪花般
晶亮

沒人曉得
它跋涉的路徑
只有透露的風聲

讓我
浮想聯翩

刊臺灣《笠詩刊》，第 355 期，2023.06，頁 73，非馬（馬為義博士）原譯。

—2023.04.08.

Starry Night

◎Lin Mingli

so a heavy
meteor shower

passing over the ancient mountains
like snowflakes
shining bright

no one knows
its long treks
only the revealing wind

gives me
imagination

（Translator: Dr. William Marr，非馬譯）

星野 —新詩、散文和評論—
The field under the stars

▌ 06・思念似雪花緘默地飛翔　　　　　　　　　　◎林明理

　　思念似雪花緘默地飛翔
　　從地球彼端
　　沿著一條直線
　　穿越長長的山巒和河水
　　來回走動
　　引我期盼
　　就這樣把它迎進了門窗

　　我是顆渺小的水滴
　　自我耽溺於
　　一片廣闊的天空
　　當我緩緩地搖晃
　　落在大雪漫天的夜晚
　　啊，我想要歡呼
　　有什麼比得上你強大的靈魂
　　和那神采奕奕的光芒

刊臺灣《秋水詩刊》，第 197 期，2023.10，頁 90，原譯：非馬。-收錄《埃內斯托・卡漢，薩拉・錢皮，林明理 和平詩選》（義英對照)(Italian-English)，《Carmina Selecta" ("Selected Poems") by Ernesto Kahan, Sara Ciampi , Lin Mingli Peace-Pace》，義大利：Edizioni Universum〈埃迪采恩尼大學〉，宇宙出版社，2023.11 出版，頁 64。

　　　　　　　　　　　　　　　　　　－2022.12.27 作

Thoughts fly silently like snowflakes　　　◎Lin Ming-Li

　　Thoughts fly silently like snowflakes
　　from the other side of the earth
　　along a straight line
　　Through long mountains and rivers
　　back and forth
　　lead me to look forward to
　　and welcome them into my door and window

　　I am a tiny drop of water
　　self-indulged
　　in a vast sky
　　when I shake slowly
　　In the snowy night
　　ah I want to cheer

三、新詩近作 · Recent works of new poetry

there is nothing like your strong soul
and that radiant light

(Translator: Dr. William Marr，非馬譯)

---

*2022 年 12 月 29 日週四於下午 4:55 義大利詩人 Giovanni Campisi MAIL 中，以義大利語翻譯此詩如下：
Hi Mingli,
I am sending you the Italian translation of your poem.
A warm greeting

Giovanni

I pensieri volano silenziosi come fiocchi di neve ◎Lin Ming-Li

　I pensieri volano silenziosi
come fiocchi di neve
dall'altra parte della terra
lungo una linea retta.
Mi portano avanti e indietro
attraverso lunghe montagne e fiumi
ad aspettarli con ansia
e ad accoglierli alla mia porta
e alla mia finestra.

Sono una minuscola goccia d'acqua
che si compiace
in un vasto cielo
quando mi agito lentamente.
Nella notte nevosa
Ah! voglio allietarmi:
non c'è niente come la tua anima forte
e quella luce radiosa

(Traduttore: Giovanni Campisi)

---

*2022 年 12 月 26 日週一以色列醫師詩人 Prof. Ernesto Kahan Mail 下午 10:01
My dear Mingli, we are not in contact since a lot of time. Today is 26 of December, many people are celebrating XMS and in few day we will be in the next year 2023. I wish you a beautiful time, health, love and a continuation of poetry and painting creation. I hope to meet you and to renew our lovely friendship.
Attach some of my last apintings

Ernesto

星野 —新詩、散文和評論—
The field under the stars
Poems and prose & Essays

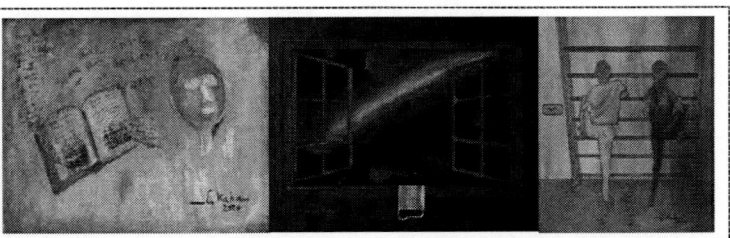

*2022 年 12 月 28 日週三於下午 11:21，我傳出此詩給吾友 Ernesto 後，立即收到他的電郵：
Beautiful and lovely poem!
Thanks Mingli

　　　　　　　　　　　　　　　　　　　　　　　　　　　　Ernesto

✦✦✦

07・月河，恰似傳唱千年的詩曲　　　　　　　　◎林明理

1.

我會愛，愛上京杭運河的波光粼粼，每朵蓮花氤氳迷濛。

我的依戀帶著意想不到的歡愉，在微雨的石板路廻轉。

而妳，雙手指向四面如海似的河濱，恍惚中，我聽到了秋蟬的戀曲……妳的明眸，在天空底下，是何等光燦奪目。

刊臺灣《秋水詩刊》，第 197 期，2023.10，頁 81。此詩獲 2023 年八月，【月河・月老杯 愛情詩大賽】，優等獎。

2.

我會愛，愛上妳的歌，忽隱忽顯……盡是愛意。

我的羞澀帶著初戀重逢的記憶。相依的柳樹，輕輕撫弄著妳的髮絲。

而妳的眼睛在說話，恰似傳唱千年的詩曲。

三、新詩近作 · Recent works of new poetry ★

月河，這名字像歌唱的聲音，響在天宇之間……又像一行白鷺，在暮晚的霞空中，驚鴻若夢。

3.

我會愛，愛上妳的琴聲和祈禱。

音和動人的笑顏，都帶著一股獨有的堅強，如同母親。

而我飛越海峽千里，去看望妳。街巷的紅燈籠，高低錯落。星星為妳鋪床，風兒依舊傳遞著拱橋的細語。

而妳，腳步輕盈，就像個森林皇后，通往星辰的征途。

4.

我會愛，愛上妳為了擁抱夢想，勇敢去創造一座明淨、溫暖的城市。

老街是那麼平靜，舊民居是那樣熟悉，岸邊的紅船，緩緩隨波漂動。

而我是如此愛妳，各種聲響，處處溫潤的味道，是我心靈的歡呼。

我想寄給妳，以充滿友情的琴聲，頌揚妳的純真。再一次端詳妳，碧色的身影。

5.

我會愛，愛上妳那略帶詩意，又一切未變的眼睛。

雖然祝福在心中，天涯太遙遠。我想寄給妳，寫在潔淨的白雲深處。

當妳的眼睛逮住海角的那朵雲，妳將讀懂我唱出的所有秘密。

能否說：「妳讓星空更湛藍，水更清。」當時間與我的記憶碰撞，妳讓我陷入了永恆的愛戀。

6.

我會愛，愛上與妳相遇的每一刻，愛上這座光榮而又隱藏在鬧市的古鎮。

愛上一杯香茗、居民的良善和堅韌，碧水透明潔亮，歌聲裡的芬芳。

星野 —新詩、散文和評論—
The field under the stars

愛上與妳騎車，水光閃閃。畫糖人的話音，古老的河閃爍著朝氣的光，還有妳溫柔的叮嚀，從海峽向長江三角洲飄蕩。

7.

那麼就再會了，月河。再見了，白牆灰瓦的古建築，也有寂靜又撫慰人心的力量。我將帶著這片活風景，搖晃在航向妳的海面上。

—2023.05.27 作

08・走在砂卡噹步道上

◎林明理

1.
走在砂卡噹步道上，
徐徐鋪展的歷史文字，
是盛開的野百合。

美麗的白鶺鴒，
還有迢迢遠方的
潺潺鳴響，
像是訴說著
無數勇士的故事。

2.
徜徉在中橫公路，
燕子母親們
在我頭頂的上空盤旋，
一隻大冠鷲的鳴叫，
是最詩意的回聲。

哦，所有的蟲鳥
都聽見我親切的問候，
知我喜歡太魯閣的黎明。

—2023.06.27 作

刊臺灣《笠詩刊》，第 356 期，2023.08，頁 97。

臺灣《更生日報》副刊，2024.09.15。

三、新詩近作 • Recent works of new poetry

09・黃昏在鶴岡村一隅

◎林明理

當田野間溢出一片新綠與金黃
我看到閃亮的果實和野鳥
族民正在忙著打理文旦
準備裝箱出貨　一派豐收景象

我緬想，那些悉心耕種的族民
得挺過多少風風雨雨
才能嘗到甜美豐收的滋味
我看到了，鶴岡村閃爍著
翠色光輝，如此美好。

刊臺灣《笠詩刊》，第 356 期，2023.08，頁 97。

10・在星空之間──給 Prof. Ernesto Kahan[3]

◎林明理

天空最遙遠的那一片雲
有我無數次問候你的依戀。
你捎來的信息，你無限感傷的詩句，
讓整個星空鑲了金框，天使含淚！

---

[3] 我最尊榮的以色列友人 Prof. Ernesto Kakan 曾是諾貝爾和平獎得主、教授、世界詩人大會的副主席，曾經多次獲邀來台演講。他在 2017 年 4 月 6 日被授予學術研究和科學查理曼的「榮譽之騎士」"Knight of Honou" from Academic Institution Research and Scientific Charlemagne on April 6,2017。昨天，他親身歷經了以巴戰爭，倖存後，目前的他，正在醫院等候治療其脊椎受損的大手術前，以電郵寄來他的英詩（The surviving kidnapped people are now waiting for you ）（倖存的被綁架者正在等你們），因而有感而作。

・221・

星野 —新詩、散文和評論—
The field under the stars
—Poems and prose & Essays—

讓我輕輕走向你窗前…
當你正等待手術與面對生死關頭之際，
天幕似乎開啟了一絲微微的光線，
有如主耶穌傾聽我殷切的祝禱。

—寫於 2023 年 10 月 16 日

刊臺灣《金門日報》副刊，2023.10.26，及林明理與 Prof. Ernesto Kahan 合照 1 張。
刊義大利 Edizioni Universum〈埃迪采恩尼大學〉《國際詩新聞》〈International Poetry News〉IPN，2023.10.16，及林明理英文簡介、照片。

---

*2023 年 10 月 26 日週四於下午 1:09 Ernesto 看到此報後 mail
Dear Mingli,
We are real brother – friends

Ernesto

*2023 年 10 月 26 日週四於下午 9:28 Ernesto Mail
With your precious message, dear Mingli, I create 2 Clasic Trovas in Spanish and English (4 lines, 8 syllabs each line and Rhyme ACBD)
En el caótico mundo,
nuestro afecto muy tenaz
que es de poesía oriundo,
pide al ser, la luz, la paz...

三、新詩近作・Recent works of new poetry

In such evil chaotic world
our superb and nice connection
from a lovely poetry born
Ask for light and peace attention
Love,

              Ernesto

Between the Stars: To Prof. Ernesto Kahan   ©Lin Ming-Li

 The farthest little cloud in the sky
 have my attachment of greeting you countless times.
 You brought messages, your particularly sentimental poem,
 Let the entire starry sky be framed with gold, and the angels be in tears!

 Let me walk gently towards your window...
 As you await surgery and face the journey of life and death,
 The sky seems to have turned on a faint light,
 As if the Lord Jesus listened to my fervent prayers.

              —2023.10.16

11・給永恆的摯友──非馬

 世界因有你，而燦然光亮。
 人間有了友誼，就有了美好的分享，
 沒有孤單。
 而我們在詩林中
 一起留下了足跡，
 真摯的，無邪的，歡笑的，
 從臺大校園到高雄西子灣口，
 溫雅的影子比白雲高潔，
 讓我穿過海峽的眼神
 飽含思念與期盼。

林明理，陳若曦，非馬（馬為義博士），於 2010.12.02 台北世詩會

星野 —新詩、散文和評論—
The field under the stars

To My Everlasting Friend Feima
◎Lin Ming-Li

Our world shines brightly because
of you.
With friendship in the world, there
will be beautiful sharing,
No loneliness.
In the forest of poetry
We are leaving footprints together,
Sincere, innocent, joyous,
From the campus of Taiwan
University to Kaohsiung West Bay,
Our silhouettes are higher and purer than the white clouds,
My cross-the-strait gaze
Is filled with longing and admiration.

(Translator: Dr. William Marr)

刊臺灣《笠詩刊》，第 357 期，2023.10，頁 69，原譯：非馬。

12・愛無畏懼
◎林明理

愛，無需冠冕堂皇的
道理
或虛偽的正義
我清楚地知道
當我離世
我會記得
那些我曾開車兜風
經過的大海 溪流
或雲朵的微笑
我會記得

生命的脆弱與堅強
走過的高低起伏
以及真正的渴望

中英詩刊臺灣《秋水詩刊》，第 198 期，2024.01，頁 70，原譯：非馬。

三、新詩近作 · Recent works of new poetry

來自心靈的平靜
和樂　就能溫暖
至於愛
只要順著平行的維度
沒有猶豫，因為
猶豫容易敗北
愛是光亮，是一切

—2023.03.10 作

Love without fear　　　　　　　　　　◎Lin Ming-Li

Love doesn't need to be fancy
reason
or false justice
I know very well
when I die
I will remember
those who used to drive
passing sea stream
or cloud's smile
I will remember

fragility and strength of life
ups and downs
and a real desire
peace of mind
Harmony can be warm
as for love
Just follow the parallel dimensions
no hesitation because
Hesitation is easy to lose
Love is light and everything

(Translator: Dr. William Marr)

星野 —新詩、散文和評論—
The field under the stars

13・寫給被恐怖份子綁架的以色列孩童的歌

讓星星
撒給你們
鑽石般的露珠

請上帝許諾
讓你們的小手
在父母身邊長留

天黑時
請別讓你們啜泣了
這就是我為你們寫的歌

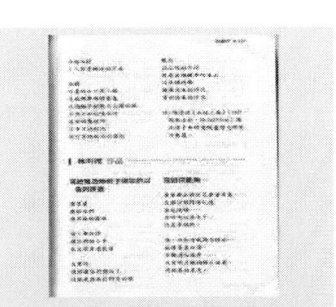

刊臺灣《笠詩刊》，第358期，2023.12，頁117，原譯：非馬（Dr. William Marr）。

—2023.10.16 作

A song for Israeli children kidnapped by terrorists ◎Lin Ming-Li

Let the stars
Scatter on you
diamond like dewdrops

Ask God to promise
Let your little hands
Stay with parents forever

When it gets dark
Please don't make you cry
This is the song I wrote for you

—2023.10.16.
(Translated by Dr. William Marr)

*2023 年 10 月 15 日週日於下午 9:40 Ernesto MAIL
Este poema, mi querida Mingli, es grandioso
GRACIAS

Ernesto

三、新詩近作 · Recent works of new poetry

14・我如何能夠…

層層舞弄的浪花帶著寒意，
在潮汐間閃現記憶
激起漣漪——
在時光的蒼老中，
仍是幸福的。

噢，我如何能夠忘懷妳…
就像蒼蒼白濤，
不斷湧向彼岸——
只有明月馳過那片湛藍，
同欽慕的星光。

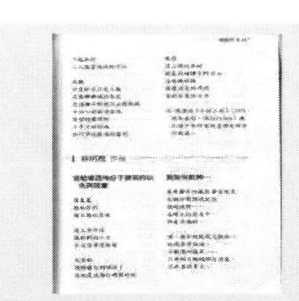

刊臺灣《笠詩刊》，第 358 期，2023.12，頁 117，原譯：非馬。收錄義大利宇宙出版社出版的三人合集詩集《埃內斯托・卡漢，薩拉・錢皮，林明理和平詩選》（義英對照）(Italian-English)，《Carmina Selecta" ("Selected Poems") by Ernesto Kahan, Sara Ciampi , Lin Mingli Peace-Pace》，2023.11 出版，頁 76。

—2023.10.08 作

How can I...

©Lin Ming-Li

The layers of dancing waves with chill,
Flash memories between the tides
And the stirred-up ripples—
In the aging of time,
They remain lucky.

Oh, how could I forget you…
Just like the vast white waves,
Continuously surging towards the other shore—
Only the bright moon
Gallops past the azure blue,
And the admired starlight.

(Translated by William Marr)

15・濁水溪星夜

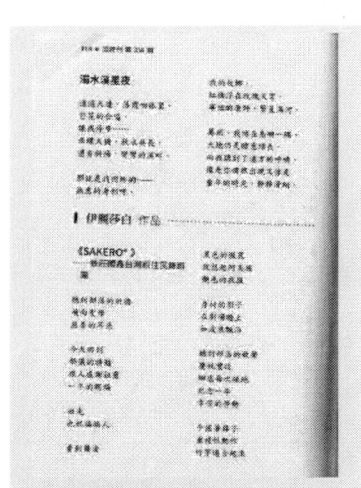

遠遠天邊，落霞吻孤鶩，
芒花的合唱，
讓我停步……
西螺大橋，秋水共長，
還有斜陽，彎彎的溪畔。

那就是我回眸的——
熟悉的身影呀，
我的故鄉，
紅橋浮在玫瑰天穹，
寧謐的原野，繁星滿河。

驀然，我站在島嶼一隅，
大地仍是睡意綿長，
而我聽到了遠方的呼喚，
像是你悄然出現又像是
童年的時光，靜靜滑翔。

刊臺灣《笠詩刊》，第358期，
2023.12，頁118，原譯：非馬。

—2023.09.19 作

Starry Night at Zhuoshui Stream　　　◎Lin Ming-Li

Far away in the horizon, the setting sun kisses the wild ducks,
The chorus of miso flowers,
Let me stop...
Xiluo Bridge and the autumn water grow together,
There are also the setting sun and the winding creek bank.

That's what I look back on -
A familiar figure,
my hometown,
The red bridge floats in the rosy sky,
The tranquil wilderness and the river full of stars.

Suddenly, I stood at the corner of the island,
The earth was still sleepy,
And I heard the call from afar,

三、新詩近作 • Recent works of new poetry ★

It's like you appeared and
The childhood gliding by quietly.

(Translator: Dr. William Marr)

16‧為義大利詩壇樹起了一面精神昂揚的旗幟——寫給《PEACE》詩集[4]

◎林明理

我知道這世界
有時很荒誕，有時很溫柔
但我從不感孤獨
因為在遠方，有你
遞來一曲曲吹奏的詩歌
它讓無邊無際的愛
貫穿於山川一切
從海的那邊到來

林明理此畫存藏於「國圖」，臺北市。

—2024.01.18 寫於台灣

林明理畫作（此畫作典藏於臺灣的「國圖」【當代名人手稿典藏系統】，臺北市）

---

[4] 承蒙義大利詩人、出版家 Giovanni Campisi 在去年底主編這本英義的雙語詩集《PEACE》，讓三位作者都得以唱出一曲曲感人心弦的歌。特別是詩人 Prof. Ernesto Kahan 飽經戰爭及病痛的磨難，仍毫不畏懼地寫出了引人動容的詩句：「We are the critical mass，／Nothing can stop us.」，揭示其生命的真諦，心靈高貴而又不凡。而另一位作者義大利女詩人 Sara Ciampi 也寫出了比過往更為有力的新作；比如她的新作(Refugees)，更具有開創性及悲憫的精神。能與他們合著此書，不但給喜歡閱讀詩歌的讀者打開一個眺望世界的窗，也能感悟人生與愛情的優美境界。因而，我為此詩集萌生了感恩，也願它在義大利詩壇上放出光彩。

· 229 ·

星野 —新詩、散文和評論—
The field under the stars

Raising a high-spirited banner of the Italian poetry world: for "PEACE" poetry collection[5]

©Lin Ming-Li

I know this world
Sometimes it's absurd, sometimes it's gentle
But I never feel lonely
Because in the distance, there is you
Handing over a piece of poetry played in the wind
It makes boundless love
Through the mountains and rivers
Coming from the other side of the sea

—Written in Taiwan on January 18, 2024
(Translated by Dr. William Marr)

刊義大利《國際詩新聞》International Poetry News，2024.01.18，漢、英、義語，林明理畫作4幅及照片、義大利合著新書《PEACE》封面，喬凡尼 Giovanni Campisi 翻譯為義大利語，非馬 Dr. William Marr 原譯。

---

[5] Thanks to the Italian poet and publisher Giovanni Campisi, who edited this English-Italian bilingual poetry collection "PEACE" at the end of last year, the three authors were able to sing touching songs together. In particular, poet Prof. Ernesto Kahan suffering through war and illness, but he is still fearless and has written a touching poem: "We are the critical mass,/Nothing can stop us.", revealing the true meaning of his life. The soul is noble and extraordinary. Another author, the Italian poetess Sara Ciampi, has also written new works that are more powerful than the past; for example, her new poem (Refugees) is more groundbreaking and compassionate. Being able to collaborate to write this book with them not only opens a window to the world for readers who like to read poetry, but also allows them to understand the beautiful realm of life and love. Therefore, I feel grateful for this collection of poems and hope that it will shine in the Italian poetry world.

三、新詩近作 • Recent works of new poetry

*2024 年 1 月 18 日週四於下午 6:15 MAIL

Ciao Mingli,

grazie mille per il tuo articolo che ho molto apprezzato è posto nel mio IPN.
Prima di spedirlo agli altri, dimmi se vuoi cambiare qualcosa.
Un caro salute

　　　　　　　　　　Giovanni

刊臺灣《金門日報》副刊，2024.02.14，及畫作 1 幅。

17・致埃內斯托・卡漢和他的詩畫[6]　　◎林明理

沒有比你的博雅更值得讚譽的，
也沒有什麼比我們的友誼更真摯的。

我會記牢你的微笑，那些詩畫
與眼裡的光耀，也將納入銀河⋯
我靜靜的想念與祝福。

　　　　　　　　—2024.01.25 寫於臺灣

---

[6] 今年一月底一個和平的早晨，我的摯友 Prof. Ernesto Kahan（埃內斯托・卡漢）遠從以色列傳來一則獲獎的訊息，並特別貼上一幅他的油畫（詩篇）。此畫裡呈現出浩瀚星辰中的光點，有一種最深沉、最潔淨靈魂的自我表現，著實讓我又驚又喜，遂而想起與他相識的每一個回憶。他時刻不忘世界因戰爭的折磨而推廣和平的初心，也在醫學以及詩畫領域創造出不凡的成就。因而，僅以此詩畫回贈，並致上我的敬意。

星野 —新詩、散文和評論—
The field under the stars

To Ernesto Kahan and his poems and paintings[7]   ◎Lin Ming-Li

There is nothing more worthy of praise than your arts,
There is nothing more genuine than our friendship.

I will remember your smile, those poems and paintings
And the brilliance in the eyes will also be included in the galaxy...
My silent longing and blessing.

—Written in Taiwan on January 25, 2024
(Translated by Dr. William Marr)

Ernesto Kahan*2024 年 1 月 25 日週四於下午 7:33 MAIL Ernesto 的詩，收存於書

Mingli
　　　　By Ernesto Kahan©2024

Mingli is my wonderful friend,
such a poem that is herself,
been on my way
like beautiful naive art,
poetry and presence.
Forever...Forever light...
Mingli es mi maravillosa amiga,
tal poema que es ella misma,
estado en mi camino
como hermoso arte ingenuo,
poesía y presencia,
de siempre... Por siempre luz...

　　　*2024.01.25 Mingli mail to Ernesto

刊義大利《國際詩新聞 IPN》，2024.01.25，及林明理詩畫，Prof.Ernesto Kahan 的畫作、獎狀，作者合照 3 張，及 Ernesto 的贈書，由美國詩人非馬（Dr. William Marr）原譯，喬凡尼·坎皮西（Giovanni Campisi）主編，以義大利語翻譯此詩。

---

[7] On a peaceful morning at the end of January this year, my dear friend Prof. Ernesto Kahan sent a message from Israel about winning an award, and attached a poem to a piece of his oil painting. This painting presents light spots among the vast stars, a self-expression of the deepest and purest soul, which really surprised and delighted me, and reminded me of every memory I had with him. He never forgot his original intention to promote peace in a world tortured by war, and he also created extraordinary achievements in the fields of medicine, poetry and painting. Therefore, I am sending him this poem and painting with my respect.

三、新詩近作 • Recent works of new poetry

18・我要回到從前

◎林明理

我要回到從前
然後——
讓時間在那裡用夕陽織成
雲海，比夕陽更美的
是目所能見的瞬間

那守望著最心痛的臉
在暮色底下
我的思念啊！……
忽而從旁流過
去了又來

沒人能說
這一切是容易的
世界多變
靠近我的波影
一直在水天之間迴旋

中英詩刊臺灣《秋水詩刊》，第 199 期，2024.04，頁 80，非馬（馬為義博士）英譯。

—2023.11.16 作

I want to go back to the past

◎Lin Ming-Li

I want to go back to the past
Then—
Let time be woven there with the setting sun
To become the sea of clouds
A visible moment more beautiful than the sunset

The face that watches the deepest heartache
under twilight
My thoughts!...

Suddenly flow by
And come again

林明理攝影：(高蹺鴴)

· 233 ·

星野 —新詩、散文和評論—
The field under the stars

No one can say
All of these are easy
The world is changing
The wave shadows around me
Are endlessly hovering between the water and the sky

(Translated by William Marr)

19・在思念的角落

◎林明理

在想你之前
我是輕吻春風的苦楝花
那深湛的海水
在星宿相繼出現的夜空下
那童真的夢想
是我魂牽夢縈之所在
把我的眸子頃刻點亮

在想你之前
我變成復歸夏雨的燕子
看哪，濁水溪近了
又遠了
那聲音緩緩悠悠
母親的燈
通往我長夜的思量

木麻黃青青
秋風步伐婉轉
母親的微笑
幻成古琴絲弦
把我縈繞其中

〈中華文薈〉
《中華現代詩獎得獎作品之二》

中華日報副刊 2024-04-11
https://www.cdns.com.tw/articles/991316

菁英獎／在思念的角落

■林明理

---

8 詩作獲 2024 年第一屆《中華現代詩獎》的「菁英獎」，刊臺灣《中華日報》副刊，2024.04.11，及吳朝滄顧問書法 1 幅，摘錄此詩一小段題字。

三、新詩近作・Recent works of new poetry ★

每一個回憶都那麼真實
感恩的心似清囀的雲雀

那鬱金色的田野
日夜撩撥我的詩思
火紅的夕陽
重複著故鄉徐緩的音調
而我，無止息的
用筆桿推敲著自己的心
彷若月亮沉入碧潭

在想你之前
我是輕叩秋霜的葉
詩，是繆斯女神的音符
能跨越國界
也能傳承自己的文化
在我想著的時刻
總能占領我的心

在想你之前
我是追逐冬雪的小馬
在思念的角落
故鄉是一支徐緩的長笛
它喚起了我欲飛躍的姿勢
那熟悉的天空
又觸碰了我的夜心

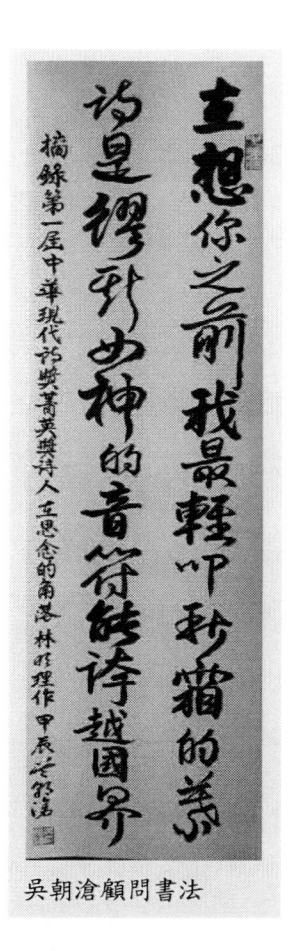

摘錄第一屆中華現代詩歌菁英獎詩人林思念的角落 林明理作 甲辰之於洛

吳朝滄顧問書法

—2023.08.16.

At a Corner of Yearning　　　　　　©Lin Ming-Li

Before thinking of you
I am the neem flower kissing the spring breeze
The deep sea waters
Under the night sky where stars appear one after another
That innocent dream
It's where my soul lingers
Light up my eyes instantly

Before thinking of you
I become a swallow returning to summer rain

星野 —新詩、散文和評論—
The field under the stars
Poems and prose & Essays

Look, Zhuoshui Creek is approaching
It's far away again
That voice is slow and melodious
Mother's Lamp
Leading to the contemplation of my long night

Casuarina bluish green
The autumn wind moves gently
Mother's smile
Fantasy into Guqin strings
Entwine me in it
Every memory is so real
A grateful heart is like a melodious skylark

The lush and golden fields
Day and night stirring up my poetic thoughts
The fiery setting sun
Repeating the gentle tones of our hometown
And I, endlessly
Using a pen to tap my heart
As if the moon has sunk into the Bitan

Before thinking of you
I am the leaf tapping on the autumn frost
Poetry is the note of the muse
Being able to cross national borders
Can also inherit one's own culture
when I think about it
It always occupies my heart

Before thinking of you
I am a pony chasing winter snow
In a corner of longing
Hometown is a slow flute
It awakens my posture of wanting to fly
The familiar sky
once again touches my night heart

(Translator: Dr. William Marr)

三、新詩近作 • Recent works of new poetry

20・愛的讚頌

◎林明理

愛情是不敗的經典老歌，
它歌詠人間的悲歡，
就算會無所適從，
還是想架勢十足地放手一搏。

總想一起談心，在花間月下，
總想完成閃現的夢想，
保持堅強，絕不退縮，
不讓愛情褪色。

當它深邃的眼瞳
喚醒你內在的力量，
你將會明白——
比起愛情，天國已不算什麼。

刊臺灣《秋水詩刊》，第 200 期，
2024.07，頁 77，非馬譯。

—2023.09.30

Praise of Love

◎Lin Ming-Li

Love is an unbeatable classic song,
It sings about the joys and sorrows of the world,
Even if you are at a loss,
I still want to give it a try with all my might.

I always want to talk together, among the flowers
and under the moon,
I always want to fulfill my flashing dreams,
Stay strong and never back down,
Don't let love fade.

When its deep pupils
awaken your inner strength,
You will understand—
Compared to love, heaven is nothing.

(Translated by William Marr)

星野 —新詩、散文和評論—
The field under the stars

21・月河又把我帶進夢鄉

◎林明理

獻給浮光躍金的北麗橋畔——題記

一、

夜風又把我帶進了
沿著月河畔的府城天堂——
那兒曾有舳艫相繼的文人墨客，
是黛樹如畫的水鄉。

在那迂迴的街巷外，
在那沉思的老城旁，
風把每首曲觴剪成了細雨，
輕拂我的臉，繾綣著牽掛。

而我是隻愛唱歌的灰雀，
從海峽飛向彼岸水驛，飛向
茶房和站船，臨橋的兜街
也走進了我的夢鄉。

二、

五月的古樓月色如水，
多少個春秋已逝，
而你——鬢角也出現了銀色的光輝，
唯堅貞愛情的傳說，亙古不變。

正像舊民居演譯了所有舊時事，
讓歷史得以久長……
讓我也能夠向你獻上寄語，
以便記起重逢的淚水與歡喜的滋味。

啊，月河，你是江南水鄉的驕傲。
當我靜靜地誦讀你的時候，
就聽見你的回聲響在運河上，
恰似福爾摩沙睡眠中的夢幻。

刊臺灣《秋水詩刊》，第201期，2024.10，秋季號，頁100，由浙江省嘉興市和台灣的中國文藝協會舉辦，此詩獲得2024年八月七日，第十二屆海峽兩岸【月河・月老杯 愛情詩大賽】，銀獎。

—2024.5.08 作

三、新詩近作・Recent works of new poetry

22・與主說話

◎林明理

1.
我是一隻旅行的包裹
不知會被帶往何方
但我幾乎可以辨識
絕不會迷失於森林
也不會飛上天空
無論前路有多遠
我都會心存感激

2.
我願
為自己的理念而戰
寬容並善待周遭親友
我願
化成一塊山岩
在柔風親吻大海的時刻
輕輕吟詠祢的聖名

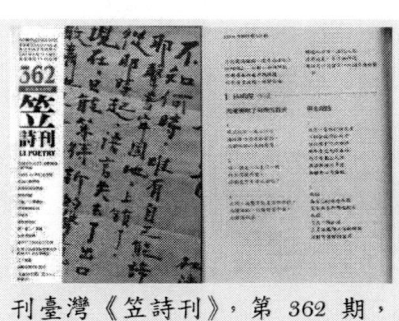

刊臺灣《笠詩刊》，第 362 期，2024.08，頁 130。

—2024.4.26

Talking to my Lord

◎Lin Ming-Li

1.
I am a traveling package.
I don't know where I am going.
But I can almost recognize
that I will never get lost in the forest
or fly into the sky.
No matter how far the road is,
I will be grateful.

星野 —新詩、散文和評論—
The field under the stars

2.
I want to
fight for my own ideals and be tolerant
And kind to my relatives and friends.
I want to
turn into a rock
and chant your holy name softly
when the lightwind kisses the sea.

(Translator: Dr. William Marr)

23・海波親吻了向晚的霞光

◎林明理

1.
風兒沉默。我心悵然，
海波親吻向晚的雲影，
我親吻你心底的憂傷。

2.
噢，朋友，人生只一回，
何不滿懷希望，
諦聽星空天使的合唱？

3.
主啊，我慶幸能生活於平靜，
為讚頌祢，我願對著宇宙，
向靜海歌詠。

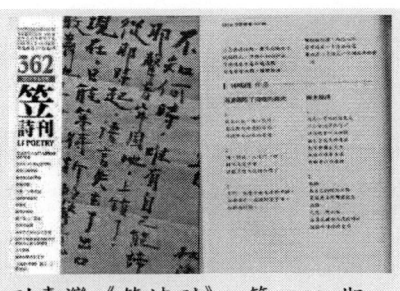

刊臺灣《笠詩刊》，第 362 期，
2024.08，頁 130。

—2024.05.15.

The waves kisseing the evening glow
◎Lin Ming-Li

1.
The breeze is silent. I feel sad,
The waves kiss the evening cloud shadows,
I kiss the sadness in your heart.

三、新詩近作・Recent works of new poetry ★

2.
Oh, my friend, we only live once,
Why not be hopeful
Listening to the chorus of angels in the stars?

3.
Lord, I am blessed to live in peace,
To praise You, I would like to face the universe,
Sing to the still sea.

(Translated by Dr. William Marr)

24・告別夏天

夏日已遠，
如此迅速
秋天又出現了，
窗外籠罩一層濃霧，
滿載著雨水。
風雨席捲過後
那些褪色的記憶
在一個夏天
聞起來有海的味道
和對生活的渴望。

刊義大利《國際詩新聞IPN》，2024.09.15，林明理中文譯，喬凡尼英、義語詩（告別夏天）Farewell Summer，及畫作5幅，照片1張。

15-09-2024 ©喬瓦尼・坎皮西
譯者 Translator：林明理 Lin Ming-Li

Farewell Summer

Summer fades,
so suddenly
and autumn appears,
veiled in fog,
laden with rain.

星野 —新詩、散文和評論—
The field under the stars

The windy rains
that sweep away
the faint memories
of a summer
that smelled of the sea
and the desire to live.

---

*2024 年 9 月 15 日週日於下午 11:38 Giovanni Campisi Mail
Ciao Mingli,
Spero ti piaccia come ho impaginato questa poesia mia che tu hai tradotto in cinese.
Un caro saluto.

　　　　　　　　　　　　　　　　　　　　　　　　　　Giovanni

25・不要孤單地面朝那片大海——To Renza　◎林明理

不要孤單地面朝那片大海，
即使在最為痛楚的一刻，
　生活不盡然完美順暢，
即使深知上帝的旨意是公平的，
　人生的際遇歸之為命定，
我也想為妳再唱一支讚歌。

不要孤單地面朝那片大海，
即使面對未來感到不知所措，
　難有重見光明的希望了，
噢，吾友，讓我們攜手並行。
我願是這些流星，為妳祈福，
讓妳的心明朗，充滿喜色。

刊義大利《國際詩新聞 IPN》，
2024.9.19，張智中英譯，喬凡尼義
譯，及林明理畫作 6 幅。

　　　　　　　　　　　　　　　　　　　　　　　　—2024.09.18

三、新詩近作 • Recent works of new poetry

Don't Face the Sea Alone: To Renza ◎Lin Ming-Li

Don't be alone to face the sea,
Even in the most painful moment,
Life is not so smooth and perfect,
Even if we know that God's will is fair,
The fate of life is destiny,
I want to sing another song of praise for you.

Don't be alone to face the sea,
Even if you feel overwhelmed in front of the future,
It is difficult to see the light of hope,
Oh my friend, let us go hand in hand.
I wish these meteors would bless you
And make your heart clear and full of joy.

September 18, 2024.09.18

26・在思念的夜裡 ◎林明理

啊，我遠方的友人像朵白色小雛菊，
悄悄綻放在西西里島一隅；
一天又一天，
她的生活以及眼裡盡是詩意。

啊，她一旁的丈夫和孩子笑得多甜蜜，
我親愛的倫扎，卻與我相隔千里；
一天又一天，
除了從太平洋望出去，在思念的夜裡。

所有山巒都在守望，小河也唱起了歌謠，
而我把一束滿綴星鑽的雲隙光送給妳…
一天又一天，
直到妳驚奇地發現：它如花般明亮聖潔。

—2024.9.17

星野 —新詩、散文和評論—
The field under the stars

In the Night of Longing   ◎Lin Ming-Li

Ah, my friend afar is like a little white Daisy,
Which blooms quietly in a corner of Sicily;
Day after day,
Her life and her eyes are filled with poetry.

Oh, how sweetly her husband and children smile beside her,
My dear Renza is a thousand miles away;
Day after day,
Except looking out from the Pacific Ocean, in the night of longing.

All the mountains keep watching, the rivers are singing,
And I send you a beam of star-studded cloudy light…
Day after day,
Until you are surprised to find: it is as bright and holy as a flower.

刊義大利《國際詩新聞 IPN》，2024.9.19，張智中英譯，喬凡尼義語譯，及林明理畫作 5 幅，照片 1 張。

September 17, 2024
(Translated by Prof. Zhang Zhizhong)

27・寫給 IVAN 的歌   ◎林明理

入夜，街燈微明，
　星辰喧嚷。
我想像，遠方的特倫托，
一個父母鍾愛的孩子，
　有誠摯的，清澈的眼珠，
在城垛和高峰的懷抱裡，
　開懷地笑了。

我聽見有條河
從古城的身邊流過……

此畫等 3 幅存藏於臺灣的「國圖」，「當代名人手稿典藏系統」

三、新詩近作・Recent works of new poetry ★

聽見雪聲中，有個小小的屋，
裡面有個害羞的男孩。
他邊聆聽鐘響，邊禱告，
是什麼願望植在他心中，——
讓詩神也如此歡快。

—2024.9.24 寫於臺灣

A Song for IVAN

◎Lin Ming-Li

At night, the street lights are bright
and the stars are noisy.
I imagine that distant Trento,
A child beloved by his parents,
with earnest, clear eyes,
In the embrace of battlements and peaks,
are laughing heartily.

I hear a river
Running past the old city....
I hear the sound of snow, where there is a hut,
There is a shy boy.
While listening to the bell ring, he prays,
What wish is planted in his heart —
For the deity of poetry to be so joyful.

刊義大利，《國際詩新聞 IPN》，
2024.9.26，及林明理畫作 4 幅。

September 24, 2024, Taiwan（張智中英譯）

28・默禱

◎林明理

1.
主啊，請聽我看我，
我用心歌唱，隨行左右。

· 245 ·

星野 ―新詩、散文和評論―
The field under the stars

2.
我多麼渺小，
如一粒霜雪，故無所求。

3.
瞧，岩石海底，白鯨洄游⋯
領受祢的恩典與巧思。

4.
唯我，始終站得筆直，
冬盡春來，幾個秋。

5.
噢，主啊，我邊看極地之花，
邊朝祢走去，這就是我──
幸福的定格。

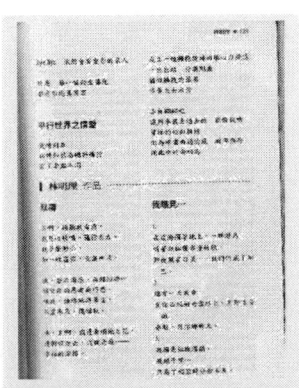

刊臺灣《笠詩刊》，第363期，2024.10，頁121。

―2024年3月18日

Silent prayer

◎Lin Ming-Li

1.
Lord, please listen and watch,
I sing with my heart and follow you wherever you go.

2.
How small I am,
Like a grain of frost and snow, so there is nothing to ask for.

3.
Lo and behold, the rocky bottom, migrating beluga whales…
Receive your grace and ingenuity.

4.
I am the only one who always stands upright,
Winter is over, spring is coming, and several autumns are coming.

5.
Oh,my Lord, while I look at the polar flowers,
As I walk toward you, this is me—
The freeze frame of happiness.

March 18, 2024（張智中英譯）

三、新詩近作 • Recent works of new poetry

29 • 我瞧見⋯

◎林明理

1.
在這海濱草地上，一群潛鳥
唱著我似懂非懂的歌，
即使風在訕笑——我們仍成了知己。

2.
總有一天我會
在你必經的老雲杉上，用野百合的
春歌，同你聊聊天。

3.
我願是紅腹濱鷸，
飛越千里⋯
只為了相聚時分秒不差。

林明理畫

刊臺灣《笠詩刊》，第 363 期，
2024.10，頁 121。

—2024.03.21

30 • 愛情似深邃的星空

◎林明理

當愛情展翅翩翩，
誰都看得出它的快樂
就像孩童活潑的舞蹈！
在每一個重逢的瞬間，
魔法也在那兒。

星野 —新詩、散文和評論—
The field under the stars

但我更羨慕，
愛情似深邃的星空……
又像春天，滿身花朵！
它有隻奇異的眼睛，
永遠飽含著憂愁。

—2023.10.01

Love is like the deep starry sky

◎Lin Ming-Li

When love spreads its wings,
Everyone can see its happiness
Like the lively dance of a child!
In every moment of reunion,
The magic is there also.

But I envy even more,
When love is like the deep starry sky...
Or like spring full of flowers!
It has a strange eye,
Always full of sorrow.

刊臺灣《秋水詩刊》，第 202 期，
2025.01，頁 102，非馬英譯。

(Translated by William Marr)

31・愛，是無可比擬的

◎林明理

愛，是無可比擬的
任何語言都難以形容
苦澀的愁緒
困窘的淚水
或假裝自己已從桎梏中逃脫
再也無所謂的謊言

世上沒有比愛更純粹的東西
卻讓世人一再詠讀它的篇章

刊臺灣《秋水詩刊》，第 202 期，
2025.01，頁 103，非馬英譯。

一個淡淡的微笑或一個吻
便讓周圍響起了歌聲
但一旦面對挑戰
卻免不了驚慌失措

那便是愛了，它就像
隕落的天使重歸天際
那便是在朗朗月光下
每個人心中的星星
那便是可以讓你永遠回憶
永遠感受到的輕盈翩翩

—2023.9.25

Love is incomparable

©Lin Ming-Li

    Love is incomparable
    It is difficult to describe in any language
    bitter melancholy
    tears of embarrassment
    Or pretend to have escaped from the shackles
    A lie that doesn't matter anymore

    There is nothing purer than love in the world
    But let the world read its chapters again and again
    A smile or a kiss
    Will arouse people around to sing loudly
    But when it faces challenges
    It inevitably will throb with panic

    That's love, it's like
    The fallen angel returns to the sky
    Under the bright moonlight
    The star in everyone's heart
    That is what you can remember forever
    Always feel so light and elegant

(Translator: Dr. William Marr)

星野 —新詩、散文和評論—
The field under the stars

32・極端氣候下　　　　　　　　　　　◎林明理

1.
海水變酸了
像大堡礁殘骸裡逐漸
白化的珊瑚——
無助的泣聲。

2.
從山脈到海岸
濕地越來越少
來來去去的候鳥
都沒有了家。

3.
氣旋和暴雨
讓地球歇斯底里地嘶吼。
一隻赤蠵龜，仍奮力地游回大海，
勇氣的美存在。

4.
啊，下一個世代
誰能繼續頌揚那些
為生命而奮戰的生物？
誰能再次欣賞鯨之舞
美得神聖卻也令人痛苦。

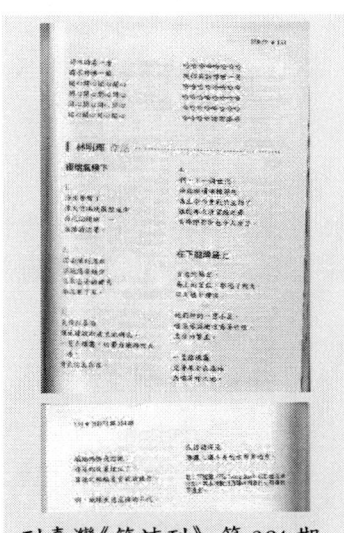

刊臺灣《笠詩刊》，第 364 期，
2024.12，頁 133-134。

—2024.10.08 作

33・在下龍灣島上　　　　　　　　　　◎林明理

古老的懸崖，
島上的葉猴，躲過了戰火，
從灰燼中鑽出。

· 250 ·

地洞裡的一窩小鼠。
喀滋喀滋地咀嚼著竹根，
黑夜的繁星。

一隻鋸緣龜
兜著尾走在森林
鳥鳴溪畔之地。

蝙蝠媽媽飛回說：
那條蛇放棄埋伏了。
窩裡的蝙蝠寶寶歡欣鼓舞。

啊，地球生態危機的年代。
我仍聽得見
海灘上獨木舟的水聲穿過來。[9]

—2024.10.10 作

34・緬懷億載金城

◎圖／文：林明理

夕陽將至，
老城牆卻益發亮了！

我在夢中把引橋畫在
護河的波上。風咿呀咿呀地彈唱，
一棵豎著耳朵的苦楝
諦聽稜堡的嘆聲。

我曾到過這裡，——
熟悉的拱門，深濠，
沉默的槍眼、砲臺。

刊臺灣《金門日報》副刊，及畫作 1 幅，2024.12.22。

---

[9] 下龍灣（Ha Long Bay）位於越南東北部，其水域被列為聯合國教科文組織世界遺產。

星野 —新詩、散文和評論—
The field under the stars

歷史在盤轉更換……
從臨海綿長海岸到安平港，
以潮汐的力量。

此刻，我不丈量時間，
只願福爾摩沙
永遠向著光明閃耀。[10]

林明理畫作及攝影，此畫存藏於臺灣的「國圖」當代名人手稿典藏系統，臺北。

—2024.12.13 作

35・西藏，你來自不可思議的遠方[11]   ◎文／圖：林明理

我從彼岸來，便跟著瞪瞪雪峰，
　採灼灼桃花的蹤跡。
那時，彷彿我可以隨心所欲
　　走向你──
　　　　走向不可思議的遠方──
你的眼眸
　　微微閃光，──
你的窗，正跟我訴說世上最遙遠的故事；
你動人的身影，
　　　袒露耀眼的光華──

---

[10] 「億載金城」古稱為「安平大砲臺」或「二鯤鯓砲臺」。1874 年，日本因琉球漁民遇風漂流至屏東，遭當地原住民殺害，致使日軍出兵侵臺（史稱牡丹社事件，Japanese punitive expedition to Taiwan in 1874）；清朝政府指派沈葆楨來臺灣籌辦加強防務，於是，沈葆楨來臺興建「二鯤鯓砲臺」，城門四周有護河，並於大門額書「億載金城」，至此，在臺南鯤鯓臨海擔負保疆衛土的大任。經臺南市政府多次整建、保存遺跡，並仿製大砲、小砲，而成今貌。

[11] 西藏，是中國邊疆的一個藏族自治區，位於青藏高原上。青藏高原是全球最高最大的高原，也是中國湖泊最多的地區。自治區人民政府駐拉薩市，布達拉宮是一座規模宏大的宮殿式建築群。2025 年 1 月 7 日西藏突然發生強震，致逾三千房屋倒塌、多人死傷；因而，以詩為西藏受災者祝禱祈福。

三、新詩近作 • Recent works of new poetry ★

悄靜如高原的雪水，時時流淌在
　　藏民的生命與無垠的夢中……
於是我穿越無數的河谷，
　　劃破無數村莊黎明的彩虹，親近
了你，
就像走入自己靈魂的喜悅，
　　走入歌詠你的詩篇。
我從海峽來，一瓣桃花拂拭了我的
淚水，
有人帶著無比憂心的翹望，
　　有人從四面八方急促而來，──
有人因這場強震而詫異，
　　有人規避你哀傷的視線，而我
湧現的淚和每個親吻──
　　　都在走向你的天空……
　　　　　與你夢中相會。

刊臺灣《金門日報》副刊，及畫作 1 幅（遠方），2025.01.27。

―2025.01.08 寫於凌晨

36 • 眼睛深處　　　　　　◎林明理

初冬的晨霧盤踞山頭
溪上煙波浩渺
那曾經的愛情
無遠弗屆，不分時空

一隻斑文鳥
躺在芒草叢的光裡
眨著眼睛說：傻瓜，真愛無疆
應及時把握

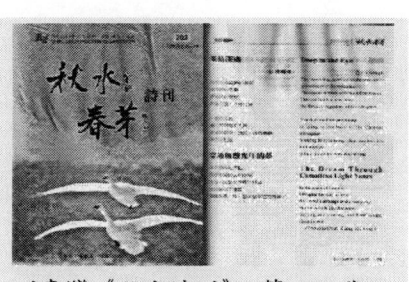

刊臺灣《秋水詩刊》，第 203 期，2025.04，頁 79，張智中教授英譯。

―2024.8.30

• 253 •

星野 —新詩、散文和評論—
The field under the stars

Deep in the Eye ◎Lin Ming-Li

The morning mist in early winter is spreading over the mountain
The stream is misty with boundless waves
The love that has ever been
No distance, regardless of time & space

A bird of lonchura punctulata
Is lying in the light of the Chinese silvergrass
Winking its eyes to say: dear, true love has no boundary
Which should be cherished in time

張智中教授譯

37・穿過無數光年的夢
◎林明理

在思想的海洋裡
我想像愛情是何面貌
於是，我對星空發出訊號
但回聲如同細雪
飄飄蕩蕩，我，愈深想望它的
模樣了

刊臺灣《秋水詩刊》，第 203 期，
2025.04，頁 79，張智中教授英譯。

—2024.8.31

The Dream Through Countless Light Years ◎Lin Ming-Li

In the ocean of thought
I imagine the way of love
So, I send a message to the starry sky
But the echo is like fine snow
Drifting and floating, and I am keener about its way

張智中教授譯

三、新詩近作・Recent works of new poetry ★

38・如果[12]

◎林明理

如果
僅有一片窗可供祝禱：
我願與你並肩
　　坐在陽光角隅
為世界而歌。

你的喜笑與沉默
以詩的形式
　　同繪畫結合
充滿希望
　　與生命的壯闊；

而我不曾懷疑過
　　真理，
因為無論時間如何流轉
　　世上所有的幸福
都因有你而向我微笑。

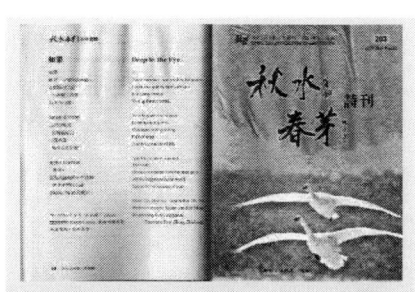

刊臺灣《秋水詩刊》，第 203 期，
2025.04，頁 80，張智中教授英譯。

—2024.9.16.

If [13]

◎Lin Ming-Li

If
There were only one window for prayer:
I would sit side by side with you
In a sunny corner
To sing for the world.

Your laughter and silence
In the form of poetry
Combined with painting

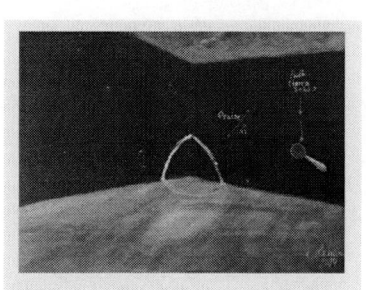

Painter: Prof. Ernesto Kahan

---

[12] 2024 年 9 月 16 日週一於下午 1:56 PROF. ERNESTO KAHAN MAIL 寄給明理此畫作及其電郵，因而為詩。

[13] On Monday, September 16, 2024, Professor Ernesto Kahan emailed Ming-Li his painting, hence the poem.

星野 —新詩、散文和評論—
The field under the stars

Full of hope
And the grandeur of life;

And I have never doubted
The truth,
Because no matter how the time goes
All the happiness in the world
Smiles to me because of you.

張智中教授譯

39·歲暮   ◎林明理

數千隻帝王斑蝶
　總在加利福尼亞州過冬。
此刻尤加利樹林
是個庇護之地，
在求偶舞中
　忙著繁衍下一代，
不受海風吹落。

美麗的小海象
　誕生在沙灘上，
偉大的公海象跋涉了五千公里，
偉大的母象抵達沙灘準備分娩，
　再一次開始，
　　繁衍胖寶寶。

雪地、地下隧道和迷宮中的
田鼠，
　避開
掠食者略施的詭計，
　並向鏡頭中的我們哈哈大笑。

啊，這地球村
　所有生物，和逝去的生靈

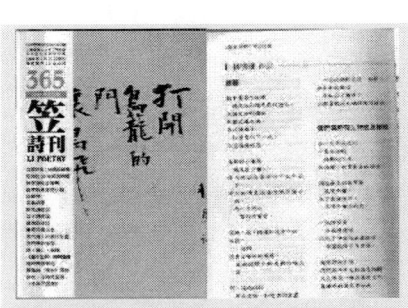

刊臺灣《笠詩刊》，第 365 期，2025.04，頁 128。

· 256 ·

三、新詩近作・Recent works of new poetry

都正在循著
　　一定的軌跡更迭、輪替，
如去年的融雪
　　不知去了何方？
但都喜歡同大地母親說說話。

―2024.10.21

40・我們與所有生物息息相關　　◎林明理

在一片南荒之地，
一隻小企鵝
　　蹣跚地下水。
在海灣，初嘗自由的滋味。

樹冠層上的長臂猴
　　展臂奔躍，
為了養家糊口，
　　不得不奮力向前。

一批研究員
　　在森林邊緣，
找到了伊波拉病毒根源，
　　希望疫情不再重演。

我悄聲向主說：
我們與所有生物息息相關，
大自然是一種深奧的文化，
星球外的景象亦如此。

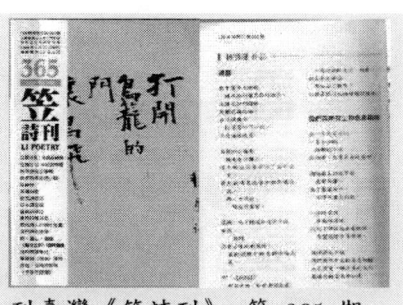

刊臺灣《笠詩刊》，第 365 期，2025.04，頁 128。

―2024.10.9.

附錄 Appendix

Prof. Ernesto Kahan 和林明理 Dr. Lin Ming-Li 詩作

給 Ernesto

◎林明理

我聽到您悲痛的心聲,
 它在這個夜裡,冷風中。
我讀到您由心底吶喊的詩句,——
它讓我相信滿載榮譽的您,正受盡折磨。
我願與您並肩,親吻您的淚珠,
 變成了您謳歌過的嘆息。
我願您把傷痛擲向天空,
我願給您一份人間最好的禮物——
大自然,愛,和珍貴的友誼!

 我們不再永久分離,
因為您的詩——已貼進我的心靈。
 我願帶給您一絲喜悅,
讓您知道,世界仍有我們彼此在關注,
 有真誠的風輕拂您的臉!

我願走向您,時常閱讀您的詩,——
 它在世上永遠閃閃發光!
猶如您初次驚奇的,榮耀的——
 出現在我眼前。

—2025.03.16.

To Ernesto

◎Lin Ming-Li

I hear your sorrowful voice,
 It is in this night, in the cold wind.
I see your poetical scream from the bottom of your heart, —
It makes me believe that you, who are full of honors, are suffering.

I want to stand shoulder to shoulder with you, kiss your tears,
　　Turn them into the sighs you have sung.
I want you to throw your sadness to the sky,
I want to give you the best gift in the world—
Nature, love, and precious friendship!

　　We are no longer separated forever,
Because your poems— Have been attached to my heart.
　　I want to bring you a little joy,
Let you know that we still cares about each other,
　　There is a sincere wind blowing your face!

I want to go toward you and read your poems often, —
　　They will always shine in the world!
Just as you appeared before my eyes for the first time,
　　amazingly and gloriously.

—2025.3.16.

---

*2025 年 3 月 17 日週一 於上午 2:14 收到以色列 Prof. Ernesto Kahan mail to Lin Ming-Li

Love your poem and you. It giving me inspiration and peace, Estoy orgulloso y feliz de escribir otro libro contigo.
Los poemas nos unen y nos permiten navegar juntos por la poesía y los pensamientos...
Ernesto

A Ming Li, poeta de brisa y luna

　　Ming Li, tu voz es un eco de estrellas,
　　versos de seda que el alba despierta.
　　Tus palabras flotan como azahares,
　　susurran secretos en mares de perlas.
　　En tu tinta danzan los sueños,
　　como faroles en noche serena.
　　Taiwán te nombra en el viento,
　　y el amor en tus versos navega.
　　Si acaso lees mi humilde canto,
　　que en él encuentres un suspiro,
　　un lazo eterno, un instante amado,
　　un poema escrito en tu brillo.

Ernesto Kahan Marzo 16, 2025

星野 —新詩、散文和評論—
The field under the stars

*2025 年 3 月 17 日星期一　上午 2:14 收到以色列 Prof. Ernesto Kahan mail to Lin Ming-Li

喜歡妳的詩和妳。它給予我靈感和平靜，我很自豪也很高興能和妳一起寫另一本書。

埃內斯托

獻給一個如微風和月亮的詩人　明理

埃內斯托

明理，妳的聲音是星光的迴響，
　　絲綢的詩句，讓黎明醒來。
　　妳的話語　像橙花一樣飄蕩，
　　在珍珠海裡　低聲訴說秘密。
夢想　在妳的墨水中起舞，
　　　　就像靜夜裡的燈籠。
臺灣在風中命名妳，
　　愛情在妳的詩句中揚帆起航。
如果妳剛好讀到我這首謙卑的歌，
妳在其中發現一聲嘆息，
　　永恆的連結、摯愛的時刻，
　　一首用妳的光輝寫成的詩。

國家圖書館出版品預行編目資料

星野／林明理 著－初版－
臺中市：天空數位圖書 2025.04
面：17*23 公分
ISBN：978-626-7576-13-7（平裝）
863.4　　　　　　　　　　　　　　　　114004428

書　　　名：星野
發 行 人：蔡輝振
出 版 者：天空數位圖書有限公司
作　　者：林明理
美工設計：設計組
版面編輯：採編組
出版日期：2025 年 4 月（初版）
銀行名稱：合作金庫銀行南台中分行
銀行帳戶：天空數位圖書有限公司
銀行帳號：006—1070717811498
郵政帳戶：天空數位圖書有限公司
劃撥帳號：22670142
定　　價：新台幣 520 元整
電子書發明專利第　Ｉ　306564　號
※如有缺頁、破損等請寄回更換　　　　　版權所有請勿仿製

服務項目：個人著作、學位論文、學報期刊等出版印刷及DVD製作
影片拍攝、網站建置與代管、系統資料庫設計、個人企業形象包裝與行銷
影音教學與技能檢定系統建置、多媒體設計、電子書製作及客製化等
TEL　　：(04)22623893　　MOB：0900602919
FAX　　：(04)22623863
E-mail　：familysky@familysky.com.tw
Https　://www.familysky.com.tw/
地　　址：台中市南區忠明南路 787 號 30 樓國王大樓
No.787-30, Zhongming S. Rd., South District, Taichung City 402, Taiwan (R.O.C.)